EXCURSIONS BY HENRY D. THOREAU

HENRY DAVID THOREAU

远足

博物图鉴版

［美］亨利·戴维·梭罗——著

韩阳——译

華中科技大學出版社

http://www.hustp.com

中国·武汉

图书在版编目（CIP）数据

远足：博物图鉴版 /（美）亨利·戴维·梭罗著；韩阳译. -- 武汉：华中科技大学出版社，2018.10
（蓝知了）
ISBN 978-7-5680-3779-2

Ⅰ. ①远… Ⅱ. ①亨… ②韩… Ⅲ. ①散文集–美国–近代 Ⅳ. ① I712.64

中国版本图书馆 CIP 数据核字 (2018) 第 138530 号

远足（博物图鉴版）　　[美] 亨利·戴维·梭罗　著　　韩阳　译
YuanZu
Bowu Tujianban

策划编辑：刘晚成
责任编辑：黄　验
责任校对：李　琴
责任监印：朱　玢
插图整理：刘晚成　王　怡
装帧设计：璞茜设计
出版发行：华中科技大学出版社（中国·武汉）　电话：（027）81321913
　　　　　武汉市东湖新技术开发区华工科技园　邮编：430223
印　　刷：武汉精一佳印刷有限公司
开　　本：710mm × 1000mm　1/16
印　　张：18.5
字　　数：250 千字
版　　次：2018 年 10 月第 1 版第 1 次印刷
定　　价：79.80 元

華中出版

本书若有印装质量问题，请向出版社营销中心调换
全国免费服务热线：400-6679-118　竭诚为您服务

Contents

目 录

Chapter 1

梭罗小传

加拿大唐棣
Canadian serviceberry

序言：梭罗小传

亨利·大卫·梭罗出身法国，从根西岛[1]而来，是家族最后一位男性子嗣。性格中偶尔显露出的血统及萨克逊人卓越的天赋造就了他非凡的气质。

1817 年 7 月 12 日，梭罗在马萨诸塞州的康科德镇出生了。20 年后，他从哈佛大学毕业，然而他当时并没有拿到学位。虽然梭罗在大学获益匪浅，但毕竟他在文学方面是个不落俗套的人，所以他对母校的栽培既没有感激之情，也没有尊崇之意。大学毕业之后，他和哥哥一起在私立学校教书，但不久就辞职了。梭罗的父亲是铅笔制造商，所以他自己也曾热衷于该技艺，认为自己能制造出更好用的铅笔。完成试验之后，梭罗把自己的成果展示给了波士顿的化学家和艺术家。这些人一致认为梭罗制作的铅笔性能良好，质量可以和伦敦最好的铅笔相媲美，于是就给他颁发了一张证书，而梭罗也就心满意足地回家了。朋友们纷纷祝贺他打开了发家致富的大门，但面对大家的祝贺，梭罗却说自己制造铅笔的事业至此告终：“我为什么还要制造铅笔？

① 根西岛（Guernsey Islands），位于英吉利海峡靠近法国海岸线的海峡群岛之中，以美丽的自然风光和动植物生态而闻名。

我可不会重复自己之前走过的路。”于是，长时间漫步再次回到了他的生活中，他潜心于各式各样的研究，对大自然的认识与日俱增。梭罗从没提到过动物学或植物学等字眼，因为尽管他醉心于研究自然现象，技术科学和文献学却从不是梭罗的兴趣所在。

那时的梭罗刚刚走出校园的大门，强壮、健康、年轻。当时的青年都在择业，或摩拳擦掌准备投身待遇丰厚的工作，梭罗也难免要考虑同样的问题，而他的决定却卓尔不群：梭罗决定远离寻常之路，保持内心的孤独与自由。这样显然辜负了家人和朋友的期望，而且他慨当以慷，不仅要确保自身的独立，还要求别人效仿，这就让其自身的处境更为艰难。可梭罗从未因此却步。他天生就是如此，别具一格，拒绝为某种狭隘的技艺或职业而放弃自己对学问和行动的无上追求。他志向高远，追求生活的艺术。如果梭罗蔑视、鄙夷他人的观点，那仅仅是因为他更希望自己言行相顾，表里如一。梭罗不会虚度光阴，不会自甘堕落，只会做些自己认可的体力活维持生计，让自己不必长期受雇于人——比如建造小船、筑篱笆、播种、捕鱼、测量或其他短期工作。吃苦耐劳、清心寡欲的他精于木工又擅长算数，所以无论身处何地都可以谋生。由此可见，满足生活所需并不会花费梭罗太多精力，因此他有足够的时间，听从于内心而付诸行动。

测量仿佛是梭罗的天赋，一方面是因为他的数学知识非常丰富，另一方面在于他喜欢测量——对于自己感兴趣的物体，梭罗总想测得其尺寸和距离，比如树的尺寸、池塘和河流的深度和长度、大山的高度，还有他最喜欢的几座山峰之间的距离。此外，由于梭罗对康科德附近非常熟悉，于是他俨然成了一个土地测量师。这个职业总能让梭罗不断发现新的隐蔽地区，对他的大自然研究很有帮助。梭罗测量精准、技术高超，广受赞誉，所以找份相关的工作对他来说轻而易举。

他总能轻易解决勘测中遇到的问题，但每天他都会遇到更难解决的问题，他依旧没有丝毫退缩。梭罗会深入考察每一种风俗习惯，以求实践均有坚实的理论基础。他是极端的新教徒，很少有人会像他一样做出如此大的牺牲：他从未接受专业培训、终身未娶、独自生活、从不去教堂、从不投票参选、从不向政府纳税、从不吃肉、从不饮酒、从不吸烟。而且，虽然他是自然学家，但他从不布置陷阱，也不使用猎枪。从他自身的角度讲，单身的他成为思想和自然的信徒无疑是明智之举。梭罗无意于财富、甘于清贫、洁身自好。这种生活方式不知不觉地在梭罗身上展开，而后来梭罗也用无尽的智慧证明了它的优越性。“我时刻提醒自己，”梭罗在日记中写道，“即使富有如克罗伊斯王[1]，我仍将不忘初心，我仍将以此方式追求。”梭罗不用抵挡诱惑——没有八珍玉食，没有风情万种，没有把玩之物。琼楼玉宇、锦衣华服、风雅之士的谈吐行事之风都与他无关，他更喜欢淳朴的印第安人，所谓的风雅只是沟通的障碍，简单的方式才有利于交流。梭罗拒绝出席一切晚宴，因为宴会上的人都是千人一面，毫无个性可言。他说：“他们以八珍玉食为荣，我则以粗茶淡饭为傲。”有人问梭罗最喜欢哪道菜时，他回答说：“离我最近的那道。”梭罗不喜欢喝酒，一生从未沾染恶习。他说：“我隐约记得，未成年时，我抽过一些干百合花梗制成的烟，似乎感觉有些飘飘然。所以当时我会随身带一些，此外就再也没碰过其他有害的东西。”

① 克罗伊斯王（Croesus），吕底亚王国最后一位君主，公元前561年即位，一直到公元前546年被波斯帝国的居鲁士大帝打败为止，在位15年。在古希腊和古波斯文化中，克罗伊斯这个名字似乎已经成为有钱人的标志。直到如今，在很多英语国家，经常还会用“像克罗伊斯一样富有”或者“比克罗伊斯还要富有”来形容非常有钱的人。

梭罗愿意放下欲望，自给自足，从而实现自己的富足。旅行时，只有在要穿过大片无人的野外时，他才会搭乘火车。此外，他通常会步行几百英里，而且不住旅馆，只住在农民或渔民家中，这样既省钱，又让他开心，还方便他打听自己想知道的情况。

梭罗的天性中还有几分不屈不挠的军人气节，他一直都英勇神武、精明能干，很少表现出温柔的一面，好像不和别人对着干就不是自己一样。梭罗戳穿谬误、嘲笑愚蠢之事，我觉得他就是需要一

美国榆
American elm

点胜利的感觉，胜利的鼓声就能让他精神饱满。对梭罗而言，否定别人无须花费半分力气，实际上，梭罗觉得否定别人比肯定别人要容易很多。听到别人的意见时，梭罗的第一反应就是否定，可见他根本无法忍受我们平常的固定思维。当然，在社交场合中，这个习惯会让人们一下失去兴致。虽然朋友们都知道梭罗没有恶意，说的也都是实话，但仍会谈兴尽失。因此，清醒耿直的梭罗根本没有志同道合的同伴。“我喜欢亨利，”梭罗的一个朋友说，“但我很难和他相处，我不想和他携手同行，就好像我不想和榆树肩并肩一样。”

然而，尽管梭罗清心寡欲、隐居于世，他却非常有同情心。和他喜欢的年轻人在一起时，梭罗热忱赤诚，尽己所能地招待他们，与他们分享自己在田间河畔经历的种种。他总会带着大家一起采摘佳露果（huckleberry[1]）或者搜寻栗子、葡萄的踪迹。有一天说到公共演讲时，梭罗说观众喜爱的都是不好的。于是我问：“谁不愿意写出《鲁宾逊漂流记》那样通俗易懂的作品？要是自己的作品因没能取悦读者而未能流芳于世时，谁会不遗憾呢？”梭罗不同意我的方法，这是肯定的，他认为阳春白雪非高雅者不能欣赏。然而，

[1] 原文 huckleberry 既可以指越橘属植物，也可以指佳露果属植物。两者很相近。

加拿大百合
Canada lily

美洲栗
American chestnut

晚餐时，有个年轻姑娘知道梭罗在学演讲时，就尖锐地问梭罗："是要讲述她喜欢的那种生动有趣的故事，还是她根本不感兴趣的那种沉闷无聊的哲学？"亨利转身看着那个姑娘，开始思考。我当时看出来梭罗想说服自己他要讲的东西确实能吸引姑娘和同伴，毕竟如果演讲够精彩，大家就会好好坐着听完。

梭罗是真理的宣传者和践行者——他天生如此——也总是因此陷入戏剧性的场景。无论如何，旁观者都会想知道亨利的态度，想知道他会说些什么，而梭罗也从没让大家失望过，情况每每非常之时，他总是语出惊人。1845 年，梭罗在瓦尔登湖畔为自己搭建了一间小木屋，在那里独自生活了两年，不是劳作就是研究。梭罗有如此举动完全是性格使然，毫无逾矩之处。了解他的人都不会说他是矫揉造作之徒，大家知道他的行为举止与众不同，思维更是异乎寻常。他完全明白独处的好处后，就立刻从人群中脱离。1847 年，由于梭罗不满政府开支，于是拒绝向政府缴税，因而沦落狱中。直到有位朋友帮他缴纳了税款，梭罗才得以脱身。可第二年，同样的事情再次上演，朋友依旧不顾他的反对缴清了税款，因此我觉得他会就此作罢。梭罗并不在意反对与嘲笑，他冷静而全面地阐述了自己的观点，相信大多数人也是如此认为。就算大家都持反对意见，他也置若罔闻。有一次，梭罗到大学图书馆借书，但图书馆管理员却拒绝了他的要求。于是梭罗便去找校长理论，校长向他解释了借书的规章制度：图书只可出借给在校的研究生、本校毕业的牧师以及学院周围方圆十英里的居民。梭罗先生对校长说铁路早已打破了距离的概念，要是按照校长所说的规章制度，图书馆根本毫无用处，校长和学校也形同虚设。可图书馆是大学的唯一的优势，而且梭罗当时急需那些书，急需好多书——他就跟校长保证说自己才是最适合保管图书的人，而不是那位图书管理员。简而言之，校长意识到自己面对的请求者绝非凡夫俗子，而且有关借书的规定也确实荒唐，就特许他借阅了。自此以后，梭罗可算是享尽了这一特权的好处。

若论纯粹，再无美国人可与梭罗相比较。他对祖国及其环境的热爱真挚热烈，对英式和欧式礼仪可谓厌恶、鄙视到了极点。每当伦敦的消息传来，梭罗都表现得非常不耐烦。虽然他也努力想要温文尔雅，可那些趣闻轶事只会让他疲于应付。人们生活在很小的圈子里，不过是相互模仿而已。为什么人们不能彼此住得远一些，表现自己的真性情呢？梭罗自己追寻的是最有活力的状态，他想去的地方是俄勒冈而不是伦敦。他在日记中如此写过："大不列颠的各个角落都能看到罗马人的痕迹，能看到他们留下的坟墓、营房、马路和居所等。但至少新英格兰不是在罗马的废墟上建造而成的，而且我们完全没必要在往日文明的陈迹上建造自己的家园。"

尽管梭罗是一个理想主义者，也支持废除奴隶制、废除关税，甚至主张废除政府，但毋庸置疑的是，他也知道自己的政治主张不仅与实际的政治主张迥异，而且几乎所有改革者的主张都无法令他完全满意。然而，他对反奴隶制党始终都心怀敬重，尤其对自己的一位熟人更是礼敬有加。在约翰·布朗[1]被逮捕而无人声援时，梭罗几乎通知了康科德镇上各家各户，说周日晚上，自己将在镇会堂就约翰·布朗的身份及人品发表演说，邀请大家届时参加。共和党委员会以及废奴主义者委员会派人告诉梭罗，时机尚不成熟，不宜发表演说。然而，梭罗则回复道——"我通知你并非要征求意见，而是告诉你我要演讲这件事。"离演讲时间尚早，大厅就已挤满了各个党派的人士。他们恭敬地听着梭罗对英雄发自内心的赞歌，很多人惊讶地发现，自己对约翰·布朗已心怀同情。

据说普罗提诺[2]因自己的身体而倍感羞愧——他身体欠佳，和其他有抽象思维的智者一样不谙人际交往——所以，他这样想也无可厚非。可梭罗先生却身体强健。他身材矮小结实、肤色苍白、蓝色的眼睛严肃而有神，他表情凝重，晚年还蓄起了大胡子。梭罗感觉灵敏、体格强壮、双手敏捷，使用工具游刃有余。健康与思维均

① 1859 年发生的约翰·布朗起义，是美国人民群众试图用武装斗争消灭黑人奴隶制的一次英勇尝试。约翰·布朗（John Brown）是这次起义领导人，故名。

② 普罗提诺(Plotinus)，又译作柏罗丁，新柏拉图主义的奠基人。

可谓无可挑剔。梭罗能步测 16 杆的距离，比别人用尺子测量的还要精确。夜里的森林中，梭罗也能找到路，他说自己靠的不是脚，而是眼睛。梭罗还能准确目测大树的高度，可以像牲畜贩子一样估计牛或猪的重量。面对装着一蒲式耳或者更多铅笔的盒子，梭罗能迅速地把笔一次次抓出来，且每次抓出的笔数量刚好是 12 支。此外，梭罗还擅长游泳、跑步、溜冰、划船。若论及一日行走的距离，农夫都不是他的对手。其实，梭罗的身体与其精神的关系比我们主观猜测的更难以言喻。他说，他走的每一步都有其意义，因为行万里路，才写得万言书。如果闭门不出，他就不知自己应如何落笔。

① 沃尔特·司各特，英国著名的历史小说家和诗人。他的代表作品为《艾凡赫》。

梭罗的知识丰富而广博，如同司各特①的冒险故事中，织工的女儿罗斯·弗莱默克称赞自己父亲一样——他就像一把尺子，既能测量粗亚麻布和尿布，又能测量花毡和锦罗绸缎。梭罗总是有新想法。有一次我打算种栎树，就买了一加仑橡子。梭罗看了一下告诉我说，肯定只有一小部分是好的。说完他就开始挨个检查，想把好的橡子挑出来。可后来，梭罗意识到这样做非常浪费时间，就说："我觉得，你可以把所有橡子都放进水里，沉到水底的就是好种子。"于是我们就测试了一下，发现果然如他所说。此外，梭罗还能设计花园、房屋、谷仓，有足够的能力领导"太平洋探险队"，还能对至关重要的公事和私事给出明智的建议。

梭罗永远活在当下，从不为回忆而羁绊、束缚。如果昨天他向你提出了某种新建议，那么他今天跟你讲的也会同样具有创新性。他非常勤劳，与所有高度自律的人一样，珍视自己的时间，做事有条不紊。全世界仿佛只有他一个人得闲：既可以开始一场说走就走的远行，只求愉快；也可以与人畅谈，直至深夜。他一直审慎行事，但这丝毫不会影响他敏锐的洞察力，新情况在他眼里亦不过是寻常。梭罗喜欢最简单的食物，然而，当有人慌忙准备投奔素食的怀抱时，

北美野牛
American bison

梭罗却认为饮食不过是小事而已："射杀、食用野牛的人肯定比全麦之家的人生活得更好。"梭罗还说："你睡在铁路附近也不会被吵到：大自然最清楚什么声音最入耳，因此火车的汽笛声根本不会打搅到你。万物都会尊重虔诚的心，心驰神往的心境长叙永存。"梭罗意识到自己经常发现这种事：每次去远方发现某种新的植物，回来后很快就能在自己常去的地方找到同样的植物。往往精于赌博的人才有如此好运，但梭罗的好运从未缺席。有一天，梭罗和一个陌生人一起散步，那个人问他哪里能找到印第安的箭头，梭罗则回答："处处都有。"说完，他弯下腰就地捡起一个。在华盛顿山的特克门的山谷里，梭罗重重跌了一跤还扭伤了一只脚，然而他刚要爬起来时，软毛羊菊的叶子首先进入了他的视线。

梭罗常识丰富、双手结实有力、洞察力非常敏锐、意志坚定刚毅，即便如此仍不足以解释他如何在简单的隐居生活中保持卓越优秀。我还不得不提梭罗的超群智慧，拥有这种智慧的人本不多见，而正是这种智慧告诉梭罗，物质世界不过是手段、符号而已。这种感觉有时会给诗人带来稍纵即逝的灵感，为其作品注入斐然文采，但于梭罗而言，这种感觉绝不会随风消逝。无论性格上遇到何种困难或阻碍，梭罗都不会将这一美好的愿景弃置不顾。梭罗尚年轻之时，他说过这样的话："来世是我全部的艺术：我笔端所绘与折刀所刻尽皆为之，再无其他。我也不会利用它。"这种灵感与天赋主宰着梭罗的一切观点、谈话、学习、工作以及生命的历程，也使梭罗能对他人观察入微。相见之初，梭罗虽无法感受到一个人教养方面的种种，但对那个人的气量和才干却心中有数。因此，谈话时，他总会给别人留下天才的印象。

梭罗一眼就能明白时下之事，也能看出对方的局限与弱点，仿佛没有什么可以逃过他的法眼。很多心思细腻的年轻人都对我说梭罗就是他们一直寻找的人，他卓尔不群，能够告诉年轻人如何为人处事。可梭罗对待年轻人们的态度并非和风细雨般，而是高高在上、不吝说教的那种。梭罗很是轻视年轻人那些上不了台面的做法，他只会对自己不想与之相互往来的意思稍加掩饰，或者根本不加掩饰。“梭罗都不愿意和他们一起散步吗？”“他不知道。散步在他心里太过重要，梭罗可不想让别人毁掉自己散步的时光。”有些政治人物出于敬意想与梭罗交流一番，然而梭罗全都拒绝了。佩服他的朋友们也会想自费请他去黄石河[1]——去西印度——甚至去南美洲，然而他都没有答应。尽管梭罗的托词总是严谨慎重，但总会让人们联想到纨绔子弟布鲁梅尔[2]的故事——大雨忽至，有位绅士提出让布鲁梅尔搭乘自己的马车，可布鲁梅尔却回答说：“那你坐什么？”——这种谴责性的沉默、尖锐、责难足以消灭对方的一切防御，他的朋友们可记得真真切切。

① 黄石河（Yellowstone River）：美国西部密苏里河上游的主要支流之一。

② 乔治·布莱恩·布鲁梅尔（George Bryan Brummell），又被称为“漂亮的布鲁梅尔”（Beau Brummel），著名的花花公子，现代男装之父。

梭罗先生将全部的热爱都献给了家乡的田野、山丘和河流，使所有有学识的美国人都对其有所了解，也使所有外国人对此兴致勃勃。他的出生和去世都在某条河边，对于这条河，从其源头到最终

普通潜鸟
common loon

汇入梅里马克河[1]的一切，他都无所不知。这一切都是因为梭罗多年来对其不分春秋、不问日夜的观察。马萨诸塞州的水利专员曾测量过这条河流，而最新的勘测结果和几年前梭罗自己通过实验得到的数据毫无二致。梭罗对河床上、河岸上，还有河面空气中的一切了然于胸：各种鱼类的鱼卵、鱼巢、习性，还有它们的食物；一年一度，薄暮之下的蜉蝣会飞满天空，鱼儿会大快朵颐，有些甚至因为吃得太多而被撑死了；浅水湾里有一堆堆圆锥形的小石头，那是小鱼的藏身之处，有时候，不一会儿就能装满一车。还有常常在河边出没的鸟儿们：鹭鸟、野鸭、秋沙鸭、潜鸟、鱼鹰，还有两岸的蛇、麝鼠、水獭、土拨鼠和狐狸以及在岸上放声欢唱的乌龟、青蛙、雨蛙和蟋蟀——仿佛这些都是他的邻里友伴。梭罗认为，单独描述其中一种生物，标明其大小尺寸、展示其骨骼架构，或是把松鼠、小鸟浸在酒精里制成标本，简直就是荒谬至极的事。他喜欢讲述河流的特征，将其当成有生命的物体对待，以事实为依据，力求真实准确。因为他热爱这里的河流，也热爱这一地区的池塘。

① 梅里马克河，美国东北部河流，源出新罕布什尔州中部的怀特山脉，向南流入马萨诸塞州，折向东北注入大西洋。

梭罗的想象天马行空、无拘无束，这是他最强有力的工具之一，远比其他人使用的显微镜和酒精容器更重要。不过，他可以

北美灰松鼠
eastern gray squirrel

用最深沉的文字描述自己的遐想，因为家乡和周边地区是他最喜欢的地方，也是他观察自然的不二之选。梭罗曾说，马萨诸塞州的植物区系种类多样，几乎涵盖全美所有植物——有绝大部分栎树、绝大部分柳树、最好的松树、梣树、槭树、山毛榉和坚果树。他之前从朋友处借了一本凯恩[1]的《北极航海志》（*Arctic Voyage*），还书时他说：“书中提到的大部分现象，在康科德都看得到。”北极的日出和日落可在同一时刻，而且六个月之后白天就会只剩下五分钟，这让梭罗多少有些嫉妒，毕竟五分钟的白天是在安努尔斯努克山（Annursnuc）看不到的景象。有一次散步时，梭罗看到了红色的落雪，后来他还跟我提过说要是能在康科德找到亚马逊王莲就好了。他是康科德当地各种植物的守护神，觉得康科德的杂草都比外来植物要好，就跟印第安人比那些文明人要好一样——梭罗曾高兴地说，邻居家支撑豆藤的柳木杆子比他家豆子的长势要更好。梭罗还说过：“你看这些野草，春夏的光景，太多农民想把他们连根拔除，可之后它们都能再探出头，在小路上、牧场里、田野间和花园中招摇。我们给它们起的名字简直是对它们的侮辱——比如‘猪草’（pigweed）[2]、‘虫草’（wormwood）[3]、‘鸡草’（chickweed）[4]、‘西鲱花’（shad-blossom）[5]之类的。不过，有些名字却能表达他们的美——比如‘神果’（*Ambrosia*）[6]、‘明星’（*Stellaria*）、‘唐棣’（*Amelanchier*）、‘不凋花’（*Amaranthus*）[7]等。”

1 伊利莎·肯特·凯恩（Elisha Kent Kane），美国探险家，也是美国海军在19世纪上半叶的医务人员。他是北极考察队的成员，参与营救了探险家约翰·富兰克林爵士。

2 即苋属植物。

3 即豚草属植物。

4 即繁缕属植物。

5 即唐棣属植物。

6 又称为“仙馔密酒”，是希腊神话中诸神的食物。这里指的是豚草。

7 *Ambrosia*、*Stellaria*、*Amelanchier*、*Amaranthus* 分别为豚草属、繁缕属、唐棣属、苋属的学名。*Amelanchier* 这一名字的来历不详。

梭罗喜欢以康科德镇的子午线作为参考，我觉得这并不是因为他对其他经度纬度的无知或鄙视，而是用一种幽默的方式说明：地域的差别无足轻重，最好的地方就在脚下。他表达过这一观点：“我

睡菜
buckbean

觉得，如果在你心中，世间最芬芳的不是脚下的土地，那么你便配不上所有期望。”

耐心是梭罗克服科学领域诸多难题的另一个武器。他可以一动不动地坐着，仿佛与身下的磐石已成一体。鸟儿、爬虫、游鱼开始会各自散去，可过一段时间又会回来，恢复常态，甚至好奇地观察着他。

和梭罗散步的机会不可多得，也是美事一桩。他对自己的故乡了如指掌，仿佛自己是狐狸或飞鸟一样，可以随心选择乡间的小路。无论在雪地中还是在平常的小路上，对每一种足迹他都可以认出，知道走在自己前面的是哪种动物。有这样的向导，你肯定会放心地跟他走，而且如此也会为你带来丰厚的回报。梭罗的腋下夹着一本旧乐谱，这样就可以将采集到的植物夹在书页中；他的口袋里装着自己的日记本、铅笔、一个观察小鸟的望远镜、一个显微镜、一把折刀和一些麻绳。他头戴草帽，脚踩结实的鞋子，身穿深灰色的裤子，可以毫无顾忌地在冬青叶栎和菝葜之间穿行，或是爬上树枝寻找鹰巢或松鼠的树洞。他会涉水，到池塘中探寻水生植物的踪迹，因此，双腿必然要强壮结实才行。一天，他在一片大水塘的对面发现了睡菜，观察过花瓣之后，他断定睡菜已经开花五天了。于是，他从胸口的口袋中拿出日记本，找到哪些植物会在今天开花——俨然一副银行家记录票据何时到期的样子。明天，杓兰才会开花。梭罗知道，就算他在这片沼泽醒来，恍惚懵懂间也可以通过植物判断出当时的时节日期，且误差不会超过两天。橙尾鸲莺在空中飞过，接着美丽的松雀也来了。松雀明亮的红色会让人不禁睁大眼睛，清丽婉转的嗓音在梭罗眼中可以与唐纳雀喉疾初愈后的嗓音相媲美。不久，他听到了一种鸟的叫声。这种鸟他之前从未见过，他将之命名为 night-warbler[1]，十二年来他一直努力寻找它的身影，然

[1] 据梭罗的《缅因森林》推测，这只“夜莺”可能是普通潜鸟（*Gavia immer*）。

橙尾鸲莺
American redstart

而每次刚一看见它，鸟儿就会一头扎到树下或躲进灌木丛中，再无踪迹，可这种鸟是唯一一种不分昼夜放声高歌的鸟儿。我提醒他，要是万一找到他口中的night-warbler，并将之记录在案，生命可能就没什么意义了。可梭罗却说：“你用尽半生时光寻而不得的东西，或许某一天就会在餐桌上与它四目相对了。你所追寻的仿佛是一场梦，一旦找到，立刻就会成为俘虏。”

梭罗对千花百鸟的兴趣深深植根在他的心中，与大自然颇有灵犀——然而，他却从未想过用条条框框定义大自然。他也不想把自己的观察报告交给自然史学会，“我为什么要给他们？一旦这种描述和我脑海中的印象脱离，那对我而言就没有意义了，况且他们想要的也不是我的观察。”他观察力之敏锐过甚，如他有超能力一般：他的眼睛就像显微镜，耳朵仿佛戴上了助听器，记忆则宛如摄影机，能记录所有的影像与声音。不过，没有人比梭罗更清楚，重要的不是事实本身，而是它在你心中留下的印象或影响。每件事在他心中都是独一无二的，代表着一个整体的秩序与美丽。

梭罗决定献身自然史完全是天性使然。他承认，有时自己就像猎犬或豹子一样，要是生而为印第安人，他肯定会是凶悍的猎人。然而，马萨诸塞州的风土人情如此，所以他只好转而研究植物学或鱼类学这些比较温和的内容。他与

美洲豹
jaguar

北美土拨鼠
woodchuck

动物的亲密关系会让人想到托马斯·富勒[1]对养蜂专家巴特勒[2]的描述："他不是在跟蜜蜂说话，就是在听蜜蜂说话。"蛇在他腿上盘卧，鱼儿游到他的手上被他捧出水面，梭罗会抓着土拨鼠的尾巴把它拽出洞穴，他还会保护狐狸不被猎人捕杀。这位自然学家可谓是大方慷慨，心里从不会留着小秘密：他会带你去鹭鸟的栖息处，甚至会带你去他最珍视的植物学沼泽地——可能梭罗心里知道，没有他，你再也不会找到这个地方，但无论如何，他愿意冒险。

没有大学授予过梭罗学位或邀请他担任教授，也没有学会请他担任通讯秘书、考察员，甚至都没有邀请他入会。也许这些学术团体担心，他的存在是一种讽刺。他对个人或团体的观点毫无敬佩之心，唯有真理能令他折服。然而，当梭罗发现博士圈虚礼盛行，就对博士们失去了信任。镇上的人开始把梭罗当成怪人，但渐渐也开始对他有了敬畏、佩服之意。雇他测量土地的农民们很快就发现，梭罗的测量精确到位、技术杰出高超，对于土地、树木、鸟类、印第安遗迹等方面非常熟悉，能告诉每位农民关于

① 托马斯·富勒（Thomas Fuller），英国学者，布道师。

② 查尔斯·巴特勒（Charles Butler），英国养蜂家，1587年毕业于牛津的马格达兰学院，获文学硕士学位，以后在该学院任教。业余以草编蜂窝养蜂，从事蜜蜂生物学的研究。

他们自己农场的详细情况，而有些情况农场主之前全然不知。结果，一段时间后，农民们都觉得梭罗先生更应该拥有自己的土地。当然，农民们也都感受到了梭罗那种自带威严的卓越气质。

康科德不乏印第安人的遗物：箭头、石凿、槌子，还有陶瓷碎片，野蛮人频繁出没的河岸，还有大堆大堆的蛤壳和灰烬。在梭罗眼里，这些以及与印第安人相关的每一个细节都非常重要。他之所以去缅因州，完全是因为对印第安人的喜爱。看到了树皮独木舟的制作过程，还亲自在激流中驾驶独木舟，这些令他心满意足。梭罗对石质箭头的制作充满了好奇，在他生命的尽头，还不忘差遣一个年轻人帮忙到落基山脉找一个能清楚告诉他如何制作箭头的印第安人："为了学会这个，去一趟加利福尼亚州也值了。"夏日里，有时候会有几个皮诺布斯科特印第安人到康科德来，他们会在河岸边扎营。梭罗总能和其中最优秀的人成为朋友，尽管他知道让他们回答问题简直和让河狸或兔子回答问题没什么区别。梭罗最后一次去缅因州的时候，和约瑟夫·波利斯成为朋友，这个聪明的印第安人来自旧城，为他当了好几周的向导，令他非常满意。

梭罗对自然界的每种现象都很有兴趣。他的洞察力卓越超群，发现自然界的法则非常相似，而且我也知道，唯有梭罗能从某个事实中如此迅速地发现普遍性的法则。他不是某个方面的专家，只是有发现美的眼睛和懂得聆听的耳朵，每到一处，他都觉得美好和音乐并非千载难逢，而是随处可见。他觉得，最动听的音乐都有着单一的节奏，他甚至能从电线的嗡嗡声中发现某种诗意。

他的诗作好坏参半。虽然他欠缺优美的文笔和抒情的技巧，但他的悟性总能带来作诗的灵感。梭罗对诗歌颇有鉴赏力，因而懂得欣赏诗作，也知晓如何评论。作品中诗意的元素永远不会逃过他的眼睛，可对诗意的渴求却总会让他忽略甚至蔑视其表面的美感。梭罗可能会略过考究的韵律，但他总能找到诗作中字里行间的灵气，也知道哪篇散文中有与此异曲同工的表达。梭罗认为精神美感是重中之重，所以相较而言，现有诗作总是入不了他的眼，只有埃斯库罗斯[1]和品达[2]的作品才能引起他的崇敬之情。然而，当人称赞他们的诗作时，梭罗却会说："埃斯库罗斯还有其他希腊人有关阿波罗和俄耳甫斯的作品都不是赞歌，或者说没有真正的好作品。他们要做的不是让草木动容，而是向诸神高歌，把旧思想赶出他们的脑子，把新思想灌输进去。"梭罗自己的诗作通常粗糙而残缺——虽是美玉，但仍有棱角缝隙，需打磨才可成器；虽为百里香、甘牛至，但仍需酿造方可制成蜂蜜。然而，即使抒发胸臆的文笔技巧和诗人的秉性都不是梭罗的傍身之物，但有感而发的思考从未缺席，这说明他的天赋比才华更胜一筹。梭罗知道想象在升华人生、抚慰心灵方面的作用，所以喜欢把每个想法都幻化为符号。你说事实毫无价值，唯有对事实的印象永存心间。正因如此，梭罗的存在才富有诗意，令人好奇到意欲探求其内心的秘密。梭罗总会有所保留，不想让内心的神圣之事被世俗的眼睛玷污。他非常清楚如何为自己的经历蒙上诗意的面纱，所有读过《瓦尔登湖》的人定会记得他如何将自己的失望神话般再现：

① 埃斯库罗斯（Aeschylus），古希腊悲剧诗人，与索福克勒斯和欧里庇得斯一起被称为是古希腊最伟大的悲剧作家，有"悲剧之父"、"有强烈倾向的诗人"的美誉。代表作有《被缚的普罗米修斯》、《阿伽门农》等。

② 品达（Pindar），古希腊抒情诗人。

> 很久以前，我曾丢失了一条猎犬、一匹枣色马和一只哀鸽，至今我都还在找它们，我向许多路人提到它们，描述它们的踪迹，以及它们回应人们叫唤的方式，我遇到一两个人，他们曾听到过猎犬的叫声，枣色马的蹄音，甚至有人目睹过哀鸽悠然隐入云中，他们似乎也很急切地想找回它们，好像是他们自己丢失的一样。
>
> ——摘自《瓦尔登湖》[3]

③ 本文所选译文摘自澄因译本。

他谜一般的文字值得品味，虽然我有的时候也不能理解，但我相信他的表达正确合理。他脑中不乏事实依据，所以根本没必要堆砌辞藻。《同情》一诗就揭示了禁欲主义坚实壁垒下的温存柔情，也彰显了由此而来的匠心。《烟》可算是他的经典之作，颇有西蒙尼德斯[1]之风范，但西蒙尼德斯所有的诗作都无法与之相较。他的一生就藏在他的诗句中，他的日常习惯让他所有的诗作都成了赞美诗，赞颂万物本源——即造就并驾驭他灵感的灵气：

[1] 古希腊的抒情诗人。

我之前只有耳朵，现在却学会了聆听，
我之前只有眼睛，现在却学会了发现；
我之前只会生存，现在却学会了生活，
我之前只会学习，现在却学会了辨别。

有关宗教的诗句中则有更多的溢美之词：

此刻才是我诞生之时，
此时才是我辉煌之刻；
我从未怀疑无言的爱，
非我所有，非我所欲，
追寻着我的脚步，从青春年少到桑榆暮年，
直至今晚。

虽然梭罗的作品提及教堂或牧师时多有不逊，但他对宗教的追求罕见、温柔而真实，无论是思想还是行动，他绝不会有半分逾矩之举。当然，他的思想和生活之独到为世人所不解，也使他远离了平常的宗教行为。这一点无须责难，也无须扼腕，毕竟很久之前，亚里士多德就已解释过：“若一个人的德行远胜于他人，那他也就无法屈尊融入整座城市了。其他人的法则并不适用于他，因为他自有原则。”

梭罗就是真诚的化身，他神圣的生活便是先知在道德方面的有力例证。他的经历积极乐观，不容忽视。他口吐真言，能驾驭最深刻、最严谨的交谈，能治愈灵魂的创伤。他是朋友，不仅知道友谊长存的秘密，也受人崇敬膜拜：虽然只有少数人，但这些人依赖梭罗，将其奉为神父和先知，深知其思想及胸怀的重要。他认为，若是没有某种宗教信仰或忠诚奉献，就没有伟大的事业。此外，他还认为，偏执的宗派主义者最好也牢记这一点。

有时，梭罗的美德也会不可避免地走向极端。他是一位隐士，自愿清修，但他比自己想象的更孤独，因为他对真理的追求几近苛刻。他不仅要求自己绝对正直，也要求其他人必须做到这一点。他厌恶犯罪，任何成功都无法掩饰这一点，而且他也看不起富人，因为体面的富人随时可能像乞丐一样讨价还价。梭罗行为举止中这种危险的坦诚使之成为崇拜者口中“那个可怕的梭罗，”仿佛安静时仍能听见他的声音，离开后依旧存在一样。我觉得，他的理想太过严肃，使其无法正常享受人类社会的幸福感。

现实主义者总会发现事情的反面，因此梭罗总是会用悖论描述事物。对抗性的写作习惯使梭罗的早期作品事倍功半，其实在他的后期作品中仍能见到这种写作手法的踪迹——使用反语代替常用的词汇和思想。他赞扬荒芜的高山和冬日的森林，因为它们很亲切；他说冰雪之中其实炙热一片，无尽的荒野仿若罗马和巴黎。“这里真是极度干燥，如潮湿一般。”

有些人没有哲学家的洞察力，在他们眼中，放大某个瞬间而洞察某个事物或某种组合中的自然法则，是荒唐可笑的。而在梭罗看来，事物大小不足论。湖泊就是小小的海洋，而大西洋也可以是大大的瓦尔登湖。每件小事都可以用宇宙定律来解释说明。尽管梭罗寻求的是公正，但似乎某种认识长期困扰着他。他之前觉得当代科学表面具有完备性，却发现所谓的专家竟无法分辨某种植物种类，不能具体描述其种子，也无法说清其萼片数量。我们则劝解梭罗：“这就说明那些没头脑的人没出生在康科德，可没人说他们是出生在康科德啊。身在伦敦、巴黎或者罗马对他们来说简直是无法言说的不幸，但这些可怜虫已经尽力了，毕竟他们也没见过贝特曼湖、九亩角（Nine-Acre Corner），也没见过贝基斯托沼泽。况且，天降大任于你，不就是为了这个吗？”

如果他的天资只在思考方面，那他的生活与此也算相辅相成。可梭罗精力旺盛，实践能力强，似乎天生就是要成就一番伟业或发号施令的。他的行动力绝无仅有，这种能力的缺失让我深感惋惜，因此，我不禁觉得，胸无大志是他的缺点之一。他不想成为美国的栋梁，反而愿意带着人们去采摘佳露果。如果研究豆子是为了将来能为国家效力，那么也算是好事，可如果一生都只研究豆子则应另当别论！

无论是内在还是表面上，人行为举止中的不足之处都随着品性的不断提升而迅速消失，其中的活力和智慧带来了新的胜利，足以掩盖之前的失败。对大

瓶龙胆草
closed bottle gentian

佳露果
black huckleberry

自然的研究是梭罗永恒的光环，引得梭罗好奇的朋友们从他的视角发现世界，仔细聆听他的冒险经历，所有感官都为之折服。

虽然梭罗蔑视传统的礼节，他却有自己的优雅。因此，他不能忍受自己的脚步声，不能忍受踩在砂石上的摩擦声，只想走在草地上、大山中和森林里，不愿在马路上迈出一步。他的感觉非常敏锐，觉得到了晚上，每户人家都会散发出难闻的气味，活像一个个屠宰场。他喜欢草木樨纯粹的芬芳，尤其偏爱几种植物——萍蓬草就是他的挚爱，龙胆、假泽兰、“永生草”（life-everlasting），还有一棵椴树次之。每年七月中旬椴树开花时，他都要去看看。梭罗认为嗅觉比视觉更玄妙、更可靠。当然，嗅觉能带来其他感觉无法比拟的感受，他甚至能靠嗅觉分辨土壤。梭罗喜欢听回声，说回声是唯一能带给他共鸣的声音。他对自然爱得深沉，享受与它独处的时光，甚至对城市有了嫉恨，他说文雅和技能的影响让人类及其栖身之所已然没了之前的样子。斧头一直破坏着他的森林，梭罗不禁叹道：“你们碰不到云彩，真是万幸！”“白色纤维状的颜料在天蓝色的画布上任意挥洒。”

我从他未曾出版的作品里摘录了一些句子，这不仅是为了记录下他的思想情感，也是为了展现其文字的功底和文学上的造诣。

“等你在牛奶中发现了鳟鱼，才明白有些偶然性的证据极有说服力。”

“白鲑是一种软体鱼，吃起来是水煮盐渍牛皮纸的味道。”

“年轻人收集材料，想要建造通往月球的桥梁，也有可能是要在大地上建一座宫殿或庙宇；而中年人收集材料，最终只是为了建一座木屋。”

“蝗虫尖啸而过。”

“‘魔鬼之针’[1]沿着‘坚果草地’小溪蜿蜒而过。”

[1] 即蜻蜓。

“蜜糖之于味蕾的甜美不及声音之于懂得聆听的耳朵。”

“我往火里添了一些铁杉树枝，噼啪作响，这声音之于耳朵犹如芥末之于舌头，仿佛置身枪林弹雨之中。干柴犹爱烈火。”

“蓝鸲背负着蓝天。”

“唐纳雀略过片片绿叶，仿佛要将它们点燃。”

“若为罗盘寻找马鬃，我一定回去马厩；而长着羽毛的鸟，目光敏锐，上了路。”

“神仙水表面亦不腐。”

“烈火是最讨喜的伙伴。”

“自然为绿叶创造了蕨类植物，展示自己在这方面的神力。”

“山毛榉树干之挺拔、树根之健壮举世无双。”

“深藏在暗河底部淤泥中的淡水蛤，如何能生出彩虹色的蛤壳？”

“婴儿的鞋子不分左右脚，那段时光真是难熬。”

“我们把自由给了他们，却谨遵他们的命令。”

“最恐惧的不过恐惧本身。相较而言，上帝可能更喜欢无神论者。”

“如果你终将忘记，那这件事又有什么意义？奇巧的心思便是掌管世间万物的诀窍。”

玫红丽唐纳雀
summer tanager

“若没有播种品行，如何能收获思想？”

“对期待宠辱不惊的人，才可托付天资。”

“我想被融化。你可以问问金属，它们只对融化自己的烈火展现温柔，此外，再无柔情送他人。”

植物学家都知道，有一种植物和夏季开放的“永生草”同属鼠麴草（*Gnaphalium*）[1]，它生长在提洛尔山脉（Tyrolese mountains）最危险的悬崖上，连岩羚羊都望而却步。可被它的美貌所吸引，猎人们会为了爱情（瑞士姑娘们都觉得这种花非常珍贵）爬上悬崖摘花，结果就会坠落悬崖，手中还拿着摘到的花。植物学家给它的学名是高山火绒草（*Gnaphalium leontopodium*）[2]，而瑞士人却叫它雪绒花（*Edelweisse*）[3]，象征着“高尚、纯洁”。在我看来，梭罗一直都想摘到这种花，而这种花与他也极为相称。梭罗的研究浩繁如天卷，需龟鹤遐寿之经年，因此他的骤然离世让我们始料未及。美国巨子与世长辞，而国家对此却毫不知情，或是知之甚少。中道崩殂，而长业未竟，后继无人，这似乎是一种损失——对如此高贵的灵魂仿佛又是不敬——他竟没来得及让同道之士真正了解自己便溘然长逝。不过，至少他自己心满意足。他的灵魂最为高贵，虽然生命短暂，但已为众生竭智尽力。世界之大，哪里有知识，哪里有德行，哪里有美好，哪里就有梭罗。

R. W. 爱默生[4]

① 现为火绒草属（*Leontopodium*）。

② 现学名为 *Leontopodium alpinum*。

③ 此名来自于德文“Edelweiß”，由edel（高贵的）和weiß（白色）所组成。

④ 拉尔夫·沃尔多·爱默生（Ralph Waldo Emerson），生于波士顿。美国思想家、文学家，诗人。爱默生是确立美国文化精神的代表人物。美国前总统林肯称他为“美国的孔子”、“美国文明之父”。

1、2 蝶须
stoloniferous pussytoes

3 高山火绒草
edelweiss

Chapter 2

马萨诸塞州博物志

旅鸫
American robin
栗栎
chestnut oak

自然史方面的书籍是冬日里最令人愉快的读物。在雪花漫天、银装素裹的冬日，我捧着奥杜邦[1]的书，爱不释手，展现在我面前的是一幅幅画卷：木兰、佛罗里达群岛（Florida keys），还有岛上温暖的海风；栅栏、棉树，还有迁徙的刺歌雀；拉布拉多（Labrador）渐渐远去的冬日和密苏里小溪上冰雪的消融。读书之乐不仅于此，草木繁盛的大自然让我心向往之，对我的健康也颇有益处。

① 约翰·詹姆斯·奥杜邦(John James Audubon)是美国著名的画家、博物学家，他绘制的鸟类图鉴被称作“美国国宝”。奥杜邦一生留下了无数的画作，他的每一部作品不仅是科学研究的重要资料，也是不可多得的艺术杰作，他先后出版了《美洲鸟类》和《美洲的四足动物》两本画谱。其中的《美洲鸟类》曾被誉为19世纪最伟大和最具影响力的著作。

枯燥的生活日复一日，
天蓝色不时到访，
失去往日光华的堇菜
或银莲花，随着春风飘向
某条蜿蜒的小溪，而

最能抚慰人心的鸡汤，

便显得不再真实。

犹记得，严冬将至，

寒冷的夜里，屋顶之上，

是一轮明月，洒下寂静的清辉，

树枝、围栏和向外凸出的喷口上，

冰的利剑仍在增长，

直指寒阳初升的光芒。

往昔夏日耀眼的正午，

不知从何而来的光线斜照在

长满金丝桃的高地牧场；

画面在我头脑中闪回，只听到，

蜜蜂嗡嗡地浅唱，落在变色鸢尾上，

摇曳在草地中央；奔腾的小溪，

走过险滩旋涡，默默流淌

静寂了的回忆——潺潺地

沿着山坡，再穿过草地，

直至欢快的声音终于消失在

低地安静的小河里；

亦看过，犁沟泛着光，刚刚翻过的地，

旅鸫在身后，

茫茫田野，

也盖上了厚厚的积雪。

上帝举手之劳的赐福，

使我冬日的任务得以继续。

变色鸢尾
harlequin blueflag

冬日里，听到唐棣、垂序商陆和刺柏的名字，我就会备感清新。天堂大抵也是由这些便宜的夏季小精灵组成的吧？拉布拉多和伊斯特梅恩（East Main）这两个地名蕴藏着健康的信号，绝不会被消沉的信条所侵袭，听上去不知要比“联邦政府”这四个字强多少倍。季节变换使我们永远不会百无聊赖，国会的事情永远比不上这些绮丽。柿子树、七叶树，还有纹腹鹰的日记里会留下什么内容？在南卡罗来纳州、北卡罗来纳州、大松林（Great Pine Forest）和莫霍克山谷（Valley of Mohawk）中，什么东西从夏至冬蒸发不止？单纯从政治的角度看，这片大地索然无味，人们被视为政治机构的一员时，就已失了身份，大地也只会呈现出腐朽的迹象。我只看得到邦克山（Bunker Hill）、新新监狱（Sing-Sing）、哥伦比亚特区（District of Columbia）、

刺歌雀
bobolink

沙利文岛（Sullivan）和将它们连接在一起的几条街道，然而，除了拂过的东风南风，它们一文不值。

健康在人类社会中鲜有，在自然界中却俯拾皆是。要不是因为双脚还站在自然中，我们必定会面色苍白，毫无生气。社会总是在堕落，越是精英社会，问题就越严重。那里没有松树清新有益的味道，也没有高原牧场永生草沁人心脾、振奋精神的香气。自然史的书常伴我身侧，那是我的灵丹妙药，唯有阅读这种书才能让我恢复气血。实际上，在病人眼中，自然才是病人；但在健康的人眼中，自然就是健康的源泉。懂得欣赏自然之美的人不会看到伤害和失望。宁静的自然从来不会教授绝望的教义、精神的专横、政治的残暴，故而也不会宽心接纳这些。无疑，如果我们仍被皮毛裹挟，那么勇气的旗帜将永远无法在大西洋边界随风飘扬。无论如何，它的声音都足以振奋一个人的精神。云杉、铁杉、松树永远不会为绝望背书。我想，宣扬某些教条的小礼拜堂和教堂似乎

垂序商陆
American pokeweed

加州七叶树
California buckeye

纹腹鹰
sharp-shinned hawk

忘记了大奴湖湖边（Great Slave Lake）[1]的猎人正裹着裘皮，而爱斯基摩人乘坐的是狗拉雪橇，还有，在北方的朦胧夜色中，猎人仍在冰上追逐着海豹和海象。这些地方非常不健康，想象力透着病态的味道，很快就将敲响世界的丧钟。除了为将死之人准备寿衣、撰写墓志铭之外，这些食古不化的教派就没有别的生计了吗？人们的信念都被传道者的安慰带走了。如果我没有在别人说话的声音中感受到如蟋蟀鸣叫时的低沉和愉悦，那么他们说的话对我来说又有什么意义？这些话终究要如天空下的森林一般，给人带来平静才好。如果没有水光潋滟的小溪时常令我愉悦、振奋，我一定会被其他人弄得疲惫不堪。快乐的确与生活状况相关。想想池塘中扑腾的鱼苗，夏日傍晚无处不在的昆虫，春天树林中雨蛙不间断的乐音，历经磨难从而披上五彩华衣的冷淡的蝴蝶，还有溪流中逆流而上的鱥鱼——水把它们的鳞片冲刷得更为光滑，粼粼地反射在河岸上。

① 大奴湖（Great Slave Lake），又称大斯雷夫湖，为加拿大第二大湖，位于加拿大西北部，近艾伯塔省北界。

加拿大铁杉
eastern hemlock

黑云杉
black spruce

胖头鱥
fathead minnow

试想，这种从神坛、演讲厅和会客厅中传出来的宗教、文学和哲学的絮语，叫嚣着传遍宇宙，如地轴运转时发出的吱扭声一般洪亮。可如果一个人沉沉入睡，那么日落日出之间，他根本不会受此影响。如同碗柜中只有三英寸摆幅的钟摆，时时刻刻随着大自然而律动。然而，当我们睁开双眼，叫醒耳朵后，这种律动就会像铁轨上的列车一样，消失在蒸汽与咔嚓声中。我在自然的幽静中发现了其美感，它宁静安详的灵魂需要人们静心沉思，我不禁想到了生命难以言喻的隐秘——如此静默，如此与世无争。苔藓的美丽唯有在最神圣、最安静之处才能体会，相对激烈的战争而言，科学该是多么令人崇敬的训练。实际上，这些研究中蕴含的无法企及之英勇比战士听到号角后的勇敢更震撼人心。泰勒斯[1]的灵感也常常在黑夜中到访，他的天文学发现就足以证明，而我也因此欣喜。准备动身前往拉普兰德[2]的林奈[3]，先要检查自己的“梳子”、“备用衬衫”、“皮质马裤”和“挡住蠓虫的纱帽”，那种满足就像波拿巴[4]和俄国开战之前检查完自己的炮弹一样。拿破仑的那种心如止水的勇气值得钦佩，他的眼睛要饱览鱼儿、花朵、鸟儿、四足动物和两足动物。科学总是勇敢，知其然，必要知其所以然。怀疑和危险在它面前只会躬身畏缩。懦夫匆忙之中忽视的内容，它都会平心静气地仔细检

1 泰勒斯（Thales），古希腊米利都学派的创始人，西方哲学史上第一位哲学家。

2 拉普兰德（Lapland），位于挪威北部、瑞典北部、芬兰北部和俄罗斯西北部在北极圈附近的地区，它有四分之三处在北极圈内。

3 卡尔·冯·林奈（Carl Von Linnaeus），瑞典生物学家，动植物双名命名法（binomial nomenclature）的创立者。

4 即 19 世纪法国伟大的军事家、政治家，法兰西第一帝国的缔造者拿破仑·波拿巴（Napoleon Bonaparte）。

查，像开拓者一样为追随自己的艺术而破冰。怯懦毫无科学可言，因为无知的科学永远不会存在。或许有关勇气的科学的确存在，因为它总会进化；但退缩很少有立足之地，就算有，那一定是在面临某种特殊情况时，有序前进的步骤。

言归正传。昆虫学把生物的界限朝新的方向拓展了一步，所以我走进大自然时，觉得空间更为广阔，自己也更加自由。此外，这也说明，宇宙并不粗糙，恰恰相反，其细节之处尤为精妙。自然经得起最细致的检查，它欢迎我们仔细观察最小的一片绿叶，从昆虫的角度观察眼前的平原。自然没有裂隙，每一部分都极具生命力。我也很高兴能一探夏日正午无数声音的来源，仿佛它们正是永恒不可或缺的部分。谁会忘记秋蝉接连不断的鸣叫？阿那克里翁[1]在颂歌中说：很久之前，希腊人就已在细细聆听。

蝉，我们宣布你是幸福的，
你站在树尖，
享用点滴露水，
便像歌王一样高唱，
因为那些都是你的，
田野中，森林中
目之所及皆是你的。
你是农夫的朋友，
毫无害人之心；
你受人尊敬，
堪称夏日亲切的先知。
缪斯女神青睐你，
福玻斯[2]也对你青睐有加，

① 阿那克里翁（Anacreon），希腊亚洲部分最后一个伟大的抒情诗人。他的诗作现仅存片断。

② 福玻斯在希腊神话中，是阿波罗作为太阳神时的一个别名。

岁月对你无计可施，
你灵巧轻捷、脱胎尘世、独爱歌唱，
你不曾受苦，亦不曾流血；
几乎和神一个模样。

盈盈秋日，正午时分，蟋蟀的鸣叫随处可闻，而炎炎夏日，傍晚前后，他们的歌声亦不绝于耳，呼唤着年终的夜晚。被浮光掠影沾染的世界也无法改变夜晚的节奏。每一秒都和蟋蟀的歌声以及墙上蛀虫的沙沙声不约而同。你也可以加入它们，与之和声。

马萨诸塞州约有 280 种鸟，有的终年栖息于此，有的只在这里度夏消暑，还有的只是我们的过客。而那些留下来和我们一起过冬的鸟儿赢得了我们最热诚的同情。五子雀[1]和山雀一同翩翩飞起，穿过林中的谷地。一个严厉地责怪对方是入侵者，另一个则含糊地诉说衷肠。冠蓝鸦在果园中大叫，短嘴鸦暴风雨般齐声高唱；披肩榛鸡是秋天与春天之间黄褐色的一环，留下了完整的夏天；老鹰坚定如战士，昂头直面冬日的凛冽；旅鸫[2]和百灵在树林温暖的温泉边栖身；暗眼灯草鹀可是熟人，一会儿在花园中啄取种子，一会儿又飞到院子中叼几粒面包屑；偶尔还能看到伯劳，漫不经心地唱着歌，引得夏日重现——

1 即鳾科鳾属鸟。

2 我们偶尔能看到一种白色的旅鸫和白色的齿鹑。奥杜邦的书中曾提到过，某种旅鸫的巢居然筑在地上，他认为这一点很不可思议，但这种鸟在筑巢地点的选择上也不甚挑剔，我就曾在废弃谷仓的茅草屋顶下发现过它的巢穴。还有一次，我在附近几乎没有树木的村庄也看到了它的巢穴—就在锯木厂阁楼的某块木板的一端，和两只菲比霸鹟挤在一处筑巢，距离来回机械运动的锯子相隔不过几英寸。作者原注。

一年的时光，
他的船帆从未收起，
现在他在小憩，
对着冬日低语。

暗眼灯草鹀
dark-eyed junco

春姑娘的脚步越来越近，河里的冰渐渐融化，第一批拜访者就三五成群地出现在我们面前了。还是之前那个提奥斯城[1]的诗人，为新英格兰和希腊吟诵着这首诗歌：

①提奥斯城（Teian），为古希腊城市，位于伊奥尼亚海岸边。

春日归来

等等，春天来了，
美惠三女神[2]送来了玫瑰花；
等等，海浪卷起来了，
又被宁静抚平；
等等，鸭子在游水；
等等，鹤鸟在飞奔；
太阳神一直闪耀着光芒。
天光云影；
人类的成果熠熠生辉；

②美惠三女神（The Graces），在希腊神话中体现人生所有美好事物，代表了真善美，因此也成为艺术家们歌颂的主题之一。

大地结出硕果；

油橄榄的果实探出了头。

巴克斯[1]的酒杯已经斟满，

树叶、枝条，

累累果实，压弯了枝头。

① 巴克斯（拉丁语：Bacchus），是罗马神话中的酒神和植物神。

每到这个季节，野鸭和海鸥就会浮在水面上。东风从不会缺席，吹拂着草场，野鸭和海鸥三三两两，不时梳理着自己的羽毛，潜入水中，逮着百合花的根或是还没解霜的越橘啄几下。第一群大雁向北掠过天空，一会儿排成一字型，一会儿又排成波浪形。歌带鹀在灌木丛中，在栅栏上歌唱，向我们致敬；百灵忧伤的歌声从草场上传来，清亮甜美；蓝鸲（犹如蓝色之光，注视着我们走过。鱼鹰在这个季节还不多见，它会威风地掠过水面，看到这一景象的人，绝不会轻易忘记它的威风。它时而划过天际，像第一线作战军舰一般，无惧狂风暴雨；时而像马上要倾覆的船只一般，俯冲下来，仿佛自

白颊黑雁
barnacle goose

己是国鸟一样，亮出利爪，伺机捕猎。它咄咄逼人，仿佛已是河流树林的主宰。即使面对着土地的主人，它的眼睛也不会有丝毫退缩之意，反而让土地的所有者觉得自己是入侵者。它撤退的时候，平稳而坚定，如同进攻一般。我自己就有一对鱼鹰，近些年经常在附近捕鱼。我是在附近的池塘捉到它们的，身长约 2 英尺，翅展约 6 英尺。纳托尔[1]说过："不少先人，尤其是亚里士多德，窃以为鱼鹰能教会雏鹰凝视太阳，而做不到这一点的雏鹰就会被杀掉。林奈甚至相信鱼鹰的一只爪子上所有的脚趾都是分开的，而另一只则有蹼，因此鱼鹰可以用一只爪子游泳，用另一只捕鱼，这都是轻信权威造成的。"然而现在，曾经锐利的眼睛已经暗淡，爪子也已经松懈，尽管叫声依旧尖利，却仿佛如鲠在喉，展开翅膀时，好像带着大海的咆哮。朱庇特的残暴在于它的利爪之间，它头部和颈部的羽毛竖立着，一如朱庇特的愤怒。这让我想到了亚尔古英雄[2]的远征，即使最愚钝的鸟儿，也能飞越帕尔纳索斯山（Parnassus）[3]。

① 托马斯 · 纳托尔，英国的植物学家和动物学家。

② 希腊传说中同伊阿宋一道乘快船"阿尔戈号"去科尔基斯（Colchis）的阿瑞斯圣林取金羊毛的 50 位英雄。

③ 帕尔纳索斯山，希腊中部班都斯山脉的石灰岩山岭。

油橄榄
olive

在戈尔德史密斯[1]和纳托尔笔下，早上和傍晚，麻鳽低沉的声音常在沼泽地回响，像水泵的声音，也像充满雾气的早晨，遥远农场里传来的劈柴声。我从没在任何材料中找到有关麻鳽如何发声的解释。有一次，我的邻居看到了这种鸟，它把喙猛地插入水中，吸饱了水，之后就会仰起头，颈部往上顶四五次，边向上顶边把水吐到两三英寸以外的地方，每吐一次，都会发出之前说的那种声音。

终于，伴着山间栎树林中扑翅鴷咯咯的叫声，夏天到了——新篇章在宁静之中开始了。

五六月间，森林合唱团就开唱了。这里如此空旷，人们的耳朵又如此好奇，竟不明白如何才不会辜负美妙的声音。

[1] 奥利弗·戈尔德史密斯（Oliver Goldsmith），盎格鲁爱尔兰人诗人。

美洲麻鳽
American bittern

北扑翅鴷
northern flicker

夏时的声响
都是夏天动情的吟唱。

时光流逝，只是来此稍作停留的鸟儿匆匆飞去，森林又恢复了往日的寂静，空留几根羽毛撩拨昏昏欲睡的大地。然而，走到森林深处的孤独的游人，可能依然能找到每一种心情的共鸣与默契。

有时我会听到棕夜鸫[1]清澈的歌声，
还有躁动的冠蓝鸦沙哑的号叫，
隐秘的林中，山雀的口中
偶尔蹦出几个音符，那是赞歌
赞美英雄，赞美高尚而
永恒的美德。

① 纳托尔对这种鸟儿的描写细致深入，但显然报告的作者还对此不太了解。这种鸟是这附近最常见的鸟儿之一，我曾在剑桥听到校园里有它歌唱的声音。男孩子们叫它"尤里克"，因为它的声音听起来就是如此——在森林中，它从漫游者身边掠过时，声音里总能让人听出一点急躁与责备。奥杜邦提到过，在它的巢穴里偶尔能找到牛鹂的蛋。作者原注。

菲比霸鹟仍在湖边放声高歌，应和着闷热的天气。而午后闲散之时，村子中央也能看到这些吟游诗人的身影。

高高的榆树枝头
绿鹃[2]甜美的曲调时时不同，
细碎的夏日时光里，
便引思绪到碧霄。

2 也称莺雀。

秋天刚刚开始时，像极了春天。干燥的牧场上，随风飘来鸻鸟的婉转歌喉；雀鸟在枝头飞来飞去；长刺歌雀和扑翅鴷成群结队地飞在空中；金翅雀凭风而起，跟着第一阵风，犹如长了翅膀的雨蛙，在沙沙作响的树叶间飞过。短嘴鸦也加入进来，低飞时，你不妨数

美洲金翅雀
American goldfinch

一数它们的数量。它们有的独自飞行，有的则两三个一组，前后不过半英里，不一会儿，就有一百只从头顶飞过了。

我之前好像在哪里看到过，短嘴鸦是白人带到这个国家的鸟儿，但我很快就发现，白人只是种了些松树和铁杉。短嘴鸦可不是追随着白人的“西班牙猎犬”，反而更像是印第安人的暗夜精灵，在树林中飞来飞去。看到短嘴鸦，我常常会想到菲利普[1]和波瓦坦[2]，而不是温斯洛普[3]和史密斯[4]。它是黑暗时代留下来的纪念品，而迷信正是凭借着如此微不足道却又旷日持久的占有才得以统治世界。英格兰有秃鼻乌鸦，而新英格兰则有短嘴鸦。

①此处的菲利普很可能是菲利普国王，即梅塔卡姆（1638—1676）。梅塔卡姆为美洲原住民中万帕诺亚格人的首领，于1675—1676年领导了美洲原住民与新英格兰英国移民之间的战争。该战争也被称为“菲利普国王战争”。

②波瓦坦（1545—1618），生活于美国弗吉尼亚州的亚尔冈京印第安人的一位重要酋长。

③约翰·温斯洛普（John Winthrop），英国殖民者，曾为马萨诸塞湾殖民地总督。

④约翰·史密斯（John Smith），新英格兰的舰队司令，是英国军人、探险家和作家。他因在北美弗吉尼亚州建立了英国第一个永久殖民地詹姆斯敦而扬名天下。

你是森林中的暗夜精灵，

穿越了古老的时光，

一路上独自翻动着翅膀，

栎叶绣球
oakleaf hydrangea
黄喉莺雀
yellow-throated vireo

像夏日里的流星，
从树林到山间，
掠过森林、田野和溪流，
你想说什么？
你为什么总出现在白天？
你为何总是如此忧伤？
你又为何怀揣着勇敢，仰天大叫，
直冲云端，
把疲倦的人们甩在身下，
也毫不顾忌人们身下，
你遥远的栖身之所？

十月傍晚，晚归的人们和水手可能会看到沙锥盘旋在草地上空的身影，听到它低低的声音，如精灵一般。秋意渐浓，白霜爬上叶片时，潜鸟就会独自前来拜访我们寂静的湖泊。它可能会一直隐居在那里等着换毛，之后在树林中恣意大笑。白喉潜鸟[1]可谓名副其实，有人驾着小船追逐它的身影时，它会一头扎进水里，像鱼儿一样游

① 又称普通潜鸟、北方大潜鸟。

美洲沙锥
Wilson's snipe

短尾猫
bobcat

出去 60 杆或者更远的距离，速度与划桨小船相当；而追它的人，要想再次看到它的身影，就得俯身贴近水面，凝神细听它从哪里出水。一旦出水，潜鸟会马上抖掉翅膀上的水，安然地游来游去，直到再被谁惊扰。

一年之中，总有这样的场景和声音刺激着我们的感官。然而，有时，人们在卡罗莱纳州和墨西哥听到某种之前从未发现过的声音时，才恍然觉得，自己从鸟类学书上学到的东西根本毫无用处。

报告中说，马萨诸塞州大约有 40 种四足动物，而人们最喜欢的就是熊、狼、猞猁和短尾猫[1]。

河水上涨，漫过两岸的春天，草地上会吹来强烈的麝香味道，提神醒脑之际，一下就会把我带到尚未探索过的野外。如此，森林中的偏僻之地，大概也就不远了。麝鼠用泥和草堆成的洞穴高出河面三四英尺，我看到后不禁喜上眉梢，和阅读亚洲古墓文章时的感受一样。麝鼠就是定居在某些州的河狸，如果一直待在附近，几年之内，它们的数量就会激增。在船夫们眼中，众多汇入梅里马克

①原文 wildcat 是多种小型或中型猫科动物的统称。而生活在马萨诸塞州的只有短尾猫。

河的河流中，康科德河[1]是最死气沉沉的一条。听说，印第安人曾称之为“木斯克塔基德河”（Musketaquid）和“普莱利河”（Prairie River）。和其他河流相比，康科德河的水流更慢，河水更为浑浊，更适于鱼类及其他猎物繁衍生息。据康科德镇的历史记载：“皮货交易曾在康科德历史上占有重要地位。早在1641年，殖民地地区就有了一家公司，康科德的维拉德少校是公司的负责人，垄断与印第安人进行皮毛及其他物品的交易。为此，他们所获皮货的二十分之一必须上缴国库。”遥远西部的溪流边，我们之中仍有狩猎者，不惧印第安人，日夜巡视自己设下的陷阱。每年，每个猎人能捕到150~200只麝鼠，有时有的人甚至一天就能捕获36只。它们的皮毛已不如之前那般值钱，而且只有冬春两季捕获的麝鼠才能制出上等皮毛。冰雪融水会把麝鼠从洞穴里中赶出来，无论它们是在河中游水、在洞穴上小憩，还是藏身于小溪边的草丛芦苇中，大部分都会被船上的人射杀。尽管麝鼠有时候很狡猾，但它们还是会轻易落入陷阱——只要猎人们把夹子放在它们的洞口或经常出没的地方就行——即使有的时候要在架子上涂点麝香，但诱捕麝鼠连诱饵都不用放。冬天，猎人们会在冰面上凿几个洞，之后就守株待兔，等麝鼠一现身就立刻动手。麝鼠的洞穴虽然一般都在河岸上，可入口却在水下，有时洞内的水位会超过最高水位。水位上涨，浸得河岸泥土松软，人们一脚踩下去，就有可能发现麝鼠用干草和菖蒲搭

① 康科德河（Concord River），美国马萨诸塞州东部的一条河流，是梅里马克河的支流，流经波士顿西北部的城郊和乡野。康科德河是美国历史上著名的小河，通常意义上的美国独立战争第一战——列克星敦和康科德战役发生于此处，康科德河也是梭罗的名著《在康科德河与梅里马克河上一周》（即《河上一周》）的主题。

美洲河狸
North American beaver

芦苇
common reed

菖蒲
sweet flag

建的洞穴。到了春天，麝鼠就会繁殖，有的一窝有三只，有的一窝就有七八只。

通常，早上或傍晚时，静静的水面会划过一道水波，那就是麝鼠在小溪中游过的样子。它们的身体在水里，之后鼻尖露在空气中，有时候嘴里会衔着几根绿色的树枝，用以筑穴。麝鼠发现自己暴露了之后，就会没入水中，在水下游个五六杆的距离后，便会一直藏在水草或洞穴之中，甚至能待上十分钟。有一次，我发现了一只麝鼠，但没惊动它。我看见它在冰面下吐着泡泡，悠然自得，泡泡也随着它的呼吸胀大缩小。若是它在岸上嗅到了危险的气息，就会像松鼠一样站得笔直，观察周围的动静，几分钟都一动不动。

如果秋天的时候，洞穴和溪流之间出现了一片草地，那它们就会用泥和草在草地边筑个三四英尺高的洞穴。这些洞穴并不是它们繁衍生息的地方，只是它们的狩猎小屋，不过水位高的时候，你还是能在这些洞穴里发现小麝鼠。冬天，这些洞穴就成了它们过冬的地方，它们会带着自己的食物来——主要是菖蒲和河蚌，因此，你会发现，春天时，麝鼠洞穴周围会有很多贝壳。

佩诺布斯特印第安人（Penobscot Indians）会把整张麝鼠皮披在身上，任由麝鼠的腿和尾巴耷拉着。麝鼠的头会被安置在腰间，当做小口袋，里面装着印第安人钓鱼的渔具，还有制作捕鼠夹的香料。

现在，熊、狼、猞猁、短尾猫、小鹿、河狸，还有貂的身影已无处可寻，水獭也难得现身，而水鼬也不如之前常见了。

① 古印度诗人。

也许，自皮尔佩[1]和伊索生活的时代起，所有未经人类驯化的四足动物中，狐狸是我们最熟悉的，也最有野性的。冬日散步时，你总能发现它留下的各种踪迹。几小时之前这里有狐狸经过，我踮着脚尖跟着它的足迹走，好像这是森林小精灵留下的，我满心期待，希望能在狐狸洞中捉到它。我非常想知道狐狸优雅的曲线从何而来，又是如何拥有如此机智的头脑的。跟着这些足迹，我走进了它的世

白尾鹿
white-tailed deer

灰狐
gray fox

界，看到了它眼中的风景。甚至看着它脚步之间的间隙和脚步的深浅，我也能猜得到它是匆匆而行，还是闲庭信步——因为纵使它身姿轻盈，也会留下长久的踪迹。有时，你会看到很多足迹交织在一起，那是狐狸跳跃旋转一百多次所留下的，这也足以说明狐狸是多么逍遥自在，闲适洒脱。

当我看见跑过湖水冰面上的狐狸，看到它那种自由自在、无忧无虑的样子，还有它在阳光下，不时沿着山脊追寻自己的路线时，仿佛它就是阳光与大地的主宰，我只能拱手让之。它没有追寻着太阳，反而像太阳一直在跟着它的脚步，它们之间显然有某种共鸣。有时，积雪不深，只有五六英寸，你也许能一步就追上它。面对这种情况，它会表现得非常沉着，选择最安全的防线，哪怕因此会身处劣势。尽管它心中害怕，脚步却依旧优雅。如猎豹慢跑的姿态，仿佛积雪对它毫无影响，反而一直给予它力量一般。地面不平时，它会跟着地表的起伏，留下一道道优美的曲线。跑步时，它身姿柔软，仿若无骨。偶尔，它会低下头，嗅嗅地面上的味道，这样走个一两杆的距离，要是对自己的路线还觉得满意，就会抬头继续向前。走到斜坡处时，它会并拢两个前肢，一边推着雪，一边敏捷地滑下去。它是如此轻盈，即使你在近处，也基本上听不到什么动静——这就是说，哪怕它近在咫尺，你也很难听到任何响动。

按报告中所说的，这里大概有 107 种鱼，分 75 个属。要是渔民知道的话，一定会非常惊讶的，因为任何内陆城镇的湖泊河流中都有十几种鱼，而他们对这些鱼的生活习性基本上一无所知。虽然单单是鱼的名字和它们所处的环境就会赢得人们的喜爱，但是我还是想知道它们身上有多少鳍条，侧线有多少鳞片。在知识方面，我懂得更多一些。我知道小溪里有鱵鱼，所以我更幸运一些，它们一出现，我就能认出来。我觉得，我应该要和它产生某种共鸣，甚至从某种程度上说，要成为它的朋友才行。

垂钓和消遣的琐事带给了我单纯的喜悦。也许之前很久，这些事也是荷马和莎士比亚的缪斯。现在，当我翻动书页，《垂钓者的纪念》（*Angler's Souvenir*）[1]中的插图引起了我的沉思，我不禁欣然喊道——

1 英国作家威廉·安德鲁·查托（William Andrew Chatto）的作品。

这些事物是否真的存在，

如夏日流云一样赢得我们的心？

仿佛亲近自然时，人类的行为才最真实、最温柔，与自然琴瑟和谐。亚麻织就的渔网洒在河流清浅处，就像阳光下的蜘蛛网，若隐若现。我把小船停在中游，透过阳光下的河水，低头看着渔网上留下人类文明印记的网眼，不禁疑惑，镇上脾气暴躁的人们如何会有这般灵巧的手艺。渔网的麻线看上去仿佛某种从未见过的水草，

暗色狗鱼
chain pickerel

就像人类给自然带来的美一样，渔网对于河流也是如此，可把它们看成沙滩上的某个脚印，沉静而优美。

积雪覆满了冰层，但我对脚下生灵的丰富性毫不怀疑。无论身处何处，脚下都是资源丰盛的宝藏。满载的马车走过，却不知车下的河流中，多少狗鱼微微摇动着鱼鳍，自在地游在水中。四季更替对鱼儿而言必定古怪。终有和煦的阳光和轻拂的微风，能为它们揭开河流的面纱，让它们再次看到天堂的模样。

早春，冰层融化后，就到了叉鱼的好时节。突然之间，风向起了变化，西风和南风取代了东北风和东风，停留在草甸上的小冰柱叮当作响已久，融化的水珠沿着冰柱滑落，汇入无数同伴之中。每个屋顶和篱笆上，水汽袅袅升起。

我看到文明之光晒干大地的泪水，

然而她喜悦的眼泪，却流淌得更欢快了。

轻微的声响传来，那是小冰块碰在一起的声音。它们或快或慢地随着水飘动，心满意足，充满希望。溪水流过某座自然形成的小桥，你可能还会听到它们急匆匆流过时，低声交谈的声音呢。每条小溪都是润泽草甸的通道。湖中的冰块欢快地裂开，声音简直令人振奋。冰块随着较大的分支泫然而下，发出刺耳的摩擦声。它们闷头向前冲，一直冲到最近樵夫们和狐狸走过的地方。那些地方有的还保留着人们溜过冰的痕迹，还有为了捕鱼而凿开的洞。康科德镇委员会急切地检查了桥梁和堤道，好像光用眼看，就能博得冰块的同情，节约财政支出一样。

河水渐渐上涨，

仿佛甜美的力量偷偷流向

冷清的小镇；那几天

每簇草丛都像一个小岛，

那里，在惬意的阿勒河（Ararat）边，
休息着疲惫的麝鼠。

马斯基塔奎德河(Musketaquid)未起涟漪，
河水甚至隐藏不见，
深刻的灵魂休息得最为踏实，
哪怕无数想法在心中涌动，
夏日干旱之中的她
偶有涟漪又很快平息，
自纳什塔克山到悬崖一直沉睡着，
轻舟滑过依旧不曾荡漾。
然而，千百座遥远的小山脚下，
千百条河流奔腾流过，
太多清泉默然无声，
太多溪流轻言细语，
即使深藏在水流之下，
依旧无法阻挡其快速、迅捷的流动。

我们的村庄就像威尼斯的乡下，
宽阔的泻湖围出远处的沼泽；
如那不勒斯湾[1]一般美丽
那槭树间流过的宁静的水湾；
邻居家的玉米地里，
我认出了“金角湾”[2]的身影。
年复一年，大自然的教导，
只有红种人[3]聆听，

① 那不勒斯湾，位于意大利南部坎帕尼亚大区那不勒斯省。

② 金角湾（Golden Horn），土耳其城市伊斯坦布尔的一个天然峡湾。

③ 原文为“red men”，也就是“北美印第安人”。

我想，正是在这所艺术院校中，
威尼斯和那不勒斯学到了自己的责任；
但我觉得它们的女主人已经离去，
只留下信徒们站在原地。

渔夫正在修理小船，准备下水。这个时节正是叉鱼的好时候，杂草未生，鱼翔浅底。若是夏天，鱼儿更喜欢到凉爽的深水区游弋，而秋日里，绿草又会遮住它们的身影。诱饵是必备的，最常用的诱饵是刚松的根茎做成，在已倒下十年八年的刚松腐烂的树桩下很容易找到。

带上铁箍篓子或铁箍防风灯维持照明用火并安放在船头离水面三英尺左右的地方，再带上十四英尺长的七齿鱼叉、装诱饵或猎物的大篮子或大桶和一件厚外套，叉鱼的装备就算准备齐全了。温暖无风的夜晚，船头火光不断跳动，

刚松
pitch pine

仿佛就是一片漆黑中的萤火虫。无趣的人没有冒险精神，不可能经历这样的探险，因为他会觉得自己像偷了冥府渡神的小船，午夜沿着冥河前行，寻找冥王一般。这颗漫游的行星总是引起夜行者无尽的思考，带领他不断前行，像行走在草地上的南瓜灯。如果他足够聪明，就会天马行空地想象寂静的夜里，如飞蛾扑火一般的人类生活究竟如何。沉默的探险者轻轻驾着小船，克制其心中的自豪感和馈赠感，仿佛他就是启明星，是为昏暗大地带来光亮的光明使者，或是月亮的某个姐妹，把如银月光洒向大地。渔火照亮了周围一两杆宽的地方，也能看到几英尺深的水下，正午时分的阳光都比之不及。他享受着人们都渴望的时刻，没有城市硬朗的天际线，还可以观察鱼儿夜间的活动。鱼儿们姿态万千，有的倒置水中，鱼肚朝上；有的悬在河水中间；有的轻轻摆动鱼鳍，如梦似幻；有的则清醒机警——这情景简直和人类生活的场景毫无二致。偶尔，他会遇见一只精挑细选食物的龟，或者看到在草丛中休息的麝鼠。有合适的时机，他也会锻炼一下自己的灵活性，朝位置更远、行动更灵活的鱼儿刺过去。不过有时，他只是把船身周围的鱼儿叉上来，就像用叉子从盘子中叉土豆一样。至于睡梦中的鱼儿，甚至仅凭双手就可以捉住。不过，等他明白自己真正的目标时，就会把刚刚捕获的鱼儿放回河中，在美景和不断变换的姿势中寻找慰藉。荧荧火光下，已经伸展到水岸边的松枝仿佛有了新的模样。火光映照下，他从垂柳身下滑过，树枝上歌带鹀从睡梦中醒来，午夜就唱起了清晨小调。一切结束之后，他就可以靠北极星的指示，穿过黑暗回家了。若是迷了路也无妨，他反而会有一种更靠近北极星的感觉。

康氏亚口鱼
white sucker

歌带鹀
song sparrow

① 原文 bream 在美国多指太阳鱼。

② 一般指各种银色小鱼统称。在美国多指美洲鳡鱼。

用这种方法捕鱼，通常捕到的鱼都是些狗鱼、亚口鱼、鲈鱼、鳗鱼、绵鳚、太阳鱼[1]和银鱼（shiner[2]）—— 一晚上大概能捕获30 磅到 60 磅的鱼。非自然光线下，有些鱼的样子很难分辨，尤其是鲈鱼，它身上的黑色条纹被放大了，看起来尤其凶猛。报告中说，这些横纹有七条，然而，这也“因鱼而异”，有的湖中，鲈鱼身上的条纹甚至会多达九条到十条。

似乎有八种龟、十二种蛇——其中有一种毒蛇、九种青蛙和蟾蜍、九种蝾螈和一种蜥蜴与我们作伴。

蛇群的运动尤其吸引人。跟蛇相比，人类的手脚、鸟儿的翅膀和鱼儿的鱼鳍都显得多余，造物主在造就蛇的时候可能任由想象做主了。有什么追着黑蛇时，它就会马上冲进灌木丛中，到离地五六英尺的树上，在光秃秃的细小树枝上优雅轻松地盘绕着，一圈又一

拟鳄龟
snapping turtle

圈，仿佛鸟儿从这根树枝飞到另一根上；也有的就悬在树杈上，盘在丛丛树叶间。低等动物的灵活与柔软堪比高等生物复杂的四肢。若我们如蛇一样足智多谋，则无须手脚，也可表演如此高难度的动作了。

五月，常常可以在草甸和河里看到拟鳄龟。渔夫盯着平静的水面，看着拟鳄龟的鼻子出现在几杆之外，就能马上抓到它，因为拟鳄龟不愿意匆忙游走，以免打破水面的平静。它只会慢慢把头没入水中，歇在某根树枝上或某片草丛间。拟鳄龟会把蛋埋在河岸某个像鸽子床一样土质松软的地方，但常会被臭鼬袭击。白天，蟾蜍会捉苍蝇吃，而拟鳄龟则会捉鱼，据说，拟鳄龟的嘴里会喷射出一种透明的液体，以此吸引小鱼的注意。

与宠溺孩子的父母相比，自然更关心的是孩子的教养和气质。默默盛开的繁花不仅能滋润养尊处优的贵妇，亦能润泽在草地上挖沟的人。我走在丛林中，时常想到，早有聪明的食物供应者先我一步，而我最微妙的体验在这里也早已是寻常。青苔爬满树枝时，大自然最美妙的友谊与和谐总让我深受触动。在最恢宏的场景中人往往能看到最细腻、精致的东西，比如蒸汽呈花环状袅袅升起，露珠排成一线，小树枝细细如绒毛般，这都是无与伦比的精致场景，彰显着高贵的血统和教养。小精灵和小仙女也是如此，它们本身就带着这种淡淡的优雅和缥缈的高贵风度。从树林中折一根小树枝或从小溪中捡起一块水晶，放在壁炉架上，你会发现，家里的装饰品与其高洁的样式和修养相比，一定会大为失色。它卓越超凡，仿佛之前早已熟悉了更精致、更优雅的同伴，能衬托、呼应你身上所有的激情和豪气。

到了冬日，我在路上驻足感叹，树木竟可以不顾时间、环境恣意生长。它们不像人类一样会等待，而现在正是栽种树苗的黄金时间。土壤、空气、阳光和雨水，这些就已经足够。即使在更为原始的环境中，它们所需要的也不过如此。“颇有怨言的冬日”永不会到来。看那杨树，虽然枝条光秃秃的，表面还结了一层白霜，但嫩芽仍不惧严寒，探出头来，透着无法遮掩的自信。如果一个人确定自己能看到柳树和桤木的飞絮，那么他就能带着快乐的心，在旷野中安然居住。当我读到

① 北冰洋属海。

② 加拿大第一长河。

北部冒险家对巴芬湾（Baffin’s Bay）[1]或麦肯齐河（Mackenzie’s River）[2]的描述，我甚至觉得那里也可以是我的栖身之所。它们是小小的救赎者，拯救了我们的植被。我觉得，它们回来之前，我们的美德还能继续坚持。因其造物主，它们比智慧女神或五谷女神更值得尊敬。可究竟是哪位仁慈的女神将之赐予了人类？

自然是神秘的，一直如此，有着天才的豪迈和放纵。它和艺术一样，有着自己奢华绚丽的风格。为了制作圣杯，自然造就了全部，从杯脚、杯身、杯把到杯鼻，圣杯的形状很特别，仿佛是传说中某个海神——涅柔斯[3]或特里同[4]——的马车。

③ 涅柔斯（Nierus），希腊神话中的一个海神，是大海之神蓬托斯（Pontus）和大地之神盖亚（Gaia）的儿子。

④ 特里同（Triton），古希腊神话中海之信使，海王波塞冬（Poseidon）和海后安菲特里忒（Amphitrite）的儿子。

哪怕在冬天，植物学家也不应因为醉心于书本或植物标本而放弃户外的考察。但或许他可以学习植物生理学的新分支，姑且先称其为晶体植物学吧。1837 年的冬天尤其适合研究晶体植物学。那年十二月，植物精灵一直非常坚持，夜半时分仍盘旋在夏日出没的地方，不肯离去。大霜降出现了好多次，而这种霜降无论在哪里都非常少见。此外，日出之后，就再也看不到霜降了。一个降了霜的凌晨，四下静悄悄的，我出了门。那时，树木还是一副没睡醒的样子，就像黑暗中毛茸茸的怪物。它们在这边抱成一团，灰白的飞絮却已飘到了未被阳光照耀的僻静山谷；在那边则沿着某条小溪站成一排，而一丛丛灌木和小草则像精灵和仙女一样，埋首雪中。站在高高的河岸上看过去，黄色的河水微微泛青，而周围则全是白茫茫一片。每一棵树木、每一丛灌木、每一个“从雪中露出头”的草尖，都顶着不透明的冰，仿佛回应着夏日的装扮，从这片叶子传到那片。一夜之间，就连栅栏上也起了这样的冰尖。叶片中间分叉，能看到更多细小的叶纹，叶片边缘也呈规律的锯齿状。有些冰碴背向太阳的嫩枝或须茬上，以某种角度迎着阳光；有的则以各种方式立在叶片上；还有的彼此层叠，并没又落在嫩枝或须茬上。第一缕晨光斜射过来，一颗颗小草就仿佛戴上了晶莹剔透的宝石。旅行者走过，小草就会蹭着他的脚边，叮叮当当地，愉快极了。他从这边走到那边时，草叶上的冰碴映射着彩虹一样的斑斓色彩。这些像幽灵一样的叶子，还有那些绿色的叶子，它们的形态仿佛出自同一法则之手，这让我着实惊讶。在这种法则下，植物的汁液慢慢流过整个叶片，而且晶体颗粒也遵循同样的方式聚在一起。虽然材料不尽相同，但法则有且只有一条，颠扑不破。春日中的每种植物都会奋力茁壮成长，永远一副欣欣向荣的样子；而夏日和冬日里，植物则等待着春天的到来。

叶片的这种结构与珊瑚和鸟类羽毛有些相似，说明大部分生物与非生物都有共同之处。之前所说的法则，在很多其他例证中亦有印证。自然的韵律中，很多动物的形态、颜色、气味在植物界中也有对应之物。实际上，由于所有韵律都暗含着永恒的旋律，需要各个感官共同感受。

事实证明，植物不过是一种结晶体，每个人都能观察窗子上霜雪融化的边缘，针状的微粒是如何聚在一起的。这种聚集的方式既像麦浪滚滚的田野，也像矮小植物之中堆起的干草堆。这边是热带地区的植被，高耸入云的棕榈树和树冠颇大的榕树，就像东方风景画中常能看到的样子；另一边则是北极松树，

棕榈科海枣属海枣
date palm

被冻得很僵硬，枝条都低着头。

植物的生长不拘什么形式，但在晶状体中，这种法则更为明显，因为它们的材料更为简单，而且大部分情况下都是转瞬即逝。如此，如果说自然界中所有的成长过程都是或快或慢的结晶过程，那不正是一种哲学而且实用的意味吗？

在这种情况下，在河流高高的岸边，流水或者其他原因形成的漩涡，其入口和外缘处就像某个通往城堡的入口，冰雪盔甲闪着银色的光芒。可能在这里，你会看到鸵鸟的细小的羽毛，跟排成一队走进城堡的士兵头上随风飘来飘去的羽毛一样；在那里，你可能会看到小人国军队耀眼的扇形军旗；还有在另一边，针形微粒集结成束，像极了松针，可能还会被当成长矛方针。结冰的小溪，由于结晶体更大，所以下层的冰要更硬实一些。结晶体有四五英寸厚，呈棱镜状，较低的那段没有遮蔽。若是冰在较为光滑的一面形成，就会呈现出哥特式城市屋顶或尖塔的模样，也像是人潮拥挤的避风港处，某条盖着帆布的小船。路上冰雪消融，又直又深的车辙处，泥土也会随着车辙的形状结晶，车辙两侧透明的晶体和石棉扭曲的纤维一般。在须茬根和花梗的周围，霜的形状是不规则的圆锥壳体状或仙女环状。有些地方的花岗岩上也有冰晶，就在石英上面结成。这是因为夜晚时间更长，所以结晶时间也会更长。但若是在不觉得光阴似箭的人们看来，这些冰晶的融化速度和前面说到的结晶一样快。

报告上有关无脊椎动物的内容中，记录了一个特殊的事实，让我们为时间和空间赋予全新的意义。“外骨骼[1]（marine shell）的分布绝对值得地质学家的注意。联邦右手边的科德角深入海洋五六十英里的地方。虽然不过几英里宽，但仍有证据表明，这一小片陆地阻碍了许多软体动物的迁徙。几个属和很多种软体动物，就

① 无脊椎动物外壳的俗称，因为坚硬有如骨骼，因此得名。如蜗牛的壳、螃蟹的壳、昆虫的角质层等。

被区区几英里的土地所分离。科德角使之无法从一端迁徙到另一端，因而阻挡了它们融合的脚步……在 197 种海洋生物中，有 83 种未能到达科德角南岸，另有 50 种未能到达北岸。”

春天，岩石和树桩上，总能看到麝鼠留下来的肉类，那是贝类动物的肉，或者说，是曾经是印第安人食物重要的一部分——珠蚌（学名：*Unio complanatus*，准确地说，应该是 *Unio fuviatilis*）。在麝鼠大快朵颐的地方，有很多珠蚌。而在海拔三十英尺的高处，距离地面一英尺的土壤中，珠蚌的残渣也出现在印第安人的遗迹中。

我们对放在章节开头部分内容的选择，就和牧师精选文本一般，那是一种特权，暗示着行动胜于激情的道理。马萨诸塞州需要编纂一本完整的目录，记录当地丰富的自然生物。同时，也希望这本记录能够直接有所用处。

有关鱼类、爬行动物、昆虫和无脊椎动物的报告指明了努力和研究的方向，其价值独立于立法机关的目标。

只要人们还在引用比格罗[1]和纳托尔的说法，那么有关草本植物和鸟类的报告就没有太大价值。它们的作用不过就是多少确定地指明马萨诸塞州有哪些物种而已。我们自己就发现了不少错误，要是拿给更精于此道的人看，他们还会找到更多疏漏之处。

① 亨利·雅各布·比格罗（Henry Jacob Bigelow），美国外科医生。

四足动物的报告应比现有的这份更确切，更有指导意义。

这些书把大量笔墨用在对细微之处的描写上，普通读者可能对此并不感兴趣，唯有偶尔出现的几个生动的句子才能吸引他们的注意力，仿佛这些书页就是暗夜森林中的植物，只生长着枝叶，却没有盛开的花朵。但当时的地面还没有人类的痕迹，若是第一批作物没有开花，我们肯定不会埋怨播种它的开拓者。我们不能低估事实的意义，因为它终将绽放真理之花。令人惊讶的是，在一个世纪的时间里，添加到动物自然史中的重要事实少之又少。人类的历史仍在不断被书写，人类也继续依照自己的方式了解周围。每个农夫和挤奶工都知道，小牛的第四个胃能够凝固牛奶。他们也知道何种蘑菇是安全无毒、营养丰富的。你无法访遍每片田野，也无法深入每片森林，但仿佛每块石头都被翻动过，每棵树的树皮也都被削开过。但是，无论如何，揭开事物神秘的面纱总比水落石出之后再去观察要容易得多。人们常说："谦卑才应是观察者的态度。"智慧不会观察，只是注视。我们要花很久时间才能洞悉事物。哲学最初的发展比较缓慢，因为能够明辨法则或结合两种事实的人，总会产生走火入魔的感觉。我们可以想象一下——"水往山下流"——可能是学校教的道理。而真正懂得科学的人拥有更精细的认知，因而更了解自然。他的嗅觉、味觉、视觉、听觉和触觉都比其他人更要敏锐，因此他所经历的体验更为深刻、微妙。我们学习知识靠的不是演绎、推理或将数学应用于哲学等方法，而是直接接触和共鸣。科学和道德都是如此——发明和条理不能带给我们真理。信仰培根哲学的人也会和别人一样犯错，而在机械和艺术的帮助下，最科学的人仍将是最健康、最友好、拥有更完美印第安人智慧的人。

Chapter 3

漫步瓦楚特塞山

大花四照花
flowering dogwood
棕林鸫
wood thrush

松树的针叶，

向西方倾斜。

——1842 年 7 月 19 日于康科德

每到夏日和冬日，我们的目光都会落在远处地平线上大山隐隐约约的轮廓上。那种距离感和朦胧感让它们有了一种超脱于自身的庄严，因此，无论是春日清晨，与荷马坐在峰峦起伏的奥林匹斯山（Olympus），还是和维吉尔[1]及其同道之人漫步在伊特鲁里亚（Etrurian）[2]和塞萨利亚（Thessalian）[3]的小山，或是和洪堡（Humboldt）[4]一起探索更为人熟知的安第斯山脉和特内里费岛[5]——诗人和旅行者使用的比喻也就不难理解了。如此，我们站在康科德的绝壁上，向他们诉说心迹：

① 维吉尔（Virgil），奥古斯都时代的古罗马诗人，被当代及后世广泛认为是古罗马最伟大的诗人之一。

② 也译作伊特拉斯坎、伊特鲁利亚、埃特鲁里亚、伊楚利亚，是处于现代意大利中部的古代城邦国家。

③ 塞萨利亚，希腊中部地区。

④ 弗里德里希·冯·洪堡（Friedrich von Humboldt），著名的德国自然科学家、自然地理学家，近代气候学、植物地理学、地球物理学的创始人之一。

⑤ 特内里费岛，是西班牙位于靠近非洲海岸大西洋中的加那利群岛七个岛屿中最大的一个岛屿。

你们坚守阵地，犹如身处边防，
你们四处巡视，心中充溢着满足，
四下一片寂静，
你们是小溪遥远的温床，
莫纳德诺克山（Monadnock），还有彼得波罗（Peterboro）的小山；
如同庞大的舰队，
穿越狂风暴雨，
穿过冬日的严寒与夏日的骄阳；
仍不畏艰险，为了目标前行，
直到终于在天空中，寻找到可以停靠的岸边；

靠近陆地的时候，不必躲藏，
因为你们没有私运物品，
那些派你出征的人们，
早已向太阳表明
他们的忠诚。
舰队里的船只，每一艘，
都向西方驶去，
总在狂风袭来之前，
扬起风帆，
满载着尚未发挥威力的重型炮弹。
我仿佛感觉到了你，哪怕就坐在这里，
那货仓的深度，
那横梁的宽度还有索具的长度，难以测量。

我觉得，你已享尽快乐，
在新奇的西游之旅中；
窗楣清凉，天蓝的颜色，
仿佛并没有染上时间的痕迹；
你随意躺下，
用尽余力，
未经雕琢的圆木，
角撑坚硬，桅杆柔韧；
这正是创造新天地的材料，
有一天，你将向西开展贸易，
成为世界的支柱
渡海而来。

流连的光芒让我们心生喜悦，
你仍立于西方的天空，
在那天上帝的田园，静气凝神，
就像可靠的干草堆。
金色、银色的边，
镶嵌在锦缎褶皱中的云朵上，
深琥珀色的光，
装点着西边的天空，
哪怕只能见到些许斜射阳光的地方，
亦有华美的天空。

大山和树木矗立在大地边缘，

仿佛镌刻在空气中，

又像停靠在避风港的船只，

等待着清晨的威风。

我甚至想象着，

穿过你蜿蜒险阻的道路去往天堂，

更远处，翻过历史的一页，

黄金时代和白银时代仍徘徊不去；

毫不停歇的狂风

带来了未来几个世纪的消息，

思想的新时代，

从最幽远的山谷走来。

黄嘴美洲鹃
yellow-billed cuckoo

但我尤其记得你，
瓦楚塞特山，你就和我一样，
遗世独立。
你蔚蓝色的眼睛，
是天空的遗赠，
透过空地或峡谷，
穿过铁匠的窗口，
深刻在所有过客的心中。

万物皆虚，
你我之间，
你是西方的拓荒者，
不知羞愧，亦不知畏惧，
冒险的精神，
苍穹之下，
你是否可以恣意舒展，
尽情呼吸新鲜空气？
双手擎天，双脚踩地，
你自诞生的一刻起，
就无拘无束于天地，
希望我能成为足以与你相配的兄弟！

终于，如拉塞拉斯人[1]和其他幸福山谷的居民一样，虽然我们也担心是否会出现仙境，但我们依旧决定攀上挡住西方盛景的蓝色高墙。尽管近在咫尺，但我们不会一蹴而就，直接到达旅行的终点，而是效仿荷马，带着读者越过平原，沿着涛声阵阵的大海前行，才

① 出自塞尔·约翰逊的作品《拉塞拉斯》。

啤酒花
common hop

去到阿喀琉斯的帐篷。大海与陆地交接的地方正是灵感闪现的空间，总是人来人往。风景遥远而秀丽，行万里路者，必有最深刻的思考。

七月凉爽的清晨，我和同伴一早出发，匆匆穿过阿克顿镇（Acton）和斯托镇（Stow），在斯托镇阿萨贝特河（Assabet）分支的某条小溪边停下来，稍事休息。我们拄着拐杖，穿过阿克顿镇清凉的树林，红眼莺雀、鸫科鸟、菲比霸鹟和杜鹃的歌声，声声入耳。我们走过开阔的田野，呼吸着每片田野中散发出来的清新，自然万物静候着，等我们去发现、去探索。晨曦之中，每条小路、每间农舍若隐若现，叮叮当当的声音仿佛在讲述着安宁、纯洁的故事。我们沿着潮湿的小路欣然前行，眼前的景象并非是白昼退场的隐秘，而是一种尚未沾染晨光的东西。比之黑暗，微微透光的孤寂更胜一筹。然而，很快，割草机和母牛的低吟就从田野中传来了。

我们这部分行程要经过长满啤酒花的田野，这种植物满足了美国风景画中对藤蔓植物的渴望，也会让旅行者想到意大利、法国南部等地区——当时，他走过啤酒花田，可能看到的是它抱成团，浓密而整齐，一杆又一杆，开满美丽的花朵；或者是九月里，女人和孩子们，还有远近的相邻，一起来到田野，把摘下来的啤酒花放进长长的木槽中；或是再晚些时候，木杆在院子里堆成了大金字塔形，或者被成堆搁置在路旁的样子。

啤酒花的种植、采摘、窑内干燥、打包上市以及各种用途，都与葡萄的种植和用途非常相似，这也许可以成为诗人们未来吟诵的主题。

我们在小溪岸边休息时，问了在旁边草地上割草的人，这条小溪有没有名字？叫什么名字？可他并不知道。但他年轻的伙伴，可能是他的弟弟，却知道这条小溪叫格利特小溪（Great Brook）。尽管他们两个人在田野中站得很近，但他们知道的东西却相去甚远，而且，在陌生人来之前，他们根本也没有质疑过彼此拥有的知识。我们在博尔顿（Bolton）农舍篱笆上休息时，屋里面传来一丝乐声，仿佛是向我们致意，提醒我们，自古以来，音乐一直能愉悦身心。很快，我们几个旅行的人就意识到，人类生活被少数几个相同的事实、几种无处不在的简单联系包围着，寻找新的联系往往是徒劳的，就连花朵的生长方式也比人类的更为多样。但是，不久之后走到海拔更高的地方时，面前铺展的是群山座座的景色，我们一下子便觉得不虚此行，仿佛我们此次前来只是为了从当地居民口中听到他们名字更真实、更野性的发音：不是“威塔提克”，也不是“威楚塞特”，而是“沃塔提克”或“瓦楚塞特”。听到这些，我们为自己平淡而被教化过的发音感到汗颜，觉得当地人的出身和教养，比我们更具西部气息。他们带着更浓重的口音，仿佛发卷舌音时，呼吸也更省力。一个乡下人的妻子慷慨地把奶油和奶酪摆在他的面前，沉默寡言的他也就打开了话匣子。不到正午，我们就到了可以鸟瞰兰卡斯特山谷（valley of Lancaster）的高地，西边优美开阔的景色第一次出现在我们面前。一天中最热的时候，我们在小山山顶的栎树树荫下歇脚，旁边就是从铅灰色管道中汩汩流出来的泉水。我们一边阅读维吉尔的作品，一边欣赏令人陶醉的美景。在这里，仿佛置身地球之上，因为不知怎么的，我们能够探知地表的形态和结构。脚下就是瓦楚塞特山，我们此行就是为它而来。它依旧巍峨，不过早上凝望它时，它更多了几分朦胧的样子。同时，更靠北的地方，它的姊妹山连绵起伏，正卧在地平线上沉沉睡着。

《埃涅阿斯纪》的开头这样写道：

——罗马巍峨的城墙[1]

① 原文为拉丁文。

每每读到此处，我们就不得不思考一下，传世佳作到底要经历多少次检验？两千多年前，古罗马的维吉尔竟把意大利溪谷带给他的灵感，讲述给来新英格兰群山朝圣的人们。现在的生活如此粗糙又如此现代，而当时的生活却那样文明又古老。然而，我们在阅读维吉尔的作品时，主要是记录各个时代人类的本性，以作警醒。诗人曾说，我们都是已逝去的那个时代的人，在朱庇特的统治下，人人平等。

他从花瓣上汲取蜂蜜，带走火焰，
八方美酒都汇入河流之中；
这种经历，通过沉思，可能会创造出各种艺术分支
渐渐地，在玉米地的沟壑中寻找刀片，
从燧石的纹理中碰撞出潜藏的火花。

旧世界宁静安详地站在新世界身后，犹如远处的群山，一座背后还屹立着另一座，看起来更朦胧、更遥远。罗马仍要让自己的故事在新一代人中流传。那天早上经过的那所学校，里面的孩子们还未听闻附近兰卡斯特的兵戈，就已经知晓罗马历经的所有战争，还能背诵出罗马带给人们的警示。人们的目光总要落在罗马的群山之上，而它则撑起那边的天空，使过去之事愈发遥远。

附近的地形非常值得旅行者的关注。我们歇脚的那座小山，是一条绵延山脉的一部分。大山脉从西南延伸至东北，横亘整片山野，是纳舒厄水域（Nashua）与康科德水域的分水岭，我们早上停歇的河岸正是属于康科德水域的。记住这一点，我们轻而易举就能判断出脚下的每条溪流会流向何方。同样，向西 15 英里，幽深宽阔的山谷那边，瓦楚塞特山脉坐落在格罗顿（Groton）、谢尔利（Shirley）、兰卡斯特和博伊斯顿几个镇子上，大致也呈东北—西南走向。一路下山走到某个纳舒厄大山的山谷，才让我们最为意外。又走了几英里之后，我们来到了纳舒厄河南边的某条支流边，这条小溪虽然清浅，但流水湍急，从高高的砾石河岸边奔流而过。不过，我们很快就意识到，这条山谷并不是我们之前下山之后的那条凉爽山谷。早上凉爽的空气早已消散，我们担心太阳就要向我们施展威力了。

炙热的太阳高挂在正上空，

附近没有树，连草都没有。

我们虽有忧郁之感，但还是愉快地跟着同行之人马桑，在沙漠中唱起了优美的咏叹调——

今时悲伤，今日背运，

自从设拉子[1]城墙出发赶路起就已开始。

①设拉子，伊朗第六大城市，法尔斯省省会，伊朗最古老的城市之一。

山峦之间的空气沉闷无力，山中的我们仿佛处在热气蒸腾的大锅之中，树叶纹丝不动，之前闻到的那种小草和车轴草的清新气味也被各种草药仿佛有益健康的单调香气所取代。我们实在忍不住

红车轴草
red clover

沼红花
swamp pink

暑气，便漫步走进树林中，沿着一条小溪，在岸上信步前行，亦不忘随心观察着田野上的新植物。在这个季节，走过林中小路的旅行者，肯定能看到罗布麻如铃铛一样低垂着的小花和纤细的红色花梗，还有垂序商陆更粗糙的茎干和浆果——这两种植物通常生长在更偏远少人的地方。如果“阳光也如香蕨木反射的热量一样”，那么旅行者攀登这些光秃秃的山峦时一定会觉得头晕目眩——这是山丘的抗议，因为人们首先就想深入其内部，而若走到山谷中，沼红花清凉的芬芳又会让他精神焕发。

傍晚时分，我们继续赶路。由于双脚浸在沿途经过的每条小溪中，我们便又振作起来。此外，我们不久也就到了山峦的背阴处，于是，心情又和早上一般雀跃了。穿过斯特灵镇（Sterling），我们来到了镇子西边静水河（Stillwater）的岸边，那里有一个小村庄。我们觉得这个村庄带着某种西部村庄的味道，有松树的气息，还有河水拍在新堤坝上的哗哗声——虽然如此名实不副，但还是让人颇感愉悦。村庄初建之时，林地被夷平，房屋得以建立，因此森林仿佛也更有野性了。自然独处的日子里，总会多多少少透着文雅，而且某种精致中亦透着喜悦之情。但斧头在森林边缘耀武扬威，曾经藏身于绿草河岸边的松树枯枝，就暴露在阳光之下。这个村庄没有邮局，也没有定名。我们去过的村庄中，总有些村民会盯着我们看，眼神中有些许自得，甚至还带着同情，仿佛我们是迟来世间的人。“没关系，”他们仿佛是在说，“来我们这里看看，了解我们这儿的风土人情。”每个人自己的世界都好比森林中的一片空地，开阔却又封闭。地主和仆人们去了地里，还没回来，而且奶牛还未挤奶。但我们记得这家瑞典旅舍墙上的字：“特罗海特有最美味的面包、鲜肉和红酒，只要你自带便可。”这极称我们的心意，但我必须要说的是，这个偏僻的地方，房东竟把报纸拿来给我们，好像村子最大的魅力就在于它与城镇之间的沟通联系，这着实令人扫兴。愿它永远躺在只属于自己的永恒之山上，不必站在山间，眺望地平线上，波士顿和纽约与它相比亦是渺小的。

一整晚，我们都能听到流水淙淙而过，和蟋蟀在梦中呼吸的声音。第二天

糖槭
sugar maple

早上，天刚蒙蒙亮，我们就离开了旅舍，心中略感遗憾。那时，旅舍还裹着夜晚神圣的空气，只有不知所以的奶牛在四处走动。从这里到瓦楚塞特山不过四英里，一路上风景如画。这条峡谷中松树密布，满是碎石，刚刚就有块石头从山上快速滚落，好险！静水河就从这条深谷中潺潺流过，一路上润泽四方，而我们选择的道路就在静水河岸边。路边长满了覆盆子，我们边走边摘，觉得自己的行为中透着高贵的谨慎，仿佛在山地地区旅行的人就应该吃一些生于斯长于斯的甜美果实，以增强体力。同时，他还应饮一些山边涓涓流出的泉水，呼吸高山上更稀薄纯净的空气，向山神求得山中水果，随后再奉与它们，以慰神灵。平原与山谷的野果产量和此间植被的数量有关，但我们觉得，浆果的果汁定与山顶稀薄的空气有关。

终于，我们开始登山了。我们先是穿过了一大片糖槭树林，树上还刻着占卜用的记号。之后，我们进入了一片更为茂密的林地，但我们越往前走，树木就越矮小，走到最后，就没有树了。终于，我们登上了山顶，扎好了帐篷。山顶海拔 3000 英尺，与普林斯顿村的高差为 1900 英尺。虽然这座山并不算太高，却完全是在草原上拔地而起的。我们刚登顶，就有了一种遥不可及的感觉，仿佛我们来到了偏远的阿拉伯彼德亚地区（Arabia Petrea）或是最靠东边的地方一样。目之所及，站得最高的东西是栖于杆子上的旅鸫。燕子在我们身边飞来飞去，东唧鹀和杜鹃的叫声仿佛就在耳边。山顶的几英亩地没有树的踪影，只有裸露的岩石，间或有一丛丛蓝莓、覆盆子、鹅莓、草莓、苔藓和瘦长的草。岩石缝隙长满了常见的黄百合[1]和草茱萸。这片平坦的地方略呈圆形，下方几英尺的地方长着一圈栎树，间或有些槭树、颤杨、山毛榉和樱桃树，偶尔还夹杂着花楸树，黄精（*Solomon's Seal*）宝蓝色的浆果和鹿蹄草的果实也探出头来。山顶最高处以前曾建有一座木质眺望台，现在只剩底

[1] 应该指的是加拿大百合。

美洲花楸
American mountain-ash

太平鸟
Bohemian waxwing

部粗糙、中空的石头，长十二英尺，高五六英尺。站在那块基石上，向西北眺望，能看见淳朴壮丽的莫纳德诺克山。这座山海拔约一千英尺，虽然依旧是“远处蓝色的大山”，但变了模样。第一天，雾很大，我们想透过雾气眺望，可终未能遂愿。看着眼前的雾气，再次仰望天空，这边或那边的一片片森林犹如低空中的流云。此时此刻，大地就像苍穹中的一座巨大的岛屿，仿佛航海者看到蒙着一层面纱的波利尼西亚岛（Polynesia）一样。这个蓝色的太平洋小岛的四周，仿佛就是深不可测的山渊，周围满是雾气，就连我们所处的如此低的位置也笼罩着雾气，又有谁知道岛上住着谁呢？我们渐渐靠岸，这才看到树木在风中摇摆的枝条，听到母牛低低的叫声。

帐篷里的我们，阅读着维吉尔和华兹华斯的作品，一边等着雾气消散，晴空出现，一种新的愉悦感出现了。天气虽然恶劣，但仍旧无法阻挡我们欣赏《彼得·贝尔》中朴素的真理和美：

他躺在灰驴身旁，
就在高俊切维厄特山（Cheviot hills）上。

他曾跋涉在约克郡的山谷中，
岩石和凹凸不平的峭壁上间，
处于隐蔽低地的村子，
坐落在小小一方天空，
和繁星之下。

谁又能知道这座小山有朝一日会不会成为赫尔维林峰（Helvellyn）[1]，甚至是帕纳塞斯山呢？果真有这一天，缪斯女神们定会在此逗留，附近的平原也会时常能看到荷马的身影。

[1] 位于英国英格兰湖区国家公园内的一座山峰。

无忧无虑的瓦楚塞特山探出头

从田野之上，竟然这么晚才从自然中脱颖而出，

耐心包容的它，正如一个人在阅读

人类历史新卷集。

山中的蓝莓，还有我们自备的牛奶，这就是我们简单朴素的晚餐了。棕林鸫的夜歌沿着山脊传来，这是我们的娱乐活动。我们看到的不是富丽堂皇的天花板，也不是铺着地毯的大厅，而是自然绘就的天空和绣成的群山、森林。日落之前，我们沿着山脊向北走去，头顶上有只鹰翱翔在天际。这里庄严而僻静，远离平原上的一切喧嚣尘杂，甚至会引得众神移驾于此。傍晚渐渐到来，薄雾凝结成蒸汽，风景清晰可辨，一片片水洼出现在我们面前。

远处山中别墅屋顶飘出缕缕青烟，

高山上落下的影子越来越长。[1]

①原文为拉丁文。

太阳渐渐西沉，我们站在石头观景台上，看着暮色悄悄地，慢慢地笼罩住东边的山谷，那里的人们走进家里，关好家门。此时，月亮已然挂上枝头，清辉就洒在那边。接着，西边也经历了同样的情景，连远处的康涅狄格州和格林山脉也是如此。新英格兰那么多人，可斜阳余晖独独落在我们两个身上。

今夜是满月的前夜，月光皎洁，甚至在月光下就能清晰地阅读，当然，趁着夜色漫步到峰顶，也不必担心会发生意外。刚好那天晚上，莫纳诺克山那边火光冲天，照亮了西边整条地平线，我们也借机把那边的群山看得一清二楚。如此，我们脚下的山峰也不显得孤独荒凉了。最终，山顶风大，我们便回到了帐篷里，拉好帐篷，进入梦乡。

夜半狂风大作，不时把我们从睡梦中惊醒，冷风从岩石上呼啸而过，甚是骇人。夜晚驾驭着一切，如银月光和刺骨寒风掌控着这片荒凉之地。帐篷里比黎明时分更明亮些，我们躺着，透过帐篷透明的顶部，能清楚地看到天上的月亮。它仍旧悬在高空，木星、土星挂在两侧，俯视着瓦楚塞特山。尽管它如同我们的命运一般遥不可及，但知道它尚未远去，仍和我们一起，就足以慰藉人心了。的确，繁星可以宽慰人类。我们应该知道，自己的生命注定卑微，但我们仍可以凝视群星，当然，它们也值得拥有更好的命运。我们看到的自然法则亘古有效，而就算它真的出错，我们也未曾预料到。法则的光亮无论日夜都不曾熄灭——唯有自然的富足与慷慨，才能够支持永恒的光芒。

月亮刚刚隐去，黎明的曙光就出现了。我们此时便起身，点燃了篝火。火光如此耀眼，方圆 30 英里以内都清晰可见。天光渐渐明亮，强劲的夜风以迅雷不及掩耳之势停歇下来。山顶上没有露珠，但依旧挡不住寒冷的脚步。日出前后，寒气最盛，我们将远处地平线的风光尽收眼底。想象着自己身处大海，正在小船的甲板上眺望，远处的座座群山一如地平线上翻起的波浪。雪松太平鸟在我们身边翻动着翅膀，五子雀和扑翅鴷的叫声也从灌木丛中传来。山雀在几英尺外的地方休息，而棕林鸫的歌声又沿着山脊传向远方。终于，我们看到太阳跃出海面，阳光照在马萨诸塞州的天空。那一刻起直到我们动身离开，一直是天色明朗，空气清新。这时，我们才渐渐意识到周围的景色有多美，才渐渐明白，从某种程度上说，大地之苍茫如何与天空之辽远相接，白色的村庄又如何与空中的群星遥相呼应。山川的雄壮与瑰丽少见于此，但景色无穷无尽，哪怕在夏日也值得沉思一番。我们能感受到自然的旷远无边，因为目之所及,.几乎没有生命的迹象，偶尔只有几只小鸟飞过，却也没有成群结队，只是独自前行。旅行者们走在远处的纵横交错、直达乡间的公路上，也是形单影只，前后几英里都没有一个同伴。朝四周望去，出现在眼前的是一个个城镇，一个叠着一个，如同葡萄园的梯田一般，绵延直至地平线。实际上，瓦楚塞特山就是马萨诸塞州的眺望台。脚下的马萨诸塞州就如地图一般铺展在我们面前。东边和南边的地平线平直，说明那是海天相接的地方；北边是为人熟知的新罕布什尔山脉；西北边和西边是胡萨克山（Hoosac）和格林山脉云雾缭绕的山峰，前一天晚上我们还看到它们缥缈的蓝色剪影，就像团团白云，很快将被晨风吹散。我们的眼睛不知疲倦，紧紧盯着远处最后一处山脉，它从北边康涅狄格州某块巨石处拔地而起，西南也有三四座山峰隐约可见。然而，最蔚为壮观的还是莫纳德诺克山了，它立于西北，尽显男子气概。我们看着它，深知它是一座分水岭，这边是梅里马克河河谷，那边是康涅狄格河河谷，河水泛起的蓝色水雾使分水岭的界限时隐时现——条条河谷中，涓涓小河旁，早就住满了新英格兰人，而论及河谷的命运，又有谁知道呢？瓦塔蒂克山（Watatic）以及马萨诸塞州和新罕布什尔州内与之相邻的山峦，是同属一条高海拔山脉的。此刻，

美洲凤头山雀
tufted titmouse

这条山脉就在我们脚下。可是，新罕布什尔州的那处峭壁断崖——这个州突出来的岬角，不分昼夜地朝着我们马萨诸塞州倾斜——它正是我们魂牵梦绕最久的景致。

最后，我们终于意识到，重重山峦已经占据了整片大地，也终于明白它们如何会成为宇宙全盘规划中的一部分。我们第一次登上群山山顶，观察它们还算平整的面貌时，我们并不相信这是大智慧塑造出来的结果；但之后，我们望着地平线上它们的轮廓时，才不得不承认，一手塑造了山脉对侧山坡、使之相互平衡的造物者，心中定然自有奥妙，且秘密参与了宇宙的规划。大自然的所有空间中，最细枝末节之处也是如此。较小的山脉以及阿勒格尼山脉（Alleghanies）[1]自东北向西南延伸，与山间更为欢畅的河流并肩前行，与海岸线和大洋径流河岸的方向一致。就连朵朵有着细条纹的白云也愿意顺着这个方向，哪怕盛行风的风向，还有人类及鸟儿迁徙的方向大抵均是如此。一座大山为政治家和哲学家做出了不少决断。与其说文明的发展是翻山越岭式的，倒不如说是沿着山侧匍匐前行式的。偏见和盲从的屏障多久之后才会筑起？翻越高地，穿过稀薄的空气，平原上的罪恶就得以清洗净化。由于很多植物没能翻越山峰，因此，毫无疑问，很多恶行都没能越过阿勒格尼山脉。唯有耐寒的山地植物能爬上高处的山脊，再降至远处的山谷之中。

[1] 北美阿巴拉契亚山系西北部的分支。延伸于美国宾夕法尼亚州、马里兰州、弗吉尼亚州和西弗吉尼亚州境内。

攀登高峰让我们对鸟类飞行时的感觉有了模糊的概念，尤其是能在高空中飞翔的鸟类。我们现在多少明白了，群山对鸟类的迁徙有地标式的作用，以及为什么瓦楚塞特山和莫纳德诺克山向东北方向打开了山口时，卡茨基尔山（Catskills）和高地地区（Highlands）却几乎没有向那里凹陷，大山如何在河流和山谷的引导下，遵循自己的走向，还有究竟谁能不使用小地标，仅靠群星和山脉就能判断路在何方。正因如此，一边俯瞰格林山脉，一边观察汪洋大海的鸟儿，才不会在寻路的过程中茫然无措。

中午时分，我们下了山。等回到山下人们住的地方时，我们再次面向东方，不时根据大山身上缤纷的色彩判断自己走过的路程。仿佛被什么力量驱使着，我们很快就穿过了静水河和斯特灵镇，来到了兰卡斯特辽阔的草原之上。那时，我们仿佛置身于康科德，因为兰卡斯特和康科德有很多相似之处——它们均有两条河流经过，而且河流都在镇中心汇集——这便是其中之一。眼前的景象有一种不期而然的精致：大草原辽远平坦，间或有些榆树、啤酒花田和小片树林，看上去似乎有种古典美。人们都将记得，罗兰森夫人[1]被俘的时候就是这番景象，还有印第安人参与的战争，多数也是在这种场景中发生的。然而，从这个七月的下午，浸润在如此温和的场景中，那些年代就如同哥特人入侵时一样，与现在有弱水之隔。那是新英格兰的黑暗年代。望着当时流传至今的画作——画面上是新英格兰村庄，美丽开阔，一束光芒洒在树木和河流上，仿佛天光静好、明媚清朗——我们才意识到，之前我们竟不曾觉得当时会有阳光，或者说是不觉得那时的人们会生活在和煦的阳光下。我们无法想象菲利普国王之战（King Philip's War）[2]时，阳光如何照耀在高山低谷上，也无法想象包罗思（Paugus）、斯坦迪士（Standish）、丘奇（Church）或洛弗尔（Lovell）远征时，会有夏日朗朗晴空相伴左右，因为只有在昏暗的黎明和夜晚，这些事才会鬼鬼祟祟地进行。这种行为卑劣无耻，他们的余生定然要与其阴影作斗争。

最后，我们拖着脚步，沿着尘土飞扬的道路前行，思想也被蒙上了一层灰尘。所有的思想都戛然而止，思维或是中断，或是被动地跟着某种令人迷惑的想法有节奏地往前走，我们发现自己机械地

① 玛丽·罗兰森（Mary Rowlandson），菲利普国王之战中最著名的受害者。她被俘三个月后，以20英镑的价格被赎回，之后写就了《玛丽·罗兰森的被俘与被释》（*Narrative of the Captivity and Restoration of Mrs. Mary Rowlandson*）。

② 指的是1675—1676年，由印第安万帕诺亚部落酋长菲利普王所发动的反抗英国北美殖民地的统治的战争。

白胸鳾
white-breasted nuthatch

重复着某种相似的节拍，正好与我们的步伐吻合。比如，有关绿林好汉的民谣中，就有些句子可以配合旅行者的脚步。

小约翰说，宣誓者转眼不见，
犹如过岗之风；
因为若是今晚来不及喧嚣，
明日便可能一片寂寥。

这首民谣陪伴着走在路上的人，上山下山，直到旅行者踩到一块石头，节奏才会被打断。这时，新的歌谣也顺势而出。

他射击时毫无顾忌，
然而箭矢却没有白白射出，
警长的手下应声倒地，
威廉·特伦特再无生气。

不过，扬尘最盛的小路，最能抚慰风尘仆仆的旅行者，他脚下的路完美地诠释了人的一生——时而登上高峰，时而落入低谷。处高山之巅，则凝望九霄与地平线；处山谷之低，则再抬头仰望高处。他依然沿着之前的道路前行，尽管可能会疲惫不堪、劳形苦心，仍不忘这是自己最真实的经历。

离开纳舒厄河后，我们调整了行程，先到了哈佛西部的静水河村，那时刚好是太阳落山之时。静水河村坐落在某条山脉的西坡，面向北方。我们前一天中午所到的镇子和静水河村相邻，两个地方背靠同一座大山。这里风景秀丽，大山轮廓的宏伟无与伦比。此时此刻，这里如此寂静，如此安然，仿佛山坡也沉浸在美丽的景色之中。我们慢慢走过，回望刚刚穿过的田野，聆听旅鸫的晚歌，不禁想到，自然的宁静与人类的喧嚣急躁简直是天壤之别。人类的语言、举止总有迫在眉睫之感，但自然永远静默，从不矫揉造作。

现在，我们又回到了平原散漫的生活之中，引入些许大山的壮丽也未尝不可。我们将记得禁锢自身的围墙是什么样子，懂得平凡的人生也有辉煌的一刻；我们也明白，在山顶俯视最深的山谷时，为何能看到那一抹蓝色。我们也懂得了，每个时代都有其巅峰，因为不曾有大地低到望不见天穹，我们要做的就是稳稳站在自己这个时代的高峰，遥望绵延不断的地平线。

当晚，我们在哈佛过夜。第二天一早，我们便分别了：一个朝附近的格罗顿村走去，另一个则独自朝康科德平静的草原迈开脚步。但请记得，一定要铭记那个农夫和他妻子的热情，夫妻二人在自己家盛情款待了他，然而可怜的过路人只能祝愿他们日日有晴天，而后便默默接受了这一番美意。农民夫妇的慷慨令他精神饱满，其作用丝毫不亚于他面前充足的食物。饱餐一顿后，他精神焕发，还没到中午，就到了康科德的河岸。

Chapter 4

房东

颤杨
quaking aspen

大齿杨
large-tooth aspen

房 东

无论是校舍、救济院、监狱、客栈，还是公寓，归根结底都可以用一个词表示——“房子”。哪怕人类居住的最简陋的小屋或洞穴，也会包含房子的所有元素。然而，世界上没有哪一栋房子是完美无缺的。帕特农神殿（Parthenon）、圣彼得大教堂（St. Peter’s）、哥特式大教堂、皇宫、茅草屋都无出其右，均是对某种不完美的想法进行的不完美的诠释。谁会栖身其中呢？可能在诸神眼中，村屋比帕特农神殿更为神圣。他们俯视大地时，无须太过在意潜心敬奉自己的神坛，而更垂青村屋，毕竟绝大部分人类都要靠它神圣的屋顶庇护。当然，最关心人类的神明也会眷顾小旅店，因为那里是人们聚集的地方。我觉得，这还是因为各个国家成千上万家旅店中，都摆放着锃亮的神龛，无论是信奉伊斯兰教、犹太教，还是基督教的国家，都是如此，而且无论朝圣者要去往何方，商队旅店、大型旅社、小客栈，概莫能外。

同样，纵观世界，无论在东方还是西方，我们都不会找到完美的人，但每个人都会表现出某种美德。房东都是富有同情心的人，慷慨的人，且普遍如此。他们身上那种热情好客的品质便是对他们的奖赏，而且，他们为人们提供果腹之物和栖身之所，完全是出于爱人之心。的确，房东之中也有些品行不端的人，比如有些人动机不良，但这样的人各行各业都有。因此，我们遇见真诚敦厚的房东时，更应予以嘉许。

谁不曾梦想拥有一家乡村旅店？把自己的房子打造成一个小旅社，让入住的游子有宾至如归、轻松自得之感。房子的主人就是旅店的主人，是土地的所有者，是自许的同胞兄弟。此外，他应如牧师布道时一样真挚，作为房东，要气度不凡、精于此道。只要是博爱之人，且胸怀宽广、待人友善，就会为了同胞欣然牺牲温柔而狭隘的个人友谊，选择更博大、更欢快、可以同甘共苦的友谊。他热爱世人，不是哲学家式的众生之爱，也不是教会执事的慈悲之爱，而是本性使然，如他也会喜爱家犬和马儿。他站在敞开的家门前，从早至晚，愉快地看着越来越多的人们穿梭于公路之上，从不厌倦。于房东而言，日月不过是过客，前者于日间出现，后者在夜里光顾，同样是他的客人。除了路牌和他自己之外，其他所有的一切皆在他的想象中自由移动。哪怕你与他当了多年的邻居，他还是会如对待客人一样对你客气礼貌。然而，从另一方面来看，尽管国家和个人都一样自私排外，他却一视同仁地爱着所有人。假使他对待近邻犹如对待生人，那只是因为他对待所有人都同样热情。从某种程度上说，在他心中，四海之内皆兄弟。

立有“黑骏马”（Black Horse）和“展翼雕”（Spread Eagle）这两个标志的地方，有一间娱乐室，远近闻名，其美名每年都会传送到更远的地方。所有邻居都在他的照拂之下，若有旅行者问及小旅社还有多远，别人大概会如此回答：“先生，要说这个，从这里走三英里就能看见个房子，那边旅店的标志牌还没摘下来；不过你要是走十英里，就能看见斯洛克姆旅社了，那边比较大，能住人，也能安顿牲口。”于是旅行者便往前走去，走了三英里，看到的是一栋毫无生气的简陋房舍——寂然荒凉，门口戳着块标志牌，既不像私人住宅，也不像旅舍的样子，甚至还有一对夫妻，为了此地的用途争执不下。十英里后，旅行者看见了旅舍——实在令人赏心悦目——开放，而且引人注目，只有风雪才会被拒之门外。这里没有什么华丽的亭子，也没有显眼的装饰，更没有华而不实的外表，只是旅舍，朴素而真诚。塔里镇（Tarrytown）上只有商务礼仪，而这家旅舍远在乡间，表达热情的方式更直接，还弥漫覆盆子的清甜和新割青草的芬芳。若是在夏天，还会听到远处牧场上传来的牛铃叮当声。这里流淌着牛奶和蜂蜜，最新鲜的牛奶沿着澄澹汪洸的溪流，淌过这片土地。

在这些偏远的地方，旅舍就像一个家，为居住于此的人们送去温暖与安心，而在别处，旅舍或许就是旅舍，不会如家一般。旅舍本质上如原始人居住的洞穴一般简单、质朴，但同时也更开放、更大众化。旅行者刚踏进门，你看！他也就成了这里的主人，不过他只是业主而已，言行举止要礼貌得体。在我的想象中，房东此时便会走入自然之中，带着开拓者奋进的精神，挥动斧头砍倒树木，踩实铁铲，翻起马铃薯。发挥出普罗米修斯一般充沛的精力，大自然定会带来丰硕的收获，满足众人的需求。而他尚有余力，并没有心慌气短，反而走上公路，将自己的热情带给更多的人。当然，他已经解决了不少生活中的难题。他从后门走进来时，一只手扶着肩上扛着的那根刚刚砍下来的圆木，准备用于炉火灶台，另一只手则向刚进门的游客致意。

在这里，我们终于有了悠然自得的住所，不同于宫殿、村舍或庙宇，丝毫不会打扰到别人。房里上上下下、前前后后，所有秘密都暴露在众人眼前。人们也承认，在那些时日中，这种方式是必然之选，有什么需要遮掩的呢？我们怎么会对厨房避之不及？也许正是因为厨房是整栋房子里最神圣的地方，毕竟那里有火炉、高背长椅、柴火、水壶和蟋蟀，而这些都会勾起我们对往昔的美好回忆。它们是整栋房子的“心脏”，是无可替代的“左心室”。在这里，我们于街头巷尾见到的真实诚挚的生活得以滋养、呵护；在这里，摇曳的烛光温暖着深夜里离家之人孤寂的心灵，而白天，火炉中升起的袅袅炊烟飘散至山谷的场景，也可让游子一饱眼福。总的来说，人们对自己房子的任何部分都不应感到难为情，因为至少这里安放着他的真实与恳切。厨房并非长扫帚应时时打扫之地，而且也没有必要，毕竟与厨房地板相比，自然之中的尘埃要多上许多。

如此，房东也不应过分追求完美。他得避免生活中的种种意外，保持健康，免受任何现代流行病的影响。他应该兴趣颇多、涉猎广泛，而非专注于提高某方面的品位。他对所有事物的感受都应如清风一般，自在飘飞，其中并没有任何个人的成分，虽然确实是他独创的，却涵盖众人，一如洒在旅舍房顶上的天光——带着毋庸置疑的坦诚、透明。无论他做什么，哪怕稍显粗鲁，也不应受人诟病，因为这恰好是人类本性的体现。吃饭时，他便化身肝脏与肠肚，是客人们所有的消化器官，如此客人才会确信饭菜已熟。他不能有任何癖好，不能对这个或那个有任何偏袒或特殊倾向，而要公允、均衡、健康，正如其魁梧身材所暗示的，他要对所有人都没有偏私。他并非是拒人千里之外、高高在上、品位独特的天才，但如我们之前所探讨的，他的口味如平常人一样，绝不会比旅舍标志牌或风信标更高。天才，就如叼着骨头的狗、侵吞了钻石的奴隶或是在石子滩上散步的病人，常常退避到别处，远离他人。他们不会在房子外挂好标志牌，说明有人或动物居于此处，反而总是通过各种暗示和迹象说明一点：我要独自待着——再见——再也不见了。但房东的生活中没有“隐私”二字。他不会自娱自乐，也并不喜欢独处的时光，更没有安息日，他只会思考——足以维护理性的尊严——或是说话，或是阅读报纸。若这件事他没有告诉这个旅行者，就一定会告诉另一个。他从不想孤身一人，无论是睡觉、清醒、吃饭，还是喝水的时刻，都想有他人作伴，记挂着其他人。他非常明白其他人的想法，《伊利亚特》[1]和莎士比亚的作品于他而言不过尔尔，因为他每天都能听到旅行者在旅行途中遇到的世俗却亲切的小事。就算他在最寂寞的独白时刻，只要邮车带来足够多的消息和过客，他的平静便不会受到丝毫打扰，而邮车也只是在他脑海中闪现而已。若是没有神殿，亵渎就无从谈起，他周围的世界也变得清晰明了。或许在某个落满灰尘的地方，皱纹已经爬上了他的脸，而他则如英雄般坐在岔路口处，不管是十字路口还是五道口都好，他的生活都已经为了人们幸福而变得微不

① 《伊利亚特》，古希腊诗人荷马创作的史诗。

足道了。过路车扬起的尘土迷蒙了他的眼睛，但他的目光依旧清澈、自足。无论是待上一小时、半小时，还是待上几天、几周，他身边来来往往的过客沿着熟悉的路线来来回回，在他门前徘徊逡巡，仿佛那是足球场上的球门一样，而他始终如一，宁静安详地坐着，丝毫没有退避的表现。他的邻居则没有这般勇气，只会胆怯地住在一排排杨树柳树掩映之下，凭借着整齐扎就的篱笆获得保护，用尖头栏杆拒绝游客温柔的手掌——但游客的车轮嘎吱嘎吱地走到旅舍的门口，挥响鞭子。他见到你之后，会发自内心地开心，就像大门上的圆窗一样真诚。无论旅行者要去哪里，他都想找到一个心胸宽广、无所不容的人——这个人居住在这片土地上，对旅行者来说，是陌生土地上的陌生人，却代表着本地的人情冷暖，就像磐石代表着无生命物质的本性一样——这个人就是房东。房东的牲畜食槽里备好了给旅客马匹准备的粮草，食品柜里也有让旅行者大快朵颐的食物，而他与旅行

猫柳
American pussy willow

者的交谈也成了旅行者必不可少的精神食粮。房东深知人之所需，因为他自己也是一个人，尽管他从未离开过自己的家门半步，却已跋涉过千山万水。他明白自己的需求，也知晓自己的命运。毫无疑问，他衣食无忧、居有定所，对快乐的人和能预知晴好天气的心有着转瞬即逝的同理心。归根结底，最伟大的人更需要被关心，而涉及关心之情，伟大的人只会传递，诚实的人却能给予。如果说他不是最正直的，至少也要表明，他是最坦率的。他会和你握手，也会迎上你伸出来的手，对你颇为关怀——这一点无可非议，好像之前曾受你照顾一般。若是你扭到了脖子，他不仅会给出最好的建议，还会具体说明应该怎么做。

伟大的诗人不会忘记自己的房东。在《坎特伯雷故事集》[1]的《总引》中，乔叟就表达了自己对泰巴旅店房东的赞美：

老板是一个漂亮人物，
能当宴会上的司仪，
身材魁梧，眼光明亮；
谈吐豪爽，聪明温雅；
却有男子气概，
在奇白赛街市上再也没有比他更好的市民了。
他饶有生趣，
晚餐已毕，
我们都付过了账，
他就开始谈笑起来。[2]

他是整个旅舍真正的纽带，是众人的焦点——比任何人都友好，更擅交际言谈。正是他建议大家在动身前往坎特伯雷之前，讲述自

① 《坎特伯雷故事集》（*The Canterbury Tales*），英国诗人杰弗雷·乔叟（Geoffrey Chaucer）创作的诗体短篇小说集。

② 选自方重先生译本。

己的故事。而且他还引导着大家，最后以自己的故事结尾。

他是真正的家庭纽带，是众人的焦点，他比任何人都更友爱，交际能力更强。在去坎特伯雷的路上，正是他建议每个人讲个故事打发时间的。他引导着他们，最后又说道：

以我父亲的在天之灵为证，

明天你们骑乘而去，一定个个高兴，否则我宁愿牺牲掉我的头颅。

不用开头，举起手来就是。

我们不能不重视房东，因为遇到各种麻烦的时候难免还是要找他求助，因为他经验丰富，不仅颇有智慧，且动手能力很强。他比政客更像是公众人物——他是个旅舍老板，并非什么罪人。当然，若他仍需缴税或服役，则都应予以免除。

与房东交谈，是除了和自己对话之外最好，也最有益的事情。这是更清醒自持的独白。正如通常来说，若是有听众在，我们总要说点什么才好。他有着包容的心和愿意倾听的耳朵，并不介意你所讲述的是琐事，还是什么特别的话题。“嘿嗬！”旅行者大声说。房东心想，这大概也是我的感受，于是便等着之后的故事，用他的风度带来最纯粹的同情。“快热死了！”另一个旅行者说——“先生，天气不好——都快把人晒蔫了。”房东跟着说。他很聪明，在任何情况下，都不会反驳客人。他让客人接着说下去，让他继续完成自己的旅程。

哪怕还有一位客人没有入睡，他都会在一旁坚持陪着，哪怕日出日落，他都已经做好准备。他说“晚安”的声音一如说“早安”一样轻快；最早起床的客人却发现，他早已在酒吧喝起了烈酒，而那时苍蝇还未嗡嗡飞来，他精神抖擞，如同照在沙质地板上的晨星——丝毫看不出为旅客守夜的疲惫神态。然而，若论到睡眠，可以说，没有人比他睡得更香更沉。

最后，论及他的品德，我们都会毫不犹豫地说，他身上不曾有半点恶习，也没有半分卑劣，他身上的美德恰如其分，不多一分，不少一点，让人欣赏，却不必景仰。他是个好人，如他的比特酒[1]一样好——这一点毋庸置疑。说他是个好人——并不是我们在画廊或博物馆欣赏艺术品时想到的那种“好”——而是说他是个善良之人，易于交往。谁会在意旅舍老板的宗教信仰呢？谁会在意他是否会去教堂、吃圣餐、做祷告、敬畏上帝或做诸如此类的事呢？显然，他有自己的体悟，且已经感受到了某种变化，对圣徒的坚持不懈、坚信不疑。因此，我们都在猜测，他的宗教信仰到底是什么，到底是怎样的教义？可他要做的是经营旅舍，而不是坚持良知。他每天对众人的奉献中，包含着多少令人愉快的善行和真诚的社会公德？他对众人一样，心怀善意，像牧师一样，为过客指明道路，给出有益而诚实的忠告。

总而言之，旅舍比之教堂更胜一筹。教堂是传经布道的场所，而旅舍则是践行箴言规语的地方。若说前者是众善所钟之处，后者自然不会比之不及。

① 比特酒（bitters），又称苦酒或必打士，是在葡萄酒或蒸馏酒中加入树皮、草根、香料及药材浸制而成的酒精饮料。

Chapter 5

冬日漫步

冠蓝鸦
blue jay

冬 日 漫 步

微风轻轻拂过脸颊，如羽毛般轻柔，拂过窗子，喃喃低语。偶尔，清风就像夏日的晚风，叹息着吹起树叶，这漫长的夜啊。草原田鼠窝在草地下温暖的洞穴中，猫头鹰在沼泽深处某条空树枝上休息。兔子、松鼠，还有狐狸，纷纷回到了各自的巢穴。看家的狗静静地躺在炉火边，牛群一动不动地站在栏圈里。大地沉睡着，这是一年到头它头一次入睡，休息足之后便会苏醒。午夜时分，一切万籁俱寂，除了街上的标志牌或木屋的门会不时吱扭作响，慰藉大自然的寂然无声，四下宁静——金星与火星之间的地球上，这是唯一的声响——让我们干涸已久的心中涌起一股暖流，这种神圣的欢愉与友善，唯有众神会面时才会出现，可在凡人心中，这声音却无尽荒凉。尽管大地如婴儿般睡得香甜，可鹅毛雪花却在空中飞舞着，飘洒着落在大地上，仿佛北方的某个五谷女神，正把银色的谷粒撒向无边无际的田野。

人们也已沉沉睡去，一觉醒来，就会看到冬日清晨的萧瑟寂静。厚厚的白雪堆在窗台上，就像给它盖上了一层暖和的白棉花；宽宽的窗框和爬上冰霜的玻璃透着昏暗而幽静的灯光，室内愈发显得温暖舒适。早上的清幽让人难忘。我们朝窗户走过去，每走一步，地板都会嘎吱嘎吱地响。透过玻璃上某处尚未结霜的地方，我们眺望着远处无垠的田野。我们看到房顶上早已覆满了雪，屋檐下和篱笆上挂着一条条冰柱；还有院子里还竖着一根根冰笋，如钟乳石一般，谁都看不清里面藏着什么；高大的树木和低矮的灌木向四面八方伸展着白色的小枝，仿佛要抱住天空；至于墙壁和围栏上，雪落一夜之后，它们丝毫不顾朦胧的四周，欢闹嬉戏着，身姿轻盈，大自然鬼斧神工，倏忽一晚就重新设计了田园风光，为人类的艺术作品提供了素材。

我们悄悄地拨开门闩，打开门，任由冷风把白雪卷进屋中。走到屋外，朔风凛冽，吹在脸上犹如刀割一般。繁星早已隐去不见，远处的地平线上唯有一层毫无生气的薄雾，灰蒙蒙的。拂晓时分，东方的天空泛着耀眼的古铜色的光芒，而西边却是一副黯淡寂寥的景象，仿佛披着阴郁的外衣，被魑魅魍魉包围笼罩着，仿佛并非人间。耳边独独能听到地狱之音——鸡鸣犬吠、砍柴伐木、牛羊低哞——一切都仿佛源于冥河对岸的冥王谷地。这么说倒不是因为这声音中透着多少阴郁愁绪，只是在清晨暮光之中，大地更显肃穆神秘而已。积雪覆盖的院子里，还能清晰地看到狐狸和水獭刚刚来过的足迹，这也是在提醒我们，夜间每时每刻都有动静，哪怕是大雪纷飞的冬夜，最原始的大自然也依旧热闹。推开院子的门，我们轻快地走在幽静的乡村小路上，脚下的雪很是松软，踩上

白靴兔
snowshoe hare

北美獭
North American river otter

去会有沙沙的声音。刺耳清晰的声音从木制雪橇上传来，那是早起的农夫，要去很遥远的地方赶早市。整个夏天，那架雪橇都在农夫的门口闲置着，与木屑和残渣堆在一起，现在也终于派上了用场。透过片片飞雪和结了霜的窗户，我们看见，农夫家在早上就点着蜡烛，像极了暗淡的晨星，发出微弱的光芒，似乎是要在晨祷的时刻，获得某种朴素美的眷顾。此时，炊烟从烟囱中缭绕着升起来，一家跟着一家，一缕接着一缕，飘散在森林与白雪之中。

深谷中升起袅袅炊烟，
凛凛寒风在黎明中大摆威风，
却始终不愿意在白天露面；
它迟迟不肯飞上九霄，
只是不断回旋，游戏人间，
漫无目的，不紧不慢，
它半睡半醒着的主人诗在炉火边，
思绪恍惚，如坠雾里，
还没有准备好精神饱满地

迎接新的一天；——现在它随风远去，

樵夫迈开大步，拉起架势，

集中精力，挥起斧头。

朦胧的晨曦中，他派出了

早起的密探，那是他的使者，炊烟，

最早的炊烟也是屋顶出现的最早的朝圣者，

感受着天气的寒冷，预告白天的冷暖；

而他还蜷在壁炉旁，

仍提不起勇气开门出去，

而它早就随着清风飘进了深山幽谷，

掠过平原，恣意所欲，

飞越树尖，翻过山峦，

温暖了早起鸟儿的翅膀；

现在，它偶尔能手触云汉，

一睹天颜，俯视人间，

迎着主人农舍门边的惺忪睡眼，

伴着灿烂的霞光，直上九天。

经过农舍门口，我们听到院子里的劈柴声；冰天雪地中，家犬的叫声和公鸡的鸣叫从远处传来。尽管空气稀薄清冷，也只会把美妙的声音送到我们的耳中。由于声波一触碰到最纯净最轻盈的雪，便会稍发即止，因此这声音简短而甜美，而空气中的杂质也会沉到下方。声音从比遥远更远的地平线上传来，清脆悦耳，如钟磬之音，与夏日的纷繁芜杂、混沌模糊相比，冬天的空气中多了几分清明净爽。走在路上，犹如踩在风干的古木之上，咚咚作响，铿锵有声，就连乡间最平凡的声音听起来都如此动听。树上的冰坠子彼此触碰，叮叮当当的，和鸣琤琮，如流水潺潺，如天籁之音。空气中没什么水分，一切都极为干燥，或者说是水汽都凝成了冰霜。此外，空气也非常稀薄，很是柔韧灵活，呼吸之间，自是觉得心旷神怡。天空紧绷着往后退去，呈穹顶状，仰望太清，我们如身处教堂走廊的人一般。空气中星星点点的微粒泛着银光，灿若星河，似有冰晶浮游其间。在格陵兰岛生活的人曾告诉过我们，结冰之时，那里的“海水便会冒出烟气，像燎原大火一样，雾气或者说是烟气弥漫，那被称为‘霜雾’，这种东西对健康极为有害，若是接触到人的皮肤，就会使人的手和脸上肿胀起泡。”而我们这里的寒气虽然冰冷刺骨，却非常纯粹，可以清心。而且这里也没有什么“冰雾”，只是仲夏之时雾气结晶，经过冬日寒冷的洗礼，愈发纯净了。

太阳终于从远处的树林中露出了头，和煦温暖的阳光下，冰雪渐渐消融，你能听到噼噼啪啪的声音，似乎是有铙钹的伴奏。晨光倏忽，弹指之间，便已洒在遥远的西山之上，为大山镶了一层金边。这时，我们在松软的雪上匆匆前行，刚才的一幕让我们思绪万千，甚为激动，心里觉得非常温暖，如沐浴在小阳春的和畅惠风之下。若是人们的生活能够更加顺应自然，我们也就无所谓严寒酷暑，亦不必保护自己，因为自然永远养育着我们，永远是我们的朋友。如果我们吃东西不那么挑剔，不再烹煮、煎炸食材，那么我们在寒冷面前，也就不再是萧条荒凉、没有绿叶的牧场，而是如树木一样，亦将寒冬视作使自身茁壮成长的好时机。

冬日里的大自然尤其纯洁，这让我们颇为开心。无论是早已腐坏的残叶树桩、长满青苔的石头和栏杆，还是秋风簌簌吹落的树叶，都掩藏在纯洁的白雪之下，仿佛盖上了一张纸巾。田野空旷无垠，风吹过树木，引得树上的冰凌叮当作响，这便是永世长存的美德。在最寒冷凄凉的地方，仍有最温暖柔和的善行深深扎根。刺骨寒风横扫而过，业障祸患一扫而光，唯有坚守自持才能通过这番考验，因此，凡是在冷僻荒凉之地上能进入我们视线的事物，我们都应予以尊重，比如高山之巅，我们钦佩敬慕的是那种坚强淳朴的品质，是清教徒一般坚忍不拔的德行。萧瑟冬日，万物均要寻求庇护，仍能傲然于寒风冷雪的，定是钟灵毓秀，凝聚天地之神奇，勇敢坚毅可堪与众神相比。呼吸着历经冬日风雪的空气，顿有醍醐灌顶之感。仅凭肉眼，便能察觉其纯净、清朗，因此我们宁愿一直身处自然之中，入夜方归。呼啸的寒风吹过光秃秃的大树，我们希望它也能如此吹着我们，如此，我们才能适应冬天：我们希望借此从大自然那里获得纯洁、坚定的力量，伴我们走过四季年华。

九重之渊处，自然之中有熊熊大火静静燃烧，永不熄灭，亦毫不畏惧世间的凄风冷雨。终有一日，再深的积雪也将被它融化。一月也好，七月也罢，它都不曾冒出地面，唯一的不同是一月的所覆地层更厚，而七月的薄一些而已。最冷的日子里，地火四处流动，融化树根处厚厚的积雪。冬日的田地里种着黑麦，深秋时它便已冒出嫩芽。这片田野是地火被覆盖最薄最浅的地方，白雪正在迅速消融，我们的心也随之愈发温暖。冬日时节，温暖才是要紧的美德，我们如兔子和旅鸫一样渴望阳光，脑海中也出现了一幅幅这样的画面：汩汩流过的溪水，静静躺着的石头正沐浴着曦晖，泛着白色的光；森林中还有几处温泉，冒着热气。沼泽地和池塘中蒸腾而起的团团白雾看上去亲切温暖，如自家烧水壶中冒出来的一样。可哪种热火堪与冬日的阳光相比？在阳光洒下来的日子里，草原田鼠都会离开温暖的巢穴，从墙边溜出来，连山雀也出了巢，在森林夹道的树梢枝头，叽叽喳喳的。夏天，热气从地面反射而来；而在冬日，温暖全都来自太阳的照射。我们走在布满积雪的峡谷里时，总能感觉到阳光晒在背上。这种特赐的仁慈与恩惠让我们心怀感激，感谢太阳在如此偏僻的角落还顾念我们。

每个人心中，都为地火筑有一处圣坛。哪怕外面天寒地冻，哪怕走在最荒凉凋敝的山上，旅行者外衣之下的心中总燃烧着一团温暖的火焰，其融融暖意绝非任何炉火可比。实际上，健康的人总能填补季节未尽之处，即使行走在冰天雪地的冬日，心中仍住着骄阳似火的夏日；即使身在北方，仍仿佛置身南国。那边的禽鸟昆虫迁徙到他心中的温泉旁边，旅鸫和百灵也飞过来休息玩耍。

终于，我们来到了树林的边缘，把座座闲散的小镇留在了身后。面前有一间农舍，屋顶和周围都堆满了积雪，我们从它的屋檐下走过，跨过门槛，走进了隐秘的森林深处。虽然是冬天，树林里还是如夏天一样，温暖宜人、和煦亲切。我们站在松林之中，斑驳的日光从树叶的缝隙透出来，影影绰绰，散乱而迷离。我们不禁疑惑，镇子上的人是否听说过有关树林的简单故事。每天，科学都会揭开事物神秘的面纱，然而我们却仿佛觉得，此处尚未有任何旅行者踏足，可谁不想知道它们的历史呢？我们之所以能在平原上建起平凡的村庄，完全是它们的功劳。庇护自己免受寒风冷雨侵袭的木板和温暖身心所用的柴火无一不是取自树林。再说冬日里，树林中的常青树是何等重要，夏天的印记在它们身上尚未退去。它们终年常青，从未凋零枯萎。它们如此简单，并不高大，却让地表显得丰富多样。若是没有森林这种大自然造就的城市，人类的生活又将如何？从山顶望去，树林仿佛是修剪整齐的草地，除了在树木高大的森林中散步，我们怎么还会去别的地方？

林间空地上，低矮的灌木已经生长了一年，枝叶都有些委顿，可你看那落在灌木上的雪，仿佛给它们披上了银装，极目远望都是白雪，层层叠叠，似乎是要用万千姿态弥补色彩的不足。快看树干周围田鼠留下的小脚印，那边还有兔子三角形的爪印呢。纯净的天空高高挂着，开朗豁达，终于夏日天空的驳杂纷繁经过冬日冷峭的教化与凝结也变得澄澈透明，由冷风裹挟而去了。

夏日里万物种类分明，到了冬日一切就不那么容易分辨了。天空仿佛触手可及，众生的区别仿佛并不多，而且也不甚分明。流水凝结成冰，降雨化身白雪。白昼不过是斯堪的纳维亚半岛上的黑夜，而料峭冬日不过是北极地区的盛夏光年。

北美灰松鼠
eastern gray squirrel

红果接骨木
red elderberry

野燕麦
common wild oat

生命的活力蕴藏在自然界万物之中。披着皮毛的动物能抵御冬夜的严寒，日出之时，它们便会走到霜雪覆盖的原野和森林中，等着太阳冉冉升起。

食物匮乏的旷野中，
聚集着棕色皮毛的动物。

星期五清冷的早上，灰松鼠和野兔仍在遥远的山谷中活蹦乱跳的。这便是我们的拉普兰德地区和拉布拉多地区，而对于爱斯基摩人、柯尼斯坦人、提尔力丘印第安人、新地岛[1]人和斯匹茨卑尔根人而言，不是还有碎冰锥、伐木人、狐狸、麝鼠和水鼬吗？

[1] 位于北冰洋，介于巴伦支海与喀拉海之间。

然而，虽然是如北极一般的寒冷天气，我们还是能找到夏天的痕迹，能与现在的生活产生某种共鸣。白霜覆盖着草地，沿着草地上的溪流看过去，可以看到石蚕在水下建造的“小屋”。它们圆圆的筒形小屋就在身边，是用菖蒲、树枝、草叶、枯叶、贝壳和鹅卵石制成的，形状颜色都像是沉船的残骸——有的“小屋”贴着底部的鹅卵石随波逐流；有的则陷在小小的漩涡中，打着旋儿，被湍急的水流跌跌撞撞地带到下游；有的趁波逐浪，跟着流水快速冲向前去；有的则会碰到草叶或树根，来回摇摆个不停。很快，这些幼虫就会离开水中的居所，爬上植物的茎，或像蚋蚊一样，浮出水面，变成石蛾。有的蛾子会在水面扑腾翅膀，有的则会在晚上扑向我们的蜡烛，结束短暂的生命。远处的小山谷中，灌木被厚厚的积雪压得抬不起头，红果接骨木与白色的大地相映成趣。这里可以看到很多脚印，那是很多种动物在雪地走过时留下的。太阳骄傲地高挂在空中，俯视着这座小山谷，竟使得这里看上去如塞纳河（Seine）河谷或台伯河（Tiber）河谷一般，昭示着某种不为人知的勇气，纯粹洁净，遗世独立，战无不胜，攻无不克。这里还保留着远古时代的质朴与单纯，透着城镇生活中鲜有的健康与希望。我们几个人独自站在树林深处，寒风吹过，树枝上的雪纷纷落下，只留下人类唯一的足迹在我们身后，而我们亦已察觉，自己的思想也丰富了不少，远胜于生活在城市中时。比起政治家和哲学家，山雀和五子雀更能振奋人心。若我们再回到政治家与哲学家的喋喋不休中，定然会觉得庸俗鄙俚。在这僻静的山谷中，溪流沿着山坡奔流而下，冰面并不平整，冰晶折射出光美丽的色彩。溪流两岸矗立着云杉和铁杉，而溪流中生长着灯心草，还能看到已经枯萎了的野燕麦。此时此刻，我们的生命更为宁静，尤其值得深思。

日头越来越高，太阳的热气从山坡上翻起来。我们听到轻微甜美的声音，原来是溪流冲破了冰层的阻挡，还有树枝上冰凌融化的声音，琮琤作响，甚是悦耳。五子雀和披肩榛鸡的身影不时会出现在我们眼前，叫声也时时入耳。中午时分，南风吹拂，白雪消融，露出了地面上已枯萎的草叶。虽然如此，但它们散发的香气还是让人备受鼓舞，比肉香的味道更使人精神。

前面有间樵夫的小屋，早已无人居住，如此我们不妨进去一探，看看他如何度过漫长的冬夜和风卷白雪的短暂白天。这里的人都住在大山的南坡，所以那里还算稍有人烟，是众人往来之处。是时，旅行者站在巴尔米拉（Palmyra）[1]或赫卡通皮洛斯（Hecatompolis）[2]的废墟旁，樵夫的所思所想，大抵也和我们现在差不多。欢畅的鸟儿和盛开的花朵可能会出现在此处吧，毕竟红花绿草总会跟着人类的足迹。铁杉在樵夫的头顶上窃窃私语，山核桃树的粗枝便是他的柴火，刚松的根会帮他点火。虽然樵夫已不在此处居住，但那边的小溪还在不断冒着蒸汽，薄薄一丝而已，和空气差不多——这里之前可是他的取水之处呢。铁杉的树枝和层层稻草铺在一座高台之上，这边是樵夫的睡床，旁边的破口杯子想必便是他饮酒的器具了。现在是冬天，樵夫似乎一直都没来过这里，因为去年夏天菲比霸鹟筑的巢还好好待在架子上呢。樵夫用来烤豆子的锅还留在小屋里，我看到旁边有一些残存的灰烬，好像他才刚刚出门不久一样。我们仿佛看见这样的情景：晚上，他抽着烟斗——这烟斗已经没了烟嘴，已经被灰埋住了，若是他有同伴，肯定会和这唯一的同伴聊上几句，说说若是一夜大雪纷飞，早上的积雪会有多深，或是谈谈刚才的声响到底是猫头鹰刺耳的声音、树枝断裂的声音，还是幻听而已。深冬的夜晚，他四肢舒展地躺在软软的草上，想从宽宽的烟囱口看看外面是否风雪已停。看到仙后座群星清冷的光芒洒在自己身上，他便放下心来，安然睡去。

从屋里留下的诸多生活的痕迹，我们不难推测出樵夫平日的生活。看着眼前的粗树桩，我们可以想见樵夫的斧头有多锋利；从树桩的倾斜角度我们则可以知道他砍树时站在哪边，劈斫时是否会绕着树走上几圈或是换手砍伐；还有从木屑的弯曲程度，我们能大概猜到它是如何倒下来的。这小小的木片不止记下了樵夫的一生，也

① 巴尔米拉，是叙利亚沙漠上的一片绿洲，位于大马士革的东北方，是古代最重要的文化中心之一，保存了作为大都市的许多纪念性建筑。

② 赫卡通皮洛斯，伊朗古城。

毡毛山核桃
mockernut hickory

记录了世界的模样。森林中砍下来的一段原木上放着一张纸片，可能是他用来包糖或是包盐的，也可能是用来堵枪膛的。我们饶有兴致地阅读了这张纸片上的内容，是城市中的琐事，大概是大街上和百老汇有要出租的房子，空荡荡的，像这里一样。小屋的屋顶略显简薄，南面的屋檐上，融化的雪水落下来，滴滴答答的。此时，凤头山雀在松树上叽叽喳喳叫个不停，阳光温暖亲切，洒在门边，颇为友善，满是人情味。

夏天和秋天，樵夫都不在，简陋的小屋并没有因此而破败，破坏周围风景的美感。鸟儿早已在这儿筑巢，飞来飞去。往门口看，还能看到很多四足动物来来往往的足迹。由此可见，虽然人类唐突冒犯了自然、玷污折辱了自然，但大自然仍云淡风轻，毫不挂怀。伐木的声音叮叮当当，然而森林中的回声依旧欢快，不带半点戒心。虽然回声稀稀落落的，但显得大山更有野性，天地万物，似乎都竭尽全力，要内化这种声音。

这时，我们开始沿着小路上山，朝高山之巅走去。这座山南面的山坡尤其险峻，我们站在那里，极目远眺，山下辽阔的乡野风景尽收眼底：森林、田野、河流一览无遗，甚至还能看到远处覆着白雪的大山。再看那边，一缕炊烟袅袅升起，不知是从树林中哪间农舍中冒出来的，可这缕青烟在树林中萦绕，仿佛农舍中升起来的“旗帜”。炊烟所起的房屋一定更为温暖，也更让人觉得亲近，因为我们发现，小溪那边升腾起的雾气在树顶团成云彩的样子。假想一下，一个远道而来的游客，在山顶看到了这一缕炊烟在森林上空缭绕，而他与山下农舍里的主人就此结成了微妙的关系。青烟徐徐上升，仿佛是太过自然的事情，静默无言，就像是片片绿叶轻吐出的水汽，圜圜袅袅，如炉火边忙碌的主妇。升腾的烟雾仿佛化身“象形文字”，诉说着人类的生活，比热锅烧开水后冒出来的水汽更有亲和力，也蕴含着更重要的东西。森林中有人间烟火升起的地方，更像是那里飘起了一面旗帜，就说明有人在此处安身——如此便是罗马帝国强盛的开始，是百业兴起的源头，是帝国屹立的根基——无论是北美辽阔的草原还是亚洲荒原，与此别无二致。

我们由此转身下山，去往山下树林中的湖畔地带。湖泊在群山环绕之中的地势低洼处，仿佛是大山挤压出来，也好像是树叶在其中浸润久了析出来的汁液。四下望去，无法得知湖水源于哪里，也不知道它流向何方，然而，湖水泛起的涟漪，岸边的鹅卵石，还有周围连绵的松树上，都无一不在讲述着湖泊的历史。虽然这片湖泊就沉静地待在这里，却不是百无聊赖，荒废时光，而是像阿布·穆萨（Abu Musa）告诉人们的那样：“安居家中乃上天之道，外出奔忙乃为人之道。”就算湖泊安然于此，但湖水的蒸汽却可飘向四方。夏日里，湖泊便是大地盈盈的眼眸，是大自然胸前的明镜，涤荡着树林里的一切罪恶。看那些树木，竟在湖泊周围围成了一个圆形剧场，呈现了大自然和蔼亲切的一面。棵棵大树都会将旅行者引至湖边，每一条小路也都通往此处，飞脚走兽也争相来到这里，就连整片地形都是朝湖泊倾斜的。这里是自然女神的深闺，她坐在这里梳洗打扮。她沉默寡言，节俭朴素，干净整洁。看那每天东升的太阳使得湖水蒸发，顺便带走湖面上的每一粒尘埃，湖面也会每天都展现出新的神态。每一年，无论积攒了多少杂质，春天的湖水都依旧会清澈澄净。夏天，仿佛总会有轻柔的乐声拂过湖面。然而，现在湖面上只是覆盖着一层白色的积雪，只有偶尔寒风扬起雪花的时候，才能看到光滑的冰面。冰面上的树叶随风游荡，飘来飘去，短短的旅程中毫无方向可言。这片是山毛榉的枯叶，已经随风飘荡很久了，最后一头撞上了岸边的一块鹅卵石，可它还不肯罢休，一直摇摆着，似乎还要再次随风起舞。我想，专业技能高超的工程师可能可以计算出这片树叶从树枝上掉落下来之后飘荡的路线。因为计算时需要考虑的一切变量都有：枯叶目前的位置、风向、湖面海拔等都是已知量。虽然叶子边缘残缺，叶脉破损，但一路过来的行程经历，都已清晰地写在其中。

我们可以想象自己正身处一栋豪宅之中。眼前的湖面就是我们的牌桌，或是光滑的地板，树木在湖边拔地而起，仿佛屋子的墙壁。冰块破碎的地方，布置着为了捕捉小狗鱼而安放的鱼线，这就像为一顿丰盛大餐做准备一样。站在冰天雪地里的人们就是森林里的装饰家具。那些人在大概半英里之外的地方，他们的一举一动给我们留下了深刻的印象，好像读到亚历山大大帝丰功伟绩时的感觉。他们也扮演着至关重要的角色，意义之重大丝毫不亚于开疆辟土。

林中树木的枝杈相互搭在一起，呈拱形，我们从树下走过，快走到森林边缘的时候，听到远处河流弯道处传来冰面破裂的声音，轰隆隆的，好像是由某种连海洋都不清楚的潮水推动着，难以捉摸。在我看来，这种声音还带着一种故土的亲切感，让人心潮涌动，仿佛是某个高贵远亲讲话的声音。每种声音中都透着神秘的健康气息，七月中清风拂过树叶时簌簌的声音是如此，一月里寒风树枝咯吱咯吱裂开的声音也是这样。

当冬天给每条树枝都
戴上美丽的花环，
把静默的封印
加盖在白雪下的树叶上；

当每条小溪在冰层下面
欢快地奔向前方，
田鼠也会在地道中
啃食着草地上的草叶；

我想夏天从不曾远去，
只是藏在地下，
去年那只草原田鼠还懒洋洋地
躺在去年所在的荒原之下。

山雀可能
不久就会轻轻歌唱，
白雪是夏天的华美的遮盖，
是她亲自求来的。

繁华朵朵，不胜美丽，点缀着快乐的树干
累累硕果挂在枝头，
北风叹息着夏日的习习微风，
冰霜该如何阻挡，

为我带来喜讯吧，
我正侧耳倾听，
是安宁的永恒，
无惧冬日。

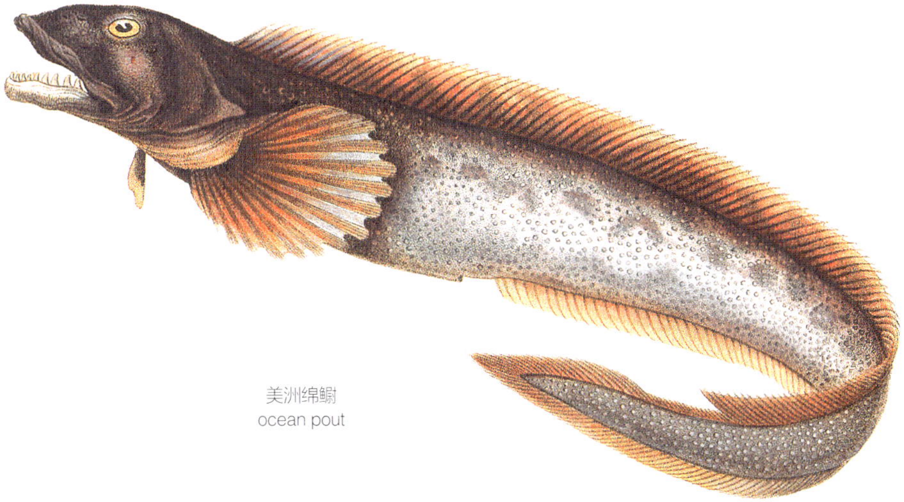

美洲绵鳚
ocean pout

沉默的湖泊
躁动的冰层开裂，
湖中的快乐精灵
在喧闹无比的拦鱼网架上玩耍。

我大步流星地走向山谷
仿佛听到了喜讯，
大自然如何举办
自己从未错过的盛典。

我在旁边的冰层上嬉戏，
同情着脚下的震颤，
因为每条冰上的裂纹
都延伸到美丽湖泊的那头。

地下的蟋蟀，
炉边的柴火，
甚少听到家一样的声音
正沿着森林小路回荡。

夜幕降临前，我们肯定要穿上冰鞋，沿着蜿蜒的河流游览一番。对于整个冬季都在农舍里的火炉旁取暖的人来说，这是全新的体验，仿佛是溜在极地的冰面上，与帕里船长[1]或富兰克林船长[2]尽兴同游。沿着曲折的河流一路向前，我们一会儿在群山之中穿行而过，一会儿又经过开阔的草地。松树与铁杉的枝丫交错在一起，搭

① 威廉·爱德华·帕里（William Edward Parry），皇家学会会员、英国海军少将、北极探险家。1819 年，他经由帕里海峡的航行可能是探索西北航道最成功的一次。1827 年，他到北极考察，是最早的北极探险队成员之一。

② 约翰·富兰克林（John Franklin），英国船长及北极探险家，在搜寻西北航道之旅中失踪。

起了拱形走廊，下面随处可见小水湾和小港口。河流从镇子外围经过，我们也有机会看到平常看不到的景象，更为开阔。田野和花园都诚恳而自在，一直延伸到河边，可公路边的田野和花园则带着一种自命不凡的态度，与此迥然不同。毕竟，这里是大地的边缘地带。然而，这种强烈的对比并没有让我们的眼睛觉得有任何不适。农夫打造的栏杆上，最后一根横杆是用歪歪扭扭的柳树树干做成的，看上去刚搭好不久。终于，我们溜到了篱笆的尽头，停下了脚步。现在，我们可以沿着最少有人烟，也是最平坦的道路往前探索整片乡野地带，不必翻山越岭，只需要沿着宽阔的平路向前到高地的草甸上即可。河水顺流而下，是对自然顺服法则最生动的诠释，就像为病患准备的快速路，橡子空空的果壳能安然地浮在水面上，不必有翻覆河水中的担心。偶尔能看见几条小瀑布，它们所处的断崖对这里整片的风景并没有太大影响，只是扬起的淡淡水雾和四溅的小水花吸引了四面八方的游客。河流的源头在内陆腹地，流经好几处地理台阶，或宽阔无阻，或倾斜平缓，最终汇入大海。由此可见，一开始，河流不得不向崎岖的大地低头，随着地形的起伏奔流向前，但这也是最直接方便的道路。

林鸳鸯
wood duck

垂枝桦
silver birch

俯仰天地之间，没有一处是人类无法踏足的，现在我们便来到了鱼儿构建的帝国。我们都穿着溜冰鞋，在冰层上快速滑过，丝毫不知脚下河水深浅，夏天的时候，我们还在这里放下鱼线，想要钓几条绵鳚和鲈鱼，而小狗鱼则潜伏在长长的芦苇水道中。附近是大片沼泽，难以穿越，但常有鹭鸟涉水而过，也有麻鳽在此栖息。穿着溜冰鞋的我们虽然也可以快速通过，但仿佛沼泽地中有上千条铁路，阻碍重重。我们一时心血来潮，直接就溜到了麝鼠的家门前。麝鼠是最早在这里定居的动物，看到我们，透明冰层下的它飞也似的钻回了岸边的巢穴，像一只长着毛的鱼。我们快速溜过这片草地——最近还有“割草的人在这里磨了磨自己的长柄镰刀”。越橘林子都已是冰封大地，穿过点缀着早熟禾的越橘丛，我们就到了黑鹂、绿霸鹟和王霸鹟的巢穴附近。它们的巢穴就在河面的正上方，沼泽中的槭树上，还有大黄蜂的蜂巢。多少莺莺燕燕快乐无比，站在垂枝桦树枝和蓟花的冠毛筑成的巢里，迎着阳光放声高歌。沼泽边缘有个悬空在水面上方的村落，人们走是走不过去了。早就空了的树干中，林鸳鸯正哺育着自己的雏鸟，每天都要滑行到沼泽深处觅食。

冬日里，自然就成了装满稀奇物件的柜子，摆着不少已经干枯的标本，还保留着当年英姿勃发时的顺序与位置。树林和草原俨然成了一座“植物标本室”（Hortus Siccus）。树叶和野草就在空气之下，无需螺丝钉或胶水固定，就能完美地保持形状；鸟巢没有挂在人造树枝上，而是待在鸟儿们筑巢的地方。我们检验着夏日时光留在肥沃沼泽中的作品，滑来滑去，鞋子都没湿。看那桤木、柳树和槭树竟生得如此高大，可见它们吸收了多少阳光雨露的精华滋润。经过草木繁盛的夏季，它们的枝条伸展了不少——很快，沉睡的枝芽就会醒来，继续生长，变长变粗，伸向天空。

偶尔，我们也会费一番力气，从雪地上踏过。积雪很深，因此几十杆长的河流都掩埋在白雪之下，时常找不到踪迹，偶尔会突然从我们左边或右边冒出来，实在出乎我们的意料。雪地下面，河水还在不停流动，我们依稀可以听到它奔流时汩汩的声音，有点像在打鼾，不知是否和熊或土拨鼠一样，需要冬眠才好。夏日里留下的痕迹依稀可辨，除非是被白雪或冰层覆盖住了。开始，我们还以为河水到了隆冬时间会干涸，或者春天到来之前会冻得很结实，不会消融。然而，实际上，河水的流量并没有减少，只是河流表面结了一层冰而已。千百条汇入湖泊河流的溪水依旧奔流不止，只有少数几条泉水的源头冻住了，不过它们并没有就此止步，转而流入地下，为大地深处的地下水塘积蓄水源。大自然造就的水井就潜藏在冰霜之下。夏天的溪水上涨，并非是因为雪水融化，割草人用来待客的，也不只是融化的冰水。春日里，积雪融化，河水的水位就涨起来了。因为大自然在冬天的时候工作得比较慢，水就凝结成了冰或雪，较之水而言没有那么光滑圆润，没能很快明白自己的深浅。

红翅黑鹂
red-winged blackbird

冰面的那头是铁杉树丛和白雪覆盖的小山，二者之间站着一个渔夫，正在钓小狗鱼，他像芬兰人一样，把鱼线从某个少有人出现的河湾处放下，手插在厚呢大衣的外兜里。他脑子里想的都是些无聊的东西，想到了积雪和小鱼，仿佛他自己就是没有鱼鳍的鱼儿，跟其他鱼儿相隔不过几英寸而已。他默默地站着，挺身直背，任空中流云和地上白雪包围着自己，如岸上的松树一般。身处如此荒凉的景象，人们往往会一动不动地站着，静如止水，就算是有什么动作，也是小心翼翼、迟缓笨拙的样子。因为自然本就端庄持重、寂然寡言，轻易就能带走城市中那种浮夸骄躁。虽然雪景中确实有人的存在，却丝毫没有影响这景色的荒凉。人在这里，和鸦科鸟、麝鼠没什么两样，和自然界融为一体。早期的航海家曾说，航行途中经过诺特卡湾[1]到达每周西北部海岸时，那里的土著人全身都裹着毛皮，也不太爱说话，除非有什么铁器能诱惑他。他是自然大家庭中的一员，与自然的感情非常深厚，深深扎根在自然中，绝非城市中人可比。若你走上前去，问他今天的收获如何，你会发现他也一样膜拜着无形的世界。他不断比画着手势，说到湖里的小狗鱼时一脸虔诚敬重的模样——他从未见过这种鱼，那是他心中简单、完美的小狗鱼。他和湖岸也通过一根鱼线连在一起，而且他还记得，这个季节自己去湖面冰层中把鱼取回家时，家中花园里的豆子还在悄然生长。

[1] 位于加拿大不列颠哥伦比亚省温哥华岛崎岖的太平洋西海岸。

可正在我们四处闲逛的时候，乌云再次笼罩住大地，雪花洋洋洒洒地飘下来。雪越下越大，竟迷了我们的双眼，远处的景物都看不到了。雪花落在每一片树林中，也落在每一片田野里，不会遗忘任何一个角落：河边、湖面、山坡和河谷——没有一处少了白雪的痕迹。四足动物们都躲进了洞穴，鸟儿也栖息在枝头，此时此刻，静谧至极，和风和日丽的日子里一样。可是，渐渐地，之前没有被白雪覆盖的山坡、灰墙、篱笆、光滑的冰面，还有枯枝败叶都悄无声息地披上了银装，人类和动物走过的足迹也深埋在雪中。大自然毫不费力地就重申了自己的法则，磨掉了所有人类的痕迹。你听，荷马曾这样描述过同样的景象：“大片的雪花密密麻麻地纷扬飘下；他让风平静，让大雪不停地飘降，直到盖住高山峰顶和岬角的峭巅，盖满三叶草地和农人肥沃的农田，盖遍灰色大海的曲折海岸和港湾，只有滚滚而来的海浪把它们浸漫。”[1]大雪覆满了世间万物，使之平齐，把它们深深拥在大自然的怀抱之中——如漫漫夏日时光，植物无声无息地攀上庙宇的石柱和城堡的角楼——在自然面前，人类艺术确实逊色。

① 译文摘自《罗念生全集：第五卷（伊利亚特）》，上海人民出版社。引用段落中的“三叶草地”应为希腊神话及罗马神话中的忘忧树（lotus-tree），因整体引用，所以不在正文中更正。

暴烈的夜风吹过树林，抖抖簌簌。这是它给我们的警告信号，让我们赶紧启程返回。暴风雪愈演愈烈，太阳已然西沉，鸟儿归巢，牛儿回栏。

农夫的公牛筋疲力尽
站着，身上落满了雪，而今，只想
品尝自己的劳动果实。

尽管日历中的冬天总是以鹤发老者的形象出现，面对寒风大雪，就裹紧身上的大衣，但我们觉得冬天就像是一个快乐的樵夫，是热血青年，同夏天一样张扬耀眼。风雪中无人懂得的庄严尊贵，能让旅行者的精神倍感振奋。它并不会轻率地对待我们，而是温和诚挚、和蔼殷切。冬天的我们更喜欢探索内心世界。我们的心里仍温暖而快乐，就像大雪覆盖下的农舍——虽然门窗半掩，但烟囱中冒出的炊烟却总会欢快地升上天空。大雪封门，待在屋子里的人反而更有温馨之感。最寒冷的日子里，我们满足地坐在炉火边，从烟囱看着外面的天空。我们背靠着烟囱一角，享受着宁静安详的生活，聆听街上牛群的低哞，或整个下午远处谷仓中传来的打谷声——这声音一直都没停下，我们正可以伴着它感受自己的脉搏。显然，经验丰富的医生能通过聆听我们周围简单、自然的声音判断我们是否健康。我们现在享受的并非是东方的情怀，而是北方的惬意自得。围坐在温暖炉火边的我们，看着粒粒尘埃在照进屋子的阳光下翩翩起舞。

有时候，我们的命运太过平凡、太安逸，没有什么曲折离奇的事。细想之下，人的一生竟有三个月都要裹在皮毛大衣中度过。冬日冰雪琉璃世界，别有一番风味，但希伯来人的《圣经》却并没有认识到这一点。难道温带和寒带便没有宗教的存在吗？新英格兰寒冷的冬夜，总有飘飞的大雪，这是上苍对人类慷慨的恩赐，然而名篇典籍中，竟没有只言片语提及这仁慈之举。我们从未因此而为众神高唱赞歌，只觉得要抵制上天的怒气。总而言之，最鞭辟入里的《圣经》，记录的也不过是薄志弱行。圣徒也只是一味过着克己慎行、节制清苦的生活。不如让真正虔诚勇敢的信徒到缅因州或拉布拉多半岛的森林中住上一年，体验从初冬到解冻的过程，再回过头来翻翻希伯来人的《圣经》，看看是否真的贴切表达了他的心路历程。

如今，漫长的冬夜就在农夫的火炉边开始了。此刻，它的思想亦是无拘无束，天马行空。人性本善，对万物众生不乏恻隐之心，悲悯之情。农夫已经收获了自己的辛苦付出的果实，度过严冬的一切早已备齐，每每想到此处，农夫的心中就充满幸福感，足以抵御屋外呵气成霜的天气。透过泛着雪光的玻璃窗，农夫怡然自得地望着“北极熊之家”。不知何时，风雪已停。

充盈、缥缈、圆满，

大千世界在我们眼前铺展，

明朗、刺目；如长衫

如繁星闪烁，两极之间，灿然绚烂。

Chapter 6

森林的演替

黑胡桃
eastern black walnut
短嘴鸦
American crow

森林的演替[1]

每个人都有权利参加家畜博览会（Cattle show），超验主义者也可以。于我而言，更让我感兴趣的不是家畜，而是参加博览会的人。虽然我并不知道他们的名字，但看到他们的脸却觉得颇为熟悉亲切，在我看来，他们是米德尔赛克斯村（Middlesex）的支柱。这些白人会尽力融入环境，而不是凌驾于这片土地之上。他们不会颐指气使，不会穿着黑色的外套，不会穿着锃亮的皮鞋，也不会戴手套，把手藏起来。诚然，很多奇怪的人也会被我们的节日吸引而来，无论如何，我们欢迎他们的到来。我敢肯定，我之后还会再见到那个意志薄弱的人，他异想天开，体弱无力，总是倚着一根歪七扭八的棍子当拐杖：那根拐杖实在怪异，也不实用，活该被当成某条石化了的蛇放在柜子里。用这种东西作拐杖还不如用公羊羊角，至少扭曲得更好看一些。他还按照之前承诺的那样，把全国各个角落的放纵之事带到了康科德的草地上。我觉得，有些人之所以会选择追随他们，完全就是因为他们是怪人。但我依然觉得，笔直的树枝才能做出最好的手杖，正直的人才能成为最好的领导。否则，普通的

① 本文为梭罗1860年9月在康科德镇米德尔赛克斯农业协会的演讲文章。

日常工作，为什么偏要选一个奇怪的人来完成呢？无论如何，不知道是否真的如此，我觉得诸位可能已经在想，请我来做演讲真是大错特错。

作为一名土地勘测员，在座诸位中有一些就是我的雇主，围着农场反复测量，确定好土地边界之后，我通常会和他们一起吃晚餐，再聊聊天。不仅如此，作为勘测员和自然主义者，我总是随心出入你们的田地，而且很频繁，想必诸位之中已有人注意到这一点，而且略有不开心了。不过好像很多人还没意识到这件事，我也算松了口气。有的时候，我会在农场最偏僻的角落遇到农场主人，他们总会惊讶地问我是不是迷了路，因为之前从没有在镇上或乡村的这个地方见过我。如果农场主知道实情，我就无须隐瞒自己的秘密，我可能会礼貌地问农场主是不是迷了路，因为我之前也没在这里见过你。其实，为农场主指明走出树林的最短路线这种事，我已经做过好多次了。

由此可见，我今天在此演讲也算有些资格。鉴于此，且大家今天共聚一堂，我希望大家可以在接下来属于我演讲的时间里集中注意力，听我讲述纯粹的科学内容。

之前提到和农场主共进晚餐的事情。其实与他们吃饭时，经常会遇到这样的问题，你们之中也有不少人问我：砍倒松林之后，再生长出来的却是栎木，而且反之亦然，这其中有何缘由？我总会这样回答，现在也会这样回答：我知道为什么——这对我来说不是什么神秘的事情。但我后来发现，竟没有人对这个问题给出过完整而清晰的解释，所以我觉得我最好把此次演讲的重点放在这里。请大家跟随我再次走进各自的树林吧。

我可以毫不犹豫地告诉大家，尽管从某种程度上说，这种说法略显荒谬，但在我们这里，当某棵树或一片森林在同类从未生长过的地方自然生长出来的话，那只能是依靠种子的力量。现在，人们已知的树木繁殖方法很多——比如移植、扦插等。但对于上述情况，唯一可能的解释就是依靠种子。如果有人坚持认为上述现象是因为其他方式才出现的，或者说是凭空出现的，那不妨摆出证据吧。

那么，接下来要探讨的就是种子如何从生长出来的地方到达扎根立命的地方的。其实，这一过程主要靠风、水和动物的作用。比如松树和槭树的种子比较轻，就主要靠风和水的帮助迁徙；而像更重一些的橡子和坚果就主要靠动物的帮助迁徙。

无论是哪一种松树，其种子外都包裹着一层薄如蝉翼的膜，如昆虫的翅膀一样。这层膜包裹着种子，相对独立，而种子就生长在薄膜的底部。实际上，就算种子有的时候未能完全发育，薄膜也会完整地生长。你可以这样理解，大自然在运送种子这方面，对种子运送过程中的保护反而比种子发育这件事做得更稳妥。换言之，种子周身裹着一个美丽而轻盈的织物，还带有一个小把手，可以让风抓住，依次借助风的力量远走高飞，到其他地方延展自己的种群。种子就像从专利局发出的邮件一样，装在不同的袋子里，跟着风去往不同的地方，这种方法行之有效。宇宙之中也有政府，而政府的中心也有专利局，这家专利局负责人对种子传播一事的关心绝不亚于华盛顿的诸多官员，而它们采取的措

红花槭
red maple

施显然比后者更有效、更正规。

因此，我们无须假设松树是凭空生长出来的。我非常清楚这一点：松树是由种子发育成长而来的，而且这一点很多人也都知道。尽管长久以来，很少有人重视大自然繁殖树木的方式，但在欧洲，大部分树木都是依靠种子繁殖生长的，只是我们这里现在也应用了同样的方式而已。

砍伐掉一片栎木树林后，松树林并不会马上生长起来。除非附近有一片已经结出松果的松树林，或不久前还有这样的树林，那么也许风的力量就会把种子吹到被砍伐一空的土地上。这样一来，只要你没有人为地在那片空地种植其他树木，且土壤条件适合生长，那么之后可能生长出一片松林。

质量较大的种子和坚果不能借助风力传播，但不会影响这种树木出现类似情况：即一片土地上之前并未有它的同类生长过，可这种树木却突然出现了。对于这种情况的解释很多：种子或其他用于繁殖的部位，通过某种非常规的方式，被无意间带到了这里；或者已在土地中长眠了几个世纪的种子，被燃烧带来的高温唤醒了。我并不相信这些说法。因为据我观察，这些树木依然是种子自发扎根，自发生长的结果。我接下来会对此进行进一步说明。

质量较大的种子会找到别的方法，或飞或走，去往别的地方。众所周知，樱桃是很多鸟儿喜欢吃的东西之一，因此樱桃树（cherry）种类繁多，分布广泛，这仿佛倒也不是什么特别好的事。有很多樱桃树被称为“鸟樱”[1]（bird-cherry），还有一些虽然名字与鸟儿无关，但也深受鸟儿的喜爱。吃樱桃是鸟儿的正经事，因为它们能为樱桃播撒种子。我觉得，除非人类也能像鸟儿一样偶尔播种樱桃，否则樱桃就应该先给鸟儿吃。你看，樱桃竟把种子藏得如此巧妙，让鸟儿不得不帮忙它，把它带到别的地方——把种子藏在诱人

[1] 即针樱。

的果实中间，所以只顾大快朵颐的动物们便会自然而然地将果实一口吞进嘴里或是鸟喙中。吃过樱桃的人都知道，如果没有先把樱桃分成两半就直接放在嘴里吃下去，便会感觉到酸甜可口的果实之中表面粗糙的那一大粒果核就会留在舌头上。囫囵吞“樱桃”的话，我们一次能吃下十几颗，当然豌豆大的果核也会被吞进肚子里。大自然为了达到自己的目的，总能让我们心甘情愿地为它做任何事。为了赶紧吃完樱桃，有些未经教化的成年人和孩子们就会像鸟儿一样，将果实本能地一口吞下。这样一来，虽然樱桃并没有长出“植物”翅膀，大自然还是能想办法让鸟儿把果实吞进肚子里，随着鸟儿飞到别的地方。从某种意义上说，这也算是樱桃长了翅膀，甚至比松树种子的翅膀还要强劲有力，甚至能逆风飞行。正因如此，樱桃树才能分布广泛，在各个角落里都留下自己的身影。其他许多种子都是靠这种方法四处播种的。

我之前所说的一些论断，都是基于之前观察到的现象。我提到过，我可以

针樱
pin cherry

加拿大黄桦
yellow birch

美国白栎
white oak

解释这种情况：松林被砍倒之后，空地上很快会生长出栎树或其他阔叶木。这是因为，如果周围生长着栎树或其他会生长出坚果的树木，那么橡子或其他坚果就会不时被带到原本的那片松林。我可以肯定地说，如果方圆十英里的范围内都没有栎树，也没有人把橡子带进松林，那么松林被砍掉之后，就不会立刻长出栎树林。

显然，空地上原本只有松树。松树被砍伐一空之后，你会发现，一两年之后长出来的是栎树或其他阔叶木，而且其中很少有松树的身影。人们通常会觉得奇怪，种子怎么会在地下长眠这么久却不腐坏？可事实是，种子并没有在地下深埋很久，而是每年由飞禽走兽不时带到这片树林中的。

在我们附近地区，栎树和松树的分布比较平均，哪怕你仔细观察最繁盛茂密的松林，即使松林中只有刚松这一种，你还是能发现其中会有一些小栎树、小桦树和其他凑在一起的阔叶树树苗。这是因为松鼠、其他动物或风力原因，总会把这栎树等树木的种子带到这片树林或其他树林中，于是种子就会发芽成长，只是被松树遮住了阳光，阻碍了生长空间。动物们总喜欢到最茂密的常青树下栖身休息，因此常青树越茂密，就越有可能埋着各种树木的种子。当然，动物们也会把种子带到桦树林或其他树林中。这种播种方式年复一年，从未终止，而前一年生长出来的小树苗每年也会死去一些。但松树被砍光之后，刚刚发芽的栎树就得到了良好的生长条件，有了生长空间，就能快速生长成大树了。

如果松树太过茂密，就会有绿树浓荫的景象。这不仅对松林中夹杂的栎树不利，对松树幼苗来说也毫无益处。松树被清理干净后，如果地里埋着健康的松树种子，那么这片地上之后也会长出大量小松树。

可如果砍伐掉的是一片阔叶林，那么通常长出来的都是小松树，之前那种阔叶树的树苗很少，因为松鼠已经把坚果都带到松林里去了，而不是带到更空旷的林地中，而且搬得非常彻底。此外，如果一片树林总是生长着这一种树木，那么从某种程度上说，土壤中该种树木所需要的元素就会越来越少，肥力会渐渐丧失，所以新长出来的树苗就会纤弱许多，或者很快就死去。

松林里的树木被砍光伐尽之后，如果林子周围是白栎树林，那么取代松树的就会是白栎树；如果周围是灌木栎，那么取代松树的就是茂密的灌木栎林。

时间有限，我无法解释得太详细，总而言之，风可以把松树的种子送到阔叶林和空旷地带，而松树和其他动物则可以把栎树、胡桃树等树木的种子送到松树林中，如此往复循环，便是树林的交替变换。

在很多年前，我就已经十分确定这种说法的正确性，而且我偶尔也会到茂密的松林中观察，结果和我之前的结论如出一辙。勤于观察的人们早就知道，松鼠会把种子埋在地里，但我之前都不知道，竟没有人把这件事与森林的自然演替联系起来。

1857 年 9 月 24 日，我泛舟于阿萨贝特河上，顺流而下来到镇上，正好看见一只红松鼠沿着河岸，从草丛中飞快地跑过，它嘴里塞得满满的。距离我十几杆的距离，有一棵铁杉树，红松鼠跑到了铁杉树脚下便停住了，用前爪在地上匆匆刨出来一个洞，把战利品推进去，填上土，才爬上树干走了。我停船上了岸，想去看看松鼠的小金库，可谁知那只松鼠刚爬到一半，就顺着树干跑下来了——它显然有些担心刚才留下的宝藏，所以下来又仔细整理了一番才终于放心地离开了。我把那个“小金库”挖开，发现里面有两颗青色的光皮山核桃挨在一起，厚厚的果皮还完好无损。松鼠把这两颗山核桃埋在1.5英寸深的洞里，填洞的是铁杉树叶腐败之后形成的红色土壤——我不得不说，这个洞的深度刚好合适。简单来说，松鼠一石二鸟，同时完成了两项任务：一是为自己储存了过冬的粮食；二是为我们所有人留下了山核桃树的种子。如果松鼠出了什么意外，或者忘记自己曾经埋下了果实这件事，那么之后可能就会有一棵山核桃树长出来，要知道，离这里最近的一棵山核桃是在二十杆开外呢。两周之后，我又去看过，这两颗山核桃还在，六周之后去看的时候也还在，但11月21日我再去的时候，它们就不见了。

此后，我便更加仔细地观察过几片茂密的树林。据说那几片树林都是清一色的松树，每次一眼看上去确实也都是如此。举个例子吧，看到松鼠的那天，我还去了一片很小的树林。树林就在镇子东部，占地大概十五杆见方，那里生长的是乔松林，英姿挺拔，非常茂密。放眼整个康科德，这里的乔松算是大的，直径为10到20英寸，和我知道的其他树林一样，都只生长松树。实际上，我之所以选择它，是因为我看这片树林中基本上没有其他树。这片树林位于开阔的平原上，或者说是草场也行，只在东南方向紧挨着一小片松树林，而那片松树林中确实生长着几棵小栎树。此外，乔松林的各个方向的附近都没有树林，最近的一片也相隔有30杆的距离。站在乔松林边缘往树林里望去，会发现所有树木几乎都处在同一高度，而且大树下面也没有灌木。大部分没有树木的地上都铺着红色的落叶，你可能会说，这片树林中没有硬木，大树小苗都没有。可当我的眼睛慢慢适应了搜寻的节奏，仔细查看靠近地面的部分时，我却发现，地上零落的蕨类与小小的蓝莓丛之间有小栎树苗，高为3到12英寸，而且不是偶尔散落在各处，而是差不多每五英尺就有一棵，分布还算规律。还有，我还在一棵松树底下发现了青色的橡子。

我承认，发现这片乔松林能强有力地证明自己的理论，我也惊讶不已。我在松林中查看红松鼠的“种植园”时，这种播种方法的主力军——红松鼠，也在好奇地观察着我的一举一动，不过只有一只。有的时候奶牛会走进树林，到树荫下乘凉，会吃掉一些栎树苗。

再过七八年，阔叶木就会发现，只要原生的松树还在，它们就无法茁壮成长。之所以这么说，是因为又一次我发现了一株病倒了的红花槭，已经25英尺高了，它的树枝上还有绿叶，应该刚倒下没多久。这是整片树林里唯一一棵红花槭。

尽管松树只要还在成长之中，小栎树怎么也不会活太久，但是，小栎树最初成长的几年里，有松树的庇佑，反而能比别的地方的栎树生长得更快一些。

英国人经过长期而全面的实验，终于得出了一种种植栎树的方法。可这种方法与“松鼠种树”的方法如出一辙，是大自然一直以来都在采用的方法。英国人只是再次发现了松树在培育栎树方面的意义而已。英国人确实是这种培育方法最早的发现者，但也非常笼统，只是发现了使用某种树木的重要意义——

北美红松鼠
American red squirrel

这些树可以作为“保育树种”，培养小栎树。我在此引用一下劳登的说法，他把这种方法称为“种植栎树、培育栎树的终极秘方”——亚历山大·米尔恩委员负责英格兰“国家森林中的树木种植，这便是政府工作人员从实践中总结出来的方法”。

最初，有些栎树通过自然传播生根发芽，有些则和欧洲赤松生长在一起。但米尔恩先生说：“无论在什么情况下，只要栎树和松树一起生长，而且栎树周围长满了松树，那么（虽然土壤可能会贫瘠一些）栎树总是生机勃勃的样子。”“过去几年主要做的就是在某一区域单独种植欧洲赤松（这种松树和刚松很像），等欧洲赤松长到五六英尺高时，就把生长了四五年的健康栎树移栽到欧洲赤松的树林中——开始先不用砍掉松树，等到松树太过茂盛粗壮，会遮住栎树的阳光时再逐渐开始清理。将栎树移植到松树林中两年左右，就必须要清理松树的树枝了，好让栎树吸收到更多的阳光和空气；大约两三年或更久之后，就要逐步砍伐所有的松树，每年砍伐一定数量，如此下去，尽管最开始的十年或十二年，这片土地上仿佛只生长着松树，但在之后二十到二十五年的时间里，这片树林中就再也不会见到欧洲赤松的影子了。这种种植方法的优势在于松树能让土壤变得更为干燥、肥沃，还能清除杂草、荆棘这种通常会对栎树生长造成不良影响的植物。按照这种方法培育出来的栎树几乎不会死掉，也无须过分打理。”

以上就是英国林业人员经过耐心细致的实验得出来的主要结论。据我所知，他们还为此申请了专利。可英国人仿佛并没有发觉，自己的结论早已不是秘密。大自然才是这项专利的拥有者，而英国人只不过是照搬了大自然的做法而已。大自然一直如此：在松树树林中种植栎树，只是人类对此毫不知情。最后，大自然没能等来政府的工作人员，反而等到了一队砍伐松树的樵夫。樵夫砍倒了松树，在毫不知情的情况下给了栎树茁壮成长的机会，可人们还以为栎树林是从天而降的呢。

哪怕还是在八月的时候，我漫步在山核桃树林中，也不时能听到青色的山

欧洲赤松
Scots pine

核桃果掉落的声音，那都是红松鼠干的好事。秋天里，无论周围有没有栎树林，无论栎树林在城镇的哪个角落，我总能在山核桃树林的地上发现栎树的树枝。这些树枝长三四英寸，上面还挂着橡子的空壳。松鼠咬断树枝的两头，这样更方便搬运橡子。如果你晃一晃树干或者敲几下，就会听到树上有鸦科鸟和红松鼠吵闹声。它们都是为了同一个目的来的，同行相妒啊。在树林中漫步的时候，我经常看见红松鼠和灰松鼠往树下扔栗子青色的栗苞。有时，我会想，它们大概是故意丢给我的吧。实际上，到了栗子成熟的季节，它们就会忙得热火朝天，你站在树林中待一会儿的话，便能听到栗苞被它们扔下来的声音。十月中旬的时候，有个猎人告诉我，他前一天在我们最大的河边牧场上发现了一颗青色的栗苞，而最近的树林在 50 杆开外的地方，而栗子树林就更远了，所以他根本想不明白栗苞怎么会出现在那里。实际上，到了拾栗子的隆冬时节，我偶尔也会发现小地窖里藏着 30 到 40 颗栗子，地窖上还盖着树叶。其实这都是常见的白足鼠的杰作。

到了冬天，动物们搬运坚果、播种坚果的痕迹在雪地里就更明显了。几乎所有树林中，你都会看见红松鼠或灰松鼠在雪地中刨出的坑。有的坑约有 2 英尺深，直接挖下去，肯定能找到一棵坚果或松果。松鼠们的速度很快，就好像它们之前是待在雪地里，从下往上挖了个洞一样——这种事，你我肯定做不到。就算没有下雪，我们也轻易找不到一颗松果，更何况是在下雪天呢。一般来说，这些松果之类的都是它们秋天的时候就贮藏好的。你不禁会想，松鼠究竟是怎么找到松果的呢？是凭借记忆？还是循着气味？冬天时，红松鼠通常会躲在冬青树下的土地中，通常是在落叶林中某一丛冬青树的下面。如果除了在树林中，附近其他地方也生长着会长出坚果的树木，而且树上还有果实的话，那么从松鼠的洞穴到那棵树之间一定会留下松鼠的足迹。因此，我们不必假设种植栎树时，在树林中这里那里都种上栎树，只要方圆二三十杆的区域内有几棵就足够了。

我觉得，我不妨大胆一些告诉大家，我们镇上有些乔松的松果会自然地掉

白足鼠
white-footed mouse

下来，松果的鳞片还没有打开，里面的松子也一粒不少，这样的松果和几乎所有刚松的松果其实都是松鼠摘掉的。早在松果成熟之前，松鼠就会把松果摘下来，因为那时乔松松果里的松子还没成熟。通常乔松松果里的松子都比较小，松鼠会趁着种子完全成熟之前，摘下几乎所有的松果。此外，我还觉得松鼠之所以会这么做，主要是为了不让松果的鳞片张开，防止松子掉落，因为它们在雪地里挖洞就是为了获得有松子的乔松松果。我之前发现过一个约四英尺的洞，里面堆着很多已经没有松子的松塔，我数了一下，一共是 239 个，都是刚松的松塔，应该是红松鼠去年冬天摘下来吃掉松子之后剩下的壳。

无论是留在地面，还是埋在地下，对于松果来说，都是生根发芽的最佳环境。我有时候也禁不住好奇，落在地面上的松子是怎么长成松树的。同年 12 月的时候，我发现有些落在地上的栗子已经和腐殖质混在一起了。栗子身上覆盖着一层腐败的落叶。这些腐叶为先掉下来的栗子种子提供了合适的湿度和肥料。风调雨顺的光景，很多栗子身上覆盖着的松软腐叶厚达一英寸。当然，这样一来，松鼠也很难发现栗子了。有一年冬天，栗子丰收，我用耙子从落叶中耙出来不少栗子，而当时已经是 1 月 10 日了。虽然那天在商店中买到的栗子中，已有一多半都发了霉，可我从潮湿腐烂的树叶下耙出来的却没有一颗发霉，这之前还下了一两场大雪呢。如何保存栗子，大自然知道得最清楚，而且这些栗子还很饱满、软嫩。显然，栗子所处之处虽然湿度合适，但温度却不高。于是，春风吹过，栗子便能发芽了。

劳登曾说："为了能让种子（欧洲最常见的胡桃）在春季发芽，冬季保存的时候，应该马上将收集到的种子放进腐殖质里，保持胡桃壳的完整。此后，整个冬季，都应时常翻动腐殖质。"

看，他再一次代替大自然施展"雷霆之威"了。可作为平凡的人，我们还能做什么呢？是大自然找到了可以让人类盗用的灵丹妙药啊。为大多数植物播种的时候，最好的园丁及时并没有意识到，他也只能遵从大自然的法则。一般来说，无论种子是大是小，只要用铁锹把种子拍进地里，再覆盖上一层落叶或稻草，那么种子肯定会生根发芽，继而茁壮成长的。农夫所得出的经验，让我想到了凯恩及其同伴在北极的经历。当时，凯恩正在逐渐适应北极的气候，最后惊讶地发现自己慢慢也能像当地人一样生活了，和爱斯基摩人一样。如此想来，虽然我们一直在实验如何种植树木，但终究都是在重复大自然一直在做的事。一开始就向大自然讨教问询不好吗？毕竟它才是我们所有人之中最有经验、最伟大的那个农夫啊，就连阿索尔公爵[1]都比不上。

[1] 阿索尔公爵为穆雷部落首领的称谓。

简而言之，若不是对此非常留心的人，基本不会注意到飞禽走兽对播种树木的重要性——尤其到了秋天，它们整个秋季都会忙着收集、运送、播种。松鼠更是很少休息，秋天里，你要是看见一只松鼠，那它不是嘴里塞满松果，就是奔忙在去摘松果的路上。镇上有一个猎人只捕捉松鼠，他之前告诉我，有一个胡桃树结出来的胡桃尤其好吃，有一年秋天，他准备去收胡桃的时候，却发现早有红松鼠一家十二口在树上忙活了。最后，这位猎人还是在快被松鼠摘空了的树上摘到了不少胡桃，去了壳之后净重大约 1.25 蒲式耳，够他和家人吃一整个冬天的。这样的例子不胜枚举。秋天里，颊囊里塞满坚果的花栗鼠太常见了！这种花栗鼠的学名是 *Tamias*，或者叫“保管员”，这是因为储藏坚果和其他种子是这种松鼠的习惯。坚果掉下来一个月之后再去坚果树下看一看，数数地上大概有多少个发育不全的坚果，有多少空壳，再算算完好的坚果在所有坚果中占多少比例。通常情况下，坚果早已经被吃掉了，或者被运送到了远处的开阔地带。你可以这样想象一下，地面就像是杂货店门口的货台，村子里的人都坐在那里，一边吃坚果，一边闲聊，可你来晚了，大家都快吃完了你才出现，所以就只能看见一堆空壳。

秋天在树林中漫步时，你偶尔会听见一种好像是谁把树枝折断了的声音。抬头一看，却发现原来是一只鸦科鸟正在啄橡子。也有可能是一群鸦科鸟在啄橡子，它们都凑在栎树顶上，一会儿就能听到橡子被啄下来的声音了。之后，它们就会飞到一根比较舒服的树枝上，一只爪子按住橡子，用喙快速敲打果壳——声音就像啄木鸟敲打树干一样，还会时不时抬头看看四周是否有天敌靠近的迹象。很快，它就敲开了果壳，然后啄下果仁，仰头吞下去，果壳则一直死死被爪子按住。不过，通常它还没有把果仁完全啄干净，橡子就掉到地上去了。

花栗鼠
eastern chipmunk

① 威廉姆·巴特兰，美国自然学家。

② 亚历山大·威尔逊（Alexander Wilson），苏格兰裔美国诗人、鸟类学家。

威廉姆·巴特兰[1]在他给鸟类学家威尔逊[2]的信中写道："鸦科鸟是大自然这项业务中的中流砥柱，它们以坚果、硬壳果等为食，同时播种了这些种子。秋天一到，它们的主要工作就是为搜集并贮存过冬的粮食。在完成这一必要工作的过程中，它们得飞过田野、树丛和篱笆，于是大量的种子都会掉在浅坑或其他地方。经过潮湿的冬季和春季，田野和牧场上会冒出特别多的小树苗，简直出乎意料。几年时间里，光是鸦科鸟，就能在被砍光的地上种满新的树木。"

我还注意到，松鼠也常常会把摘下来的果实忘在空地上，这便是牧场周围会生长出栎树和胡桃树的原因。由此可见，每一棵树都是由种子而来的。有些小栎树已经在这里生长了一两年，我仔细观察时，总会发现曾经用来保护种子的橡子空壳。

有些人认为，栎树的种子在土壤中长眠许久之后还可以发芽，但实际上，众所周知，就算把栎树种子运到欧洲，都难以保证它不腐坏。为了解决这一难题，劳登在《植物百科》（*Arboretum*）中给出了最安全可靠的方法：将栎树苗栽种在花盆之后再运输。同样在这本书中，劳登还提出"无论是哪种橡子，放置了一年之后，很少有能成活的"，山毛榉"种子的活性只能保持一年"，而黑胡桃树的种子"成熟之后大多数只能撑小半年"。到了十一月，我看到的橡子也是如此：不是已经发芽了，就是已经腐烂了。若要是遇到霜冻、久旱、湿度过大或虫害等问题，那很大一部分橡子都会烂掉。不过，一位植物学作家写过："橡子可以长眠几个世纪，稍微翻翻土，还是可以发芽的。"

③ 乔治·巴雷尔·爱默生（George Barrell Emerson），美国教育家和妇女教育的先驱。

乔治·B.爱默生[3]先生在《马萨诸塞州乔木与灌木报告》（*Report on the Trees and Shrubs of this State*）这篇非常有价值的文章中提到过松树："种子的生命力极其顽强，令人诧异。它们可以深埋在土壤中，数年不腐，这主要是因为树林提供了树荫和凉爽。但树

海滨李
beach plum

林一旦砍伐殆尽，阳光给大地带来了温暖，那种子很快就会发芽。”由于爱默生先生并没有说明这一论断的观测实证基础，所以我不得不对此表示怀疑。此外，园丁们的经历让这一点更值得推敲商榷。

曾有传说称，和某个古埃及人埋在一起的一粒种子后来种出了小麦，还有英国一具男尸胃里遗留的覆盆子也还能发芽，而那个人在一千六百年到一千七百年前就已经去世了。通常来说，这种传说不足为信，原因很简单，证据不确凿。

包括卡朋特博士在内的几位科学家都引用过如下例子，论证种子可以埋在地下很长时间而不腐坏，有些还推断出海岸线正在后退的结论：从缅因州距离海岸线 40 英里的内陆地区挖出来的海滨李最后还发了芽。但我认为，他们应

欧荨麻
dwarf nettle

该首先证明海滨李只生长在滨海地带才对。我们这里距离沿海地带有 20 英里左右，海滨李并不是很常见。可我记得，我们北边几英里处有一片茂密的树林，距离海滩约有 25 英里，在那里，年年都有应季海滨李在市场上售卖。所以，海滨李距离海岸线最远能生长到哪里，我也不清楚。查尔斯・T. 杰克逊[1]博士提到过，缅因州距海滩 100 多英里的地方也有海滨李（可能就是这个品种吧）。

这样的反例可能早有记载，也许前人也通过更著名的例子证明过海滨李在内陆也有生长。

然而，我也愿意相信，有些种子，尤其是比较小的种子，可能在生存条件适宜的情况下，几百年都不会腐坏。1859 年春天，我们这个镇子上那座大家称为“亨特老宅”的房子被拆掉了，它的烟囱上写着“1703 年”的字样。那座宅邸曾属于马萨诸塞州第一任总督约翰・温斯洛普，所以应该是温斯洛普家族的祖产，显然房子的有一部分的建造日期要早于 1703 年。很多年来，我一直都有观察附近的植物，所以我自认为自己对那栋宅邸周围的植物了如指掌。你可能听说过这种事：深深埋在土壤中的种子被挖出来后，居然种出了绝迹很久的植物。而去年秋天，我就亲眼见证了这种事——那栋宅邸的地窖中长出了很多之前从来没见过的植物，或者是珍稀植物，而它们的种子之前一直深埋在地下。9 月 22 日，我去附近观察的时候，发现杂草丛生的地上还生长着以下几种植物：某种我之前从来没见过的荨麻（学名：*Urtica urens*[2]）；我之前从没见过的野生莳萝（dill）；我只在一处见过的野生香藜（学名：*Chenopodium botrys*）；附近极其少见的龙葵（学名：*Solanum nigrum*）；以及普通烟草——虽然这种植物上个世纪就有种植，但五十年来，镇上的人一直把它当成某种无名植物，而我也是最近几个月才听说，

[1] 查尔斯・托马斯・杰克逊，美国医学家和科学家。

[2] 即欧荨麻。

黑胡桃
eastern black walnut

小镇北部有个人就自己种了几棵，留着给自己做烟草。我毫不怀疑，我发现的这几种植物中的一些或全部都是深埋在房子地下多年的种子生长出来的，烟草更证明了这种植物之前曾在镇上种植过。地窖今年又被填上了土，于是上述四种植物以及烟草，就又从我们身边消失了。

的确，我之前提到过，动物们会吃掉大部分树木的种子，所以换言之，这些被吃掉的种子永远无法长成大树。但我也说过，无论如何，虽然动物们吃掉了种子，可同时也会传播种子、栽种植物，而这就是动物们向大自然缴纳的税款。我记得林奈曾经说过：猪拱了橡子，也会种植橡子。

虽然我不相信，植物会在没有种子的情况下从天而降，但我对种子抱有极大的信仰——于我而言，种子的起源就是“凭空出现”那样神奇。如果你肯定地对我说你拥有一粒种子，那我则会等待奇迹的发生。我甚至会相信，只要专利局或者政府开始分发种子，人们也开始播种，那么千年王国就近在眼前，正义的统治也指日可待。

1857 年春天，专利局给我邮寄了六粒种子，我记得标签上仿佛写着“Poitrine jaune grosse”的字样，就是“大黄南瓜”的意思。我把种子都种下了，最后长出来两株，一株上面结出一个重 123.5 磅的南瓜，另一株上结出四个南瓜，总重为 186.25 磅。谁能想到，我的花园角落中竟长出了总重 310 磅的南瓜呢？种子就是我钓鱼的诱饵，是我派到洞中的黑足鼬，是我挖地的小狗。只要勤于除草、施肥，接着“唵嘛呢呗美吽”，大黄南瓜就出现了。哈！和标签上说的一模一样，他们给我带来了 310 磅大黄南瓜，都没人知道这种东西，之前也没人了解过。这些宝物可能一开始每周出现，现在又回到了出生地，风采不减分毫。那年秋天，大南瓜在市场上卖出了特别好的价钱。我知道，买走南瓜的人，打算把南瓜籽卖掉，10 美分一粒（这也太便宜了吧？）但我还有好多同种“猎犬”。后来我得知，我去某个遥远小镇种下的种子，已经依靠天性，在那里长出了大黄南瓜，就像它的祖先在美洲和法国做的那样，而这是任何猎犬都做不到的。

我拥有的其他种子也差不多用同样的方式，在我花园的角落里变成了别的东西。多年以来，我每年都会收获几乎你能想到的所有水果，最后整个花园都堆不下了。在如今这样美国大丰收的日子里，你只需要把帽子丢向空中尽情享受丰收的快乐就可以了，别的什么都不用做。我拥有最完美的“炼金术士”，能转换物质，取之不尽，用之不竭，而我花园的一角则会源源不断地带来宝藏。你在这里挖掘到的不是黄金，而是连黄金都比不上的连城之物——这个绝对不是魔术师西格诺尔·布里茨（Signor Blitz）的魔术。可就算魔术师说那都是哄人的戏法，农夫的孩子们也宁愿花一小时看魔术师把丝带从喉咙里变出来。自然了，比起光明，人们更喜欢黑暗。

Chapter 7

漫步

狭叶山月桂
narrow-leaved laurel

漫 步

我得为大自然讨个公道，和人类仅仅是世俗化的自由与文明相比，大自然更多了一份绝对的自由与狂野——因此，人类应该被视为大自然中的居民，或者说是大自然必不可少的一部分，而非社会的一员。我之所以言语极端，语出惊人，是为了强调自己的观点，因为文明卫士已经够多了：政府官员、学校领导，还有每一个关心此类问题的你们都是。

有生以来，我只遇见过一两个理解“散步的艺术”的人，或者说是“漫步的艺术”——他们在漫步方面很有心得，可以算是难得的天才。“漫步”（sauntering）这个词美好优雅的历史可以一直上溯至中世纪时期。那时，乡间总有些游手好闲的流浪汉，假借“朝圣”（à la Sainte Terre）之名，在村子里四处乞求人们施舍钱物。后来，村子里的孩子们看见这种人，就会大声喊：“又来了一个朝圣者。”随后，“朝圣者”这个词应运而生，表示“去往圣地的人”。但这些人走来走去，都没到圣地，因为朝圣只是他们的托词，实际上他们都是好吃懒做、不务正业的人。但我坚信，能真正走到圣地的圣徒，都是真正的漫步者。不过，也有些人认为“漫步”这个词来源于sans terre，表示“没有土地或没有家园”。从这个角度来解释，“漫步者”就是居无定所，四处漂泊的人，但四海之内也可皆是他们的家园。这才是“漫步”的个中真义。那些久居家中，从未远离家乡的人，也许是最伟大的漂泊之士，心不动而行千里；但走过万里路的漫步者，比奔流入海的小河更为坚定，因为小河总在寻找捷径，而步行者则视漫漫征途为心之归处。但我个人确实一直觉得第一种说法才是“漫步”一词最有可能的来源。因为每一次漫步都像一次十字军东征的过程——在隐修士彼得（Peter the Hermit）的鼓舞之下，大家昂首阔步，为了神圣的使命而出发，要把圣地从异教徒手中夺回来。

的确，我们只是意志不坚定的十字军东征战士而已，甚至可以说我们仅仅是没有恒心毅力，也不敢勇往直前的徒步者而已。我们的远征最多只算得上是旅行，夕阳西下时，我们便会起身回到旅程的起点——破旧的火炉边。这样，可以说，我们旅行的一半时间是在漫步前行，而另一半则全都用在走回头路上。也许，我们应该带着永不会熄灭的冒险精神，踏上最短的旅途，永不回头——可得做好心理准备，不知何时你那在旅途中充盈芬芳的心才会被送回早已面目全非的故土。要是你已准备好离开父母兄弟，放下妻子朋友，知道离去便可能是诀别——如果你已经偿付了所有债务，写好了遗嘱，处理好了一切事宜，而且是个自由人——那就不必犹豫，背起行囊，即刻便可出发。

就我个人而言，我只觉得漫步能让我和同伴——偶尔我确实有人作伴——觉得很开心，因为我们可以把自己想象成新时代的骑士，不是旧时的那种——不是骑师（Equestrians），也不是贵族骑士（Chevaliers）；不是骑兵（Ritters），也不是骑马的人（Riders），而是漫步者（Walkers）。我相信，这仍是最古老最荣耀的阶层。昔日骑士身上的英勇仗义现在只能由漫步者继承，或者说是内化成了漫步者的品行。而漫步者也不再是骑士，而变成了游侠。这大概是游离于教堂、国家、公民之外的第四个阶层吧。

漫步是一种高雅的艺术，我们总狭隘地认为，只有自己在欣赏践行它，再无旁人。可很多同乡也告诉过我，他们也和我一样回去漫步，而且也感到快乐和满足。但坦率地说，他们所说的漫步与我所说的不尽相同。悠然自得、自由自在、孑然独行是漫步不可或缺的三个要素，是这种艺术的三大支柱，哪怕富可敌国也交换不来，唯有上天的恩赐方能获得。若要真正成为漫步者，便只能乞求上帝直接赐福于你。正如拉丁语箴言所说："漫步者无法后天培养，只靠天生。"（Ambulator nascitur, non fit.）确实，有些乡邻还记得自己 10 年前漫步的经历，也还描述得出当时的场景：那时的他们陶醉其中，在森林里流连了半个多小时。但我心里非常清楚，就算他们千方百计想要跻身"漫步者"的行列，依旧是主不祔庙，不算是真正意义上的漫步者，充其量只是公路上行走的路人而已。显然，哪怕他们之前是伐木工人或绿林好汉，回想起当时的生活状态，也会兴奋不已。

他走进苍翠的树林，
就在美好的清晨，
耳边萦绕着
啼莺宛转。

流光易逝，罗宾汉说，
上次来这里恍若隔世；
我将在此停留数日
猎杀那头棕色的小鹿。

我觉得，要是每天不能在户外至少待四小时，穿行林间，翻山越岭，漫步旷野，远离世界纷扰——其实每天都不止四小时——那我肯定会满脸病容，精神萎靡。你完全可以说，我的想法一文不值，也可以说它价值连城。有时候，我也会想，机械工人和书店老板们在店里一待便是一整天，翘着二郎腿从清晨坐到傍晚。他们之中大部分都这样，好像腿生来是坐的，而不是用来挺身直立或行走四方的。这样的人竟然还没有自杀，真是让我意外，他们值得称许啊。

要是一天到晚闭门不出，我肯定会发霉的。有时，案牍劳形，快到下午五点的时候我才得以脱身出门。那时暮霭沉沉，早已不复青天白日的样子，自然已无法观察白天的景致。每每此时，一股罪恶感便会油然而生，需要救赎。坦白说，邻居们的忍耐力真让我佩服得五体投地，他们竟能整整一天、一周、一个月都待在商店或办公室里，甚至待一年也没问题，可能是已经麻木了吧。我不理解他们的生活习惯——下午三点钟还坐在那里，好像当时是凌晨三点一样。拿破仑曾在凌晨三点鼓舞士兵们的斗志，但说到下午三点还能这么心安理得地坐着不动，这大概就和勇气没有丝毫关系了吧。士兵们是在战场上忍饥挨饿杀敌，而他们却是耗费时间，对此你也只能深表同情了。我在想，下午四五点钟的时间大概可算是岁月静好吧：读晨报太晚，读晚报太早，没什么惊天动地的大新闻，街谈巷议也会随风散去——恶行也会消失得无影无踪。

女人们竟然比男人们更爱待在家里，她们究竟怎么能受得住，我至今仍不能理解。但我有理由相信，大多数女人们也没觉得非得动心忍性才能做到这一点。夏日午后，我们掸落一身乡村生活的气息，行色匆匆。从多利安式[1]和哥特式[2]房子门前走过时，里面已是一片安静。同伴小声说，这个时候，可能人们已经睡了。而我的心却被壮丽宏伟的建筑物吸引了——它永远都不会睡着，总是坚强地矗立着，守护着房子里已经进入梦乡的人们。

① 它由多利安人创造于公元前7世纪初叶，主要在希腊本土、意大利南部和西西里岛流行。

② 哥特式建筑常被使用在欧洲主教座堂、修道院、教堂、城堡、宫殿、会堂以及部分私人住宅中。

无疑，是否出门漫步也和人的性格有关，而年龄也是至关重要的因素。随着岁月的流逝，人们更愿意坐着，进行一些室内活动。待到桑榆晚景之时，老人们便只会在日落之前出门散步，活动筋骨，半小时便会回家，其他时间都待在家里。

实际上，我所说的漫步和锻炼健身截然不同。漫步不是吃药，不用每天定时定量，也不用做哑铃操或推秋千，而意味着一种进取

北美土拨鼠
woodchuck

或冒险。如果你更喜欢做运动，那不妨去寻找生命之泉更好一些。仔细想想便知道，为了保持身体健康，有人愿意做哑铃操，但竟然不把远方草地上汩汩的泉水放在心上！

此外，漫步的时候，还要学骆驼的样子才好。因为骆驼据说是唯一一种能够边走路边反刍的动物。若是有个游客请求华兹华斯的女仆带自己参观主人的书房，女仆便会如此回答："这里是他的藏书阁，但他的书房在大自然中。"

时常在户外漫步，烈日晒，狂风吹，肯定会磨练出一种粗犷的性格——纤弱柔美的性情自然会生出一层厚厚的茧子——就像风吹日晒，脸上和手上的皮肤定会爬上粗糙的纹路，繁重的体力劳动也会使工人们的双手不再那么灵敏。如此说来，从另一方面看，留在家中可能会多生出一份温柔与细腻，这种细腻也并不是皮肤细腻，而是随之而来的对某些事物更为敏锐的感知。或许寒来暑往，少受些风雨和阳光的洗礼，我们就能更敏感，察觉到能增长学识智慧、培养品德性情的重要因素，皮肤也会更柔滑紧致，不更是美事一桩。但我更觉得那不过是很快会脱落的皮屑——我是有切身体验的，日夜交替、春来秋去之间自有浑然天成的疗法。我们的思想也会沐浴更多阳光，吸取更多氧气。劳动者长满老茧的双手却更贴近自尊与英勇细滑的皮肤，比慵懒闲散的人那些倦怠无力的手指更能触动人心。那些人青天白日间躺在床上，未曾经历日晒风吹，也未有阅历带来的茧子，自诩皮肤白皙细嫩，实则只是多愁善感罢了。

我们漫步时，自然而然就会走到田野或森林中：若是只在花园中或林荫路上走来走去，我们又会成了什么样子？就算从未在森林中漫步的哲学家也已经感受到林中漫步的必要性。"他们栽植了不少小树，待其长成法桐林荫道。"哲学家们也会走到户外的门廊下，散会儿步。当然，若是只有身体在树林里，心却没有随之而来，那自然也是徒劳无功的。若是我只带着这副皮囊在林中散步，却没带着心思，那定要张皇失措。下午漫步时，我非常愿意忘记整个上午的责任、工作，也不愿多想社会赋予的使命义务。但偶尔我也会觉得，若要忘掉村镇诸事也并不容易。总有些杂事在脑海中挥之不去，这便是真正的心猿意马——说是魂不守舍、心不在焉也不为过。可漫步的时间里，我可不想如此分神。若是身在林中而心在别处，那我来森林中漫步还有什么意义呢？有的时候，我发现自己会因一些事郁结困惑，甚至有些善行也会引得我有这样的心思，每每此时，我都会自我怀疑，不禁觉得战战兢兢。

我的居所附近有很多适合漫步的小路，尽管多年以来，我每天都要去走一走，有时甚至是几天都走在路上，不曾回家，但我的足迹依然没能踏遍小路的每个角落。每次，总有新的风景能给我带来极大的乐趣，而每个下午，我都能感受到这种快乐。每日漫步两三个小时，我每次出去都如入桃源之境，跟我心中期待的毫无二致。有时候，看到之前没有见过的农舍，我就觉得那是达荷美国王[1]的领地。实际上，出来散步的话，一下午顶多能在方圆十英里的范围内走走，而看着这片土地上的景象，便能看尽漫漫人生七十载的岁月变迁——时常会让你觉得尚有余韵待你慢慢品味。

[1] 即贝汉津。达荷美王国是西非埃维族的一支阿贾人于 17 世纪建立的封建国家。

如今，如建造房屋、砍倒森林、滥伐参天大树等所谓人类的进步，只会让这片美景满目疮痍，使之乏味而廉价。是谁烧掉栏杆，让森林挺立！我曾见过被烧掉一半的栅栏，它们的残躯被随意丢弃在草原中央。还有那个阿时趋俗的守财奴带着检查员看护自己的领地，不知天堂美地早已悄然来临；只见他一心寻找通往天堂的古老洞穴，却丝毫不曾察觉，早有天使在自己身边飞来飞去。我再次看过去，他站在幽暗如地狱的沼泽之中，周围都是恶魔。显然，他已找到了自己的领地，那里立着几根火刑柱；还有在不远的地方，我仔细一看，发现他身边跟着的观察员，正是黑暗王子撒旦。

离开家门，我可以轻轻松松走上十英里、十五英里、二十英里或更远的距离，途中可以不经过任何房屋，也不会走上没有狐狸或水鼬经过的道路：先是沿河而行，接着又遇见了小溪，之后便是草地，最后就到了森林边缘。我走过的地方，方圆几英里都没有人居住。站在很多高山之上，我都可以眺望到人类文明的痕迹和远处人类居住的房屋。农夫还有他们的劳动成果，与土拨鼠及其洞穴相比，不甚醒目。看到人类在大自然中的活动——教堂、州郡、学校、贸易与商业场所、制造场地、农田占地，甚至其中最令人忧虑的政治诸事——不过只是占据了大自然的一寸之地，我心甚慰。政治是甚为狭隘的领域，而远处通往政治活动场所的道路更是狭窄。有时，我也会为旅行者指出去那里的路，我会这样说：如果你想涉足政治，就沿着这条大路走，跟着那个商人，密切注视他经历的一切，就能直达那里了。因为政治也有自己的领地，不可能占据所有的空间。我穿过豆田走进森林时也会经过那里，不过从来不会放在心上。只消半小时，我就能到大地的某处，在这里人们一年到头都不必参加选举，因此便也无人过问政事，在这些人眼中，政治不过就是过眼云烟，转瞬即逝。

村庄是各条道路汇聚的地方，可以说是公路的延伸，就像河流汇聚一处成为湖泊一样。若说公路是四肢，那么村庄就是身体——在旅行者眼中，它是无关紧要、微不足道的一环，只是道路交叉口，再普通不过。村庄的英文是 village，来自拉丁语的 villa，再加上表示“道路”的 via 以及由 veho 衍生而来的 ved、varro 和 vella 等更古老的词而造成。Veho 有“携带”的含义，因为 villa 是物品被带进带出的地方。而驱赶牲畜以作运输之用的人就被称为 vellaturam facere。如此推断，显然，拉丁语单词 vilis 和英语中的 vile 和 villain 都指的是同一个意思。这也说明，村民们堕落成何等模样轻易便可想见，毕竟他们不是遂着自己的心愿而漫步，总要负重前行，自然疲惫不堪。

有些人根本不去漫步，有些人只是走在公路上，另有少数人才会走过田野。公路是为了马匹和商人通行而建造的，所以相比之下，我并不会经常走在公路上。因为道路通常会通往酒馆、杂货店、马车行火车站，而我并不急着去这些地方。我自己便是良驹，但并不想被其他人骑乘驱使。风景画画家总是用人来标记道路的位置，但他可别想能用到我的身影轮廓。我走进大自然中，就像先哲和诗人那样，就是摩奴[1]、摩西、荷马、乔叟走进树林中一样。你可能会称之为美洲，可却这里却不是美洲，因为发现这里的并不是阿美利哥·韦斯普西[2]、哥伦布，也不是其他什么人。比起所谓的美国历史中记载的内容，我亲眼所见的东西，神话集中的描述更为可信。

然而，还有一些古老的道路，之前是因利而开，当时仿佛是为了通向某处，现在却几乎都已是废弃了。有一首诗名为《马尔堡古道》（*Old Marlborough Road*），但这条路现在通往的地方并非马尔堡，我沿着这条路走，经过的地方就是马尔堡。我之所以敢如此说，是因为我觉得几乎每个镇上都会有一两条这样的街道。

①摩奴，印度教中人类始祖的统称，也是带领人们度过劫难的先知。

②阿美利哥·韦斯普西，意大利商人、银行家、航海家、探险家和旅行家，美洲是以他的名字命名的。

马尔堡古道

旧时为埋藏宝藏而开路，
藏好空手而回；
有时马夏尔·迈尔斯
单独走过，
而伊利亚·伍德，
可能挺不过去了；
再无旁人，
除了伊利亚·伍德，——
哦，喜欢旷野的人啊，
披肩榛鸡和兔子，
他别无他想，
这是设下陷阱，
他独自生活，

极为简朴，

最甜美的生活

总是最美味的。

和煦的春日总能激起我的热情，

旅行是我的天性，

我能找到好多沙砾碎石，

就在古老的马尔堡大道上。

没人修缮道路，

因为没人踏足此处；

它还活着，

正如基督圣徒所说。

没有多少人

走进这里，

只有爱尔兰人奎因（Quin）的

水兔
swamp rabbit

诸多贵客。

它是什么，是什么啊，

不过是一条道路，

要说尽头在哪里

怕是说不出吧?

巨大的石碑，

却盼不来旅行者的身影;

镇子的纪念碑

刻在他们的冠冕之上。

沿途走去，

看看或许会走到哪里。

是哪位国王

成就这一番伟业

我仍在想;

如何建成，何时建成，

是哪位行政委员，

是古尔加还是李，

是克拉克还是达尔比?

他们付出了巨大努力，

要名垂青史;

石头上的无字石板，

可能引得旅行者叹息，

唯有一句

镌刻着已知的一切;

或许他人会懂，

若在极端渴望时。

我知道一两行
就已足够，
文字可能
散落大地各处，
他便可记得
直至第二年冬末，
之后的春天，
融冰之后亦会再次细细读来。
若带着临风招展的想象
你离开家乡，
从马尔堡古道出发，
你可遍览世界。

现在，附近这片土地上最美的一片并不是谁的私人财产。美景并非是个人所有，漫步者总能享受到相对的自由。不过，也许将来某一天，这里会被分成好几块，建成所谓的游乐场，真到了那时，这就只是少数人才能享受到的点滴乐趣了。游乐场外围会筑起篱笆，人造的陷阱和其他设施也会陆续出现，把人们限制在公共道路上，走在天赐福地之上，也会像是在侵犯某位绅士的私人领地。要是把一样东西完全归为己有，往往就无法体会到其中真正的乐趣。如此，趁着苦难的日子还未到来，我们还是抓紧时间尽兴而游吧！

漫步时决定要去往何方怎会如此之难？我相信，大自然在冥冥之中自有某种微妙的吸引力，我们只消不自觉地跟着这种吸引力走，便能到该去的地方。它并非不关心我们要走哪条路，正确的路线一直存在，但我们的疏忽大意和迟钝愚昧总会将我们带入歧途。我们喜欢走在那条路上，可在实际生活中，却从未踏上过这条路——它只存在于我们的理想世界，虽未能至，心向往之。无疑，我们有时候也会难辨方向，因为它在我们脑海中存在的样子也并非那么清晰。

我出门去漫步时，并不会提前确定好目的地，而是随心所欲地走，任由双脚与直觉带路，然而我却发现了一件奇怪的事：似乎每次我最终都会朝西南方向走去，不可避免，不是走到某片树林、某块草地或某处荒芜的牧场，就是会爬上那边的小山。我的指南针上的指针还在慢慢摇摆——只是在几度的范围内，确实不总是指向西南方。虽然一直在西方和西南偏南方向摆动，但无论怎么变化，都说明我确实应该朝这个方向走。未来就在这条路的前方，而且那边的土地看上去更肥沃，也更丰饶富庶。我漫步时走的路线并非是圆形的，而是抛物线形的，或者说更像是彗星的轨道，永远不会折返。这条抛物线开口向西，我所住的房子就在太阳所处的位置。有时候，我会踱步走来走去长达一刻钟，最后还是会向西南方或西方走去。往东走的话，得好好强迫自己一番才行，若是往西走，则是我心甘情愿的。往西边走并非是因为有什么事情等着我，而是我不太相信，东边的地平线上也有如西方一样怡人的风景，也不太相信那里会让我感受到足够的旷野与自由。虽然去东边漫步，沿途风光也能让我心动，但我依旧觉得，西方地平线那边的森林连绵起伏，延伸至太阳渐渐沉下的地方，目之所及，没有乡镇或城市扰乱我的心神。就让我随心而动吧，这边是城市，另一边是荒野，而我总会越来越远离城市，走入无尽的荒野之中。我之所以要反复强调这一点，是因为我觉得周围的人都会这样做，这会成为一种流行的趋势。我必须朝俄勒冈州走去，而不是以欧洲为方向。整个国家人口流动的方向是自东向西，我敢说人类迁徙的轨迹也是由东向西的。这几年，我们已经从澳大利亚的人口迁徙中，见证了人们向东南方向迁徙的场景，但我却觉得这是人类的退化进程，因为从第一代澳大利亚人的智力和体格来看，这次迁徙实在不算是什么成功的试验。东方国家的鞑靼人（Tartars）觉得西藏便是西方的尽头。他们会说："这便是陆地的尽头，再往西便是无边无际的大海。"他们也确确实实是住在世界的东方啊。

我们行至东方，追随着人类文明发展的步伐，去领略东方的历史，欣赏东方的艺术和文学；而若向西而行，则仿佛走入了未来，带着一种乐于进取、勇于冒险的精神。大西洋便是“忘川”，越过这条河，便会忘掉旧世界[1]和其制度习俗。若是这次过河未能忘记，人类抵达冥河对岸时可能还有一次机会，因为太平洋也是一条“忘川”，而且比大西洋宽广三倍。

[1] 旧世界对应新世界（哥伦布发现美洲），泛指亚非拉三大洲。

我不知道一个人最微不足道的漫步对于人类大规模的迁徙而言，究竟有多大的意义，也不知道一个人到底能走多远。但我知道，鸟类和四足动物身上都有类似于迁徙的本能——举例来说，众所周知，松鼠便会迁徙，它们的大规模迁徙，不可不谓之神奇。据说，松鼠渡过较宽的河流时，会一只只站在木片上，作为渡河小船，而尾巴则会翘起来作为船帆；若是河流较窄，它们便会把之前淹死在河中伙伴的尸体连城桥梁，踩在它们身上过河。这种本能也像是藏在牛尾巴里的蠕虫，让牛在春天里躁动不安——对国家和个人都有影响，有时这种影响的作用只在一时，有时则在永久。这不是一群来到镇上的大雁，但在某种程度上，还是会扰乱我们这里的房价，

白额雁
greater white-fronted goose

我若是房产经纪人的话，肯定也会把这种因素考虑在内。

人们渴望着朝拜四方名坛，

游僧们也立愿跋涉异乡。[1]

[1] 本文段选自方重先生《坎特伯雷故事集》译文版本。

每每看到夕阳西下，我都有一种冲动，想去遥远而美丽的西方——去太阳落山的地方。太阳仿佛每天都会向西边移动一些，仿佛是引诱我们追随它一样。它是伟大的西部开拓先驱，带领着全国人民。尽管远处地平线上的山脊可能只是被落日余晖镀上一层金边的蒸汽，但依旧让我们魂牵梦绕。亚特兰蒂斯岛[2]，再加上“人间天堂”金苹果园上的众多岛屿与花园，大抵就是古人们心中伟大的西部地带，常常笼罩着神秘与诗意的色彩。望着夕阳西下时的天空，任谁都想象过金苹果园的座座花园和各个神话传说的出处吧。

[2] 亚特兰蒂斯（Atlantis），位于欧洲到直布罗陀海峡附近的大西洋之岛，传说中拥有高度文明发展的古老大陆、国家或城邦之名，最早的描述出现于古希腊哲学家柏拉图的著作《对话录》里，据称其在公元前一万年被史前大洪水毁灭。

比起世上所有人，哥伦布最能体会太阳落下时，越来越向西的趋势。哥伦布追逐着太阳的身影，为卡斯提尔王国[3]和里昂王国发现了新大陆。当时的他们，还在远处，就已经嗅到了牧草的清香。

[3] 卡斯提尔王国（Kingdom of Castile），伊比利亚半岛中部卡斯提尔地的封建王国，它逐渐和周边王国融合，形成了西班牙王国。

夕阳西下，几缕余晖铺在山上，

几缕残阳洒在西边的水湾；

终于，他站起来，抖了抖蓝色的斗篷；

迎接明天的是焕然一新的森林与草地。

纵观世界，除了被我们国家占据了大部分土地的北美洲之外，试问何处还能如此处一样肥美丰饶、地大物博，且适合欧洲人居住呢？米修[4]只涉足北美洲的一部分，便有如下感叹：“北美洲参天之

[4] 安德烈·米修，法国植物学家和探险家，因研究北美植物群而闻名。

树的数量远胜于欧洲。在美国，树高超过 30 英尺的树就有 140 多种，而在法国，这一数字仅为 30 种。”之后来到这里的植物学家不仅证实了他的说法，还对此进行了延伸。为了实现少年研究热带植物梦想而来到美洲的洪堡曾生动地称赞道，亚马逊原始森林里拥有最完美的热带植被，是地球上最无垠的荒野。地理学家盖奥特[1]来自欧洲，可走过的路却不止万里——我很想重走他走过的地方，追随他的脚步。不过，他如下所说我却不敢苟同：“如同植物是为了动物而存在，植物世界也是为了动物世界而存在，美洲是为了旧世界的人们而存在……旧世界的人开始了他们的征程，离开亚洲的高地，一步步朝欧洲而来。他的每一个脚步都蕴含着发展的强大动力，也彰显着文明的更替与进步。他从未见识过大西洋，到此之后，便在岸边停留，他也不知道大洋的界限在何处，只是转眼之间便在那里留下了自己的足迹。”穷尽欧洲肥沃的土地之后，精神焕发的盖奥特又说：“如早期的探险者一样，他开启了走向西方的冒险之旅。” 有关盖奥特就先说这么多吧。

① 阿诺德·亨利·盖奥特，瑞士，美国地质学家、地理学者。

当向西探索的冲动终于突破了大西洋这道屏障时，现代商业与贸易便欣欣向荣地发展了起来。米修[2]曾在《1802 年西游阿利根尼山脉》（*Travels West of the Alleghanies in 1802*）中写道，刚刚在西部定居的人总会问别人说：“你是从哪里来的？”仿佛这片广阔肥沃的土地天生便是人们会面的地方，也应是世界上所有人定居的地方。

② 米修与上文其父亲同名，此处英文原文为 the younger Michaux，指儿子米修。

若用旧时的拉丁语，我可能会用“Ex Oriente lux；ex Occidente FRUX”表示“东方之光，西方之果”的意思。

曾任加拿大总督的弗朗西斯·海德爵士（Sir Francis Head）来自英国，是一位旅行家，他如此说过：“在新世界的南北半球，大自然不仅在更为广阔的天地间挥毫、绘就新的图景，更是亲自涂上了色彩。与用于旧世界的颜色相比，描绘渲染新世界的色彩更明艳活泼、灿烂奢华……在美洲，碧霄九重，天更蔚蓝，空气更清新，寒风更凛冽，月亮看上去更大，群星看上去更璀璨，雷声更响亮，闪电更晃眼，风更强，雨更大，山更高，水更长，森林更茂密，平原更辽阔。”与布丰[1]对新世界之样貌与物产的描述相比，海德爵士的刻画有过之而无不及。

很久之前，林奈曾说：“我不知美洲的植物为何表面光滑、令人愉悦。”我想美洲大地上也没有罗马人眼中的非洲野兽出没——若是有，也不会很多。如此看来，美洲大陆确实适宜人类居住。据说，在印度群岛的新加坡市，每年都有很多人被老虎叼走；而要是在美洲，旅行者可以随便躺在林中，不必担心野兽的出现。

这些都是溢美之词。若是美洲的月亮看起来比欧洲的更大，那么可能美洲的太阳也会显得大一些。若是说美洲的苍穹更高更远，群星更闪耀，我相信那不过是哲学、诗歌、宗教象征性的托词，希望居住在美洲大陆上的人有朝一日可以达到那种高度。也许，最终无形的天堂也会将美洲人的思想带到同样的高度，天空中的群星也会更为明朗。因为我总觉得，气候会对人产生影响——正如山风中的某种元素总能振奋人类的精神，启迪人类的智慧。在此作用下，难道人类的思维不会更成熟，身体不会更强健吗？或者说人生中遇到的雾天都没有那么重要？我坚信，我们的想象力会更丰富，思维会更清晰、更有独创性，也更优雅精妙，如头顶上的云霄玉宇；我们的理解力会更全面、周详，如铺展开来的草原；我们的才智会得到更广泛的利用，如雷鸣闪电，如河流山川，如树丛森林；我们的心胸会更为宽广、更为高尚，堪与内陆之海相媲美。或许，旅行者会察觉到某些他不知道的东西，他不明白为什么我们脸上写满了愉悦与安详。世界将走向何方？美洲又为何被发现？

① 乔治－路易·勒克莱尔，布丰伯爵（Georges-Louis Leclerc, Comte de Buffon），法国博物学家、数学家、生物学家、启蒙时代著名作家，被誉为“18世纪后半叶的博物学之父”。

面对美洲人，我无须多言：

帝国的星星将向西而行。

大体而言，我觉得伊甸园中的亚当比住在我们国家边远地区的人更适合居于此处，想到这里，作为真正的爱国者，我自感羞愧。

我们身处马萨诸塞州，但我们的同情并不仅限于对新英格兰的同情——尽管我们与南部各州疏远，但我们仍同情西部各地区。西部是年轻一代的家园，正如很多斯堪的纳维亚人的后裔一样，他们出海追寻祖先留下的遗赠。现在学习希伯来语为时已晚，但了解现代俚语却变得日益重要。

几个月前，我去看了莱茵河的全貌，那时的我如徜徉在中世纪的梦中。我沿着莱茵河满载着历史的河水顺流而下，沉醉其中，从一座座桥下漂过。这些桥梁均出自罗马人之手，后又经各个时代的英雄修缮。行船莱茵河上，跟着它经过各个的城市和城堡，它们的名字悦耳动听，每个名字背后都流传着一个故事。莱茵河的河水流经埃伦布赖特施泰因城堡（Ehrenbreitstein）[1]、罗兰德塞克（Rolandseck）和科布伦茨（Coblentz）——而有关它们的故事，我仅从历史书上读到过。历史遗迹是最让我感兴趣的，它们好像从水中探出来的一样，爬满藤蔓的山峦和谷地，仿佛是静默的音乐，等着十字军战士启程前往圣地。我为莱茵河着迷了，漂浮于河上，仿佛被带到了英雄时代，呼吸间满是骑士的侠勇之气。

之后不久，我去看了密西西比河的全景。我溯流而上，用现在的标准看着河上的种种。我看见满载着木材的蒸汽船只，默数着新兴城市的数量，凝望着诺伍[2]（Nauvoo）不久前才出现的遗迹，观察着印第安人渡河向西的样子。接着，正如我之前欣赏完了摩泽尔

① 埃伦布赖特施泰因城堡，位于德国城市科布伦茨。

② 诺伍，位于美国伊利诺伊州汉考克郡的一座小镇。

河（Moselle）那样，现在也沉浸在俄亥俄河（Ohio）以及密苏里河（Missouri）的美好之中，耳边传来的是迪比克（Dubuque）和维诺纳（Wenona）悬崖的传说——比起过去或现在，未来在我心中的分量更重——我看着密西西比河，深知它是另一条不同的莱茵河：其城堡根基还未奠定，举世闻名的大桥也还未搭建。我觉得，尽管我们心知肚明，但当时就是英雄辈出的时代，因为英雄通常是最简单、最谦卑的人。

我所说的西部只是"荒野"的又一个代名词。我一直想要表达的是：野外是世界的保护区。每棵树都会尽力伸展，寻找荒野的踪迹；每个城市都会不惜一切代价靠近它。人们不辞辛苦耕地开路、扬帆远航都是为了能得到它。森林和荒野之中草药和树皮能滋养人的身体。我们的祖先也来自于原始野蛮的时代。罗慕路斯（Romulus）和瑞摩斯（Remus）[1]被狼养大的故事也并非是毫无来由的寓言。每个州的建立者都起于微末，终于至伟，这也是因为他们从相似的

[1] 罗慕路斯与瑞摩斯，为罗马神话中罗马市的奠基人。在罗马神话中他们是一对双生子。

麝鼠
muskrat

旋角大羚羊
common eland

荒野中汲取了养料与活力。正是因为帝国的孩子不是被狼养育的，所以才最终会被北方森林中长大的孩子所取代。

我相信，玉米可以在森林中生长，也可以在草地上生长，哪怕是在夜间，生长也不会停歇。喝茶时，我们总要在茶中加一味加拿大铁杉或崖柏的汁液。饕餮之徒与为了强身健体而吃喝的人绝不相同。如此想来，霍屯督人（Hottentots）会狼餐虎噬地吞下旋角羚或其他羚羊的骨髓也就可以理解了。一些北方的印第安人会生吃北极驯鹿的骨髓或其他部位，要是鹿角尖能咬得动，他们也会照吃不误。可能在这一点上，他们比法国的大厨们还快了一步呢。剩下的部分，他们便会拿去烧火。可能，吃下这些东西，比起吃下家养牛的牛肉和屠宰场宰杀下来的猪肉，更能让人多几分气概魄力。赐予我野性吧，赐予我那种让文明无处遁形的野性吧——仿佛我们生来便茹毛饮血，以条纹羚羊的骨髓为生。

那边棕林鸦筑巢的地方有几片空地，是无人的荒野。我倒想迁居过去，我想自己已经能够适应这种环境了。

非洲的猎人卡明斯告诉我们，旋角大羚羊的皮毛，还有很多刚刚被杀掉的大多数羚羊的皮毛，都散发着最浓烈的草木香。我情愿世界上的每个人都是一只野生羚羊，是大自然不可分割的一部分。这样，他身上的体香便能告诉我们他的出现，提醒我们他最常去的自然野外是哪里。就算是设陷阱捉野兽的猎人身上散发着麝鼠皮的气味，我也不觉得有什么不妥。毕竟，这味道比商人或学者外套上散发出来的味道要甜美许多。每当我去商人或学者的衣柜取衣服时，我都不会想到他们常去的广袤平原，也不会想到开满鲜花的草地，想到的只是肮脏的交易所和枯燥的图书馆。

经过阳光暴晒洗礼的皮肤尤其尊贵，可能对于一个人，一个居住在森林中的人来说，橄榄色比白色更适合。“那个苍白的白种人！”若是非洲人同情他，我肯定不会感到意外。自然学家达尔文曾说：“一个白人和一个塔希提人一起洗澡，看上去就跟一株被园丁漂白过的植物和一株在旷野中成长的深绿色良种植物待在一起一样。”

本·琼森[1]感叹道：

向善近美！

而我却要说：

向野近美！

生活与野性相辅相成。最富有生机的往往也是最狂野忘我的。野性不会屈服于人，反而会让人振奋昂扬。那些埋首其中、开拓进

[1] 本·琼森（Ben Jonson），英格兰文艺复兴时期的剧作家、诗人和演员。

取、从不停歇的人，那些快速成长的、对生活有无尽的探索与渴求的人，总会找到新的郊野，被生活中数不尽的元素包围。他将会顺着原始林木上盘绕的茎干一步一步往上爬。

在我看来，希望和未来不在修剪整齐的草坪上或精心耕作的田地中萌芽，也不会出现在城市或乡镇中，因为泥泞湿地才是它们的归宿。之前，我曾仔细思考过自己为何会钟情于某个农场，甚至有过要买下它的想法，每次得到的结论都差不多，吸引我的不是农场，而是农场一角的天然水坑——长宽都只有几杆的距离，颇为泥泞，几乎不透水，而且深不可测。这才是令我炫目的瑰宝。比起村子里精心培育的花园，我能从家乡小镇周边的湿地汲取更多养料。地桂茂盛地生长在这片柔软的大地表面，在我看来，任何花坛苗圃都比不上。植物学家能做的只是告诉我生长在这里的灌木的名字——高丛蓝莓、圆锥花序地桂、狭叶山月桂、羊踯躅和加拿大杜鹃——全都伫立在颤杨湿地中。我时常想，要是自己家门前就种植着大片暗红色的灌木丛就好了，我要搬走其他的花盆或花径，移植整齐的云杉木箱，甚至也要把沙石小路修整一下——我窗下有挖地窖时挖出来的土，我希望这片土地上繁花盛开，而不是只覆盖着一层从别的地方推来的土壤。我把自己的前院称为“自然与艺术宝地”，可为什么我的房屋、门廊前面不是花团锦簇的花园，而是区区几种珍品的聚集地呢？这些替代品可真让人叹息啊。木匠和泥瓦匠离开之后，我的前院在其他人和我自己眼中已经有模有样了，虽然要费些功夫，但我还是要整理一番，让它看起来更雅致。我在乎的从来不是文雅精致的栅栏，而最华丽的装饰品，比如椽子顶部等，很快就会让我没了兴趣。把窗台就建在湿地边上吧（尽管这里并不是建造干燥地窖的最佳地点），这样人们便无法从湿地这边走进来了。前院本来就不是供人出入的，最多只是能让你游览一下，若要出入的话，走后门便可。

若是你问我，在人类设计得最精巧的花园附近和迪斯默尔沼泽附近选一处居住，我会作何选择，我会毫不犹豫地选择后者。诚然，你可能会觉得我这样不合常理的，但诸位，我不得不说，你们劳心劳神操持的一切，在我眼里都是

北方高丛蓝莓
northern highbush blueberry

画蛇添足，多此一举！

越是处在荒凉的地方，我的情绪就越高涨，从无例外。带我去大海，带我去沙漠，带我去无人的野外吧！沙漠中纯净的空气和孤寂的情怀足以填满我对水分和富饶的渴望。旅行者伯顿曾说：“你的道德品行得以升华，整个人更诚恳、热忱、友好、率直……身处沙漠，酒精只会让人厌恶。不妨把自己当作一只小动物，感受生命的喜悦。”那些长期跋涉在黻靼广袤草原上的人说：“再回到文明教化的土地上，那种文明社会的焦虑、迷茫、混乱让我们感到压抑、窒息。我们觉得自己喘不过气，觉得每一分每一秒都可能窒息而死。”我若想寻些消遣，便要么到最幽暗、最茂密、最无穷的森林中去，要么是去最凄凉的沼泽中。走进沼泽如同走进了圣地——至圣所[1]那样的圣地。那里有自然之神力，自然之精华。原始森林遮蔽着未被人类开发的土壤——那土壤不仅有益于人类健康，亦有益于树木生长。正如农田需要肥料一样，人类的

1 至圣所（Sanctum Sanctorum），是以色列人中，帐幕的最内层位置，以幔子和外面的圣所隔开。

健康也仰仗无边无际的草地——因为他吃的食物大多是难以消化的肉类。城市之所以存在，依靠的不仅是城市中正直善良的人们，更是周围的树林和湿地。若是城镇周围原始森林中的树木仍在向上伸展，而地上的树叶正在腐烂变质——那么这样的城镇不仅适合种植玉米、土豆，更是未来诗人和哲学家成长的沃土。正是这样的土地养育了荷马、孔子等圣贤，正是这样的荒野养育了吃蝗虫、喝野蜂蜜的改革者们。

通常情况下，保护野生动物意味着要为它们营造一片森林，作为它们的栖息地或活动场所。人类也是如此。早在几百年前，人们便会剥下树皮，沿街叫卖了。我想，粗糙原始的树木应该有一套鞣制之法，让人们愈加坚定顽强。啊！想到这里，我便深深感受到自己所在的村庄竟堕落到如此地步，真是让人不寒而栗——若是连一车厚度均匀的树皮都收集不到，何谈生产焦油和松脂？

希腊、罗马、英格兰等文明古国之所以能够历久不衰，就是因为脚下有腐烂的原始森林提供养料。只要土壤依然肥沃，那它们便不会消亡。人类的文明真是可悲可叹！若是腐殖质已消耗殆尽，国家也就没什么指望了，只能用父辈闲人的骨头作养料了。诗人只能靠身上积蓄的脂肪维系生命，哲学家则只能啃食自己的骨髓了。

据说，“垦荒拓土”是美国人的使命，而美国的“农业早已呈现出其他国家难以企及的规模”。我看农民之所以能取代印第安人，主要是因为他懂得休耕以恢复草地，于是他就变得更强壮，在某些地方也更贴近自然。有一天，有人请我测量一条直接横穿沼泽的直线，那条线长一百三十二杆，或许在沼泽地的入口也应写上但丁在冥界入口处看见的文字——“进来的人们，你们必须把一切希望抛掉！”（Leave all hope, ye that enter）[1]这就说明，进来的人，此生再无出去的可能。冬天的时候，我竟又一次看见雇我的人在水

[1] 本文中选择的译文为田德望先生的《神曲·地狱篇》。

深可到脖子的沼泽中游泳。他还拥有另一处沼泽，可我却无法测量沼泽的宽度，因为那片沼泽上都是水，无法涉足其中。至于他拥有的第三处沼泽，我确实测量了宽度。他对我说，出于本能，他为了沼泽中的淤泥，无论如何都不会放弃这几处沼泽的。这个人打算用四十个月的时间，借助铁锹的力量，围着沼泽挖一条沟。我看，这样做的也就他一个了。

有些武器应代代相传，因为正是它们帮助人类取得了最重大的几场胜利，这些武器不是短剑、长矛，而是柴刀、镰刀、铁锹和锄头。它们浸染了太多草叶的汁液，早已锈迹斑斑，还因为在林间田野中艰苦奋斗而沾满了泥土灰尘。风从印第安人的玉米田吹过，拂过草地，往他无力追寻的地方吹去。蛤壳仍是印第安人耕地最有力的帮手，而农民们早已用上了耕犁和铁锹。

只有描述山野的文学作品才能真正吸引我们。愚钝不过是驯顺的代名词。《哈姆雷特》、《伊利亚特》以及所有圣卷、神话中，自由与狂野的思想没有设限，最能让我们愉悦。而这些恰恰是在学校中学不到的。比起家养的鸭子，绿头鸭更敏捷也更漂亮，而不羁的思想也应该是绿头鸭式的思想，“在露水中，从沼泽上掠过。”真正的好书应该行文自然，其精妙绝伦之处出乎意料却又只可意会，仿佛开在西边草原上或东边丛林中的一朵野花。天才是点亮暗夜的一束光，如闪电般，偶尔能粉碎知识的殿堂——却不是人类炉火旁的微弱的火光，那样的火光在白昼面前唯有自惭形秽。

英国文学历经从吟游诗人时代到湖畔诗人时代，其文字呼吸的空气并不是特别新鲜，因此字里行间也缺少野性的张力——乔叟、斯宾塞[1]、弥尔顿[2]都是如此，甚至连莎士比亚也未能免俗。从本质上讲，这些文学作品都是呼应了希腊、罗马时代的文学气息，驯顺而盲从。它的荒野便是绿林——它不受驯的人便是罗宾

1 埃德蒙·斯宾塞（Edmund Spenser），英国文艺复兴时期的伟大诗人。

2 约翰·弥尔顿（John Milton），英国诗人、政论家。

汉。大自然中洋溢着温暖宜人的爱，但大部分都不属于自然本身。它书写的编年史告诉我们野生动物是何时灭绝的，却没说明人类的末日何时到来。

洪堡的科学和诗歌完全是两回事。虽然当代已有无数科学家发现，对人类的了解达到了前所未有的程度，但与当年的荷马相比，现代诗人仍处于那条起跑线上。

描述自然的文学作品在哪里？他将成为诗人，把风的低语、水的呢喃练字成句，抒发自己的情感；他会加强词语最原始的意义，正如春光明媚之时，农民会加固因结冰而膨胀的树桩一样；他使用每个词的时候都会追根溯源——将还带着土的根茎移植到自己的作品之中；他的文字如此真实、清新、自然，如花蕾一般，尽管陪衬的绿叶是图书馆里的两张发霉的书叶，都快让它窒息了，但春天的脚步越来越近，它终会盛开怒放——啊，去绽放，去结成果实，去寻找与周围大自然产生的共鸣，为了忠实的读者而竞相绽放。

我印象中，仿佛并没有哪首诗歌能够充分表达这种对野外的向往之情。若论及狂野之美，最有张力的诗歌依旧显得温顺。我印象中，古今文学作品中，亦没有哪篇能完美地展现我所熟知的自然。你可能已经察觉，我要的东西并非奥古斯都[1]或伊丽莎白时代的作家能够给予，换言之，并非文化所能表达的，与之最接近的便是神话。至少，希腊神话深深植根于富饶的自然之中，绝非英国文学可比！神话是旧世界的产物，那时土壤依旧肥沃，遐想与憧憬还没有荒芜。现在，只要原始的活力仍有一线生机，便还能结出累累硕果。其他文学作品只是能够给我们带来荫凉的榆树，而神话则是西部群岛上高大的龙血树，人类的历史有多悠久，它的历史就有多悠久。此外，无论历史如何，它都将和人类一起走下去，因为其他文学的腐烂为它提供了茁壮成长的沃土。

① 盖维斯·屋大维·奥古斯都（Augustus），罗马帝国的第一位君主。

西方世界欲将寓言故事添加到东方的寓言中去。恒河（Ganges）、尼罗河、莱茵河河谷的果实已经压弯了枝头，但亚马逊河、普雷特河（Plate）、奥里诺科河（Orinoco）、圣劳伦斯河（St. Lawrence）以及密西西比河河谷结出的果实如何还需拭目以待。历史的车轮滚滚前行，也许美洲的自由已经成为过去虚构的作品——因为从某种程度上说，美洲的自由现在也如虚构的小说一般——但全世界的诗人都能从美洲神话中获得灵感。

虽然狂野之人最为狂野的梦想也许与英美社会中流行的常识略有不同，但这并不代表它们不切实际。并非每个事实真理都与常识相符。大自然既能容得下野生铁线莲，亦会给卷心菜留出生长的空间。有些真理的表达引人回忆——而有些只可意会，还有一些则有是预言先知。甚至有些疾病也能预示身体的健康状况。地理学家发现，纹章上的大蛇、狮鹫、飞龙和其他奇特的装饰形象并非凭空捏造的，而是有原型的——这些原型动物在人类产生之前就已经灭绝，只存在于化石中了，这也暗示着人对“有机生命体史前状态的模糊而朦胧的认识”。印度人曾认为，地球位于象背之上，大象立于乌龟之上，乌龟则站在大

狮鹫
griffin

蛇之上。而最近，人们在亚洲发现了一块乌龟的化石，其形硕大，足以背负起一头大象。虽然这可能只是无足挂齿的巧合，但在这里说一下也无妨。我承认，我就是倾心于这些奇幻的想象，因为它们能超越时间，超越发展，是智者最非凡神奇的再创造。披肩榛鸡喜食豌豆，却不会为了豌豆钻进瓶子里。

简而言之，一切美好的事物都狂野而自由。无论是单纯的乐器演奏，还是伴着人类的歌声，音乐自有存在的意义——就以夜晚响起的号角声为例——毫不讽刺地说，其狂放总能让我想到野兽在其栖息的森林中的嚎叫。因为我明白，其中蕴涵了太多的野性。请赐予我一些有野性的人吧，让他们陪伴着我的朋友和邻居，赶走那些顺臣良民。野人身上散发出来的野性，与良人淑女见面时表现出来的言行不及其万一。

我甚至希望家养的动物能重新获得它们天生的权利——期望能看到它们身上有星星点点的迹象，说明它们本性中野蛮的习性与活力还未消失殆尽。早春的时候，邻居家的母牛冲出了平时待着的草地，毫不畏惧地到寒冷的河水中去游泳。那条河泛着灰色的河水，有 25 到 30 杆宽，冰雪融化后，河水水位上升了不少。当时，我觉得那头母牛就是横渡密西西比河的野牛。在我看来，这一壮举给了家畜某种尊严——甚至让它们戴上了尊贵庄严的光环。牛马厚厚的皮毛下隐含着本性的种子，像深埋在土地中的种子一般，不知何时便会破土而出。

牛的一切行动都不可预料。有一天，我看见十几只小公牛母牛四处奔跑，虽然笨重，却看得出是在嬉戏玩耍，活像硕鼠，更像小猫一样。它们时而摇头，时而摆尾，时而在山坡跑上跑下。我看着它们头上的牛角和奔跑时的动作，倒是和鹿的有些相似。哎呀！突如其来的一声呦嗬！吓得它们马上就冷却了自己的热情，从野鹿变成了笨牛，身躯僵硬，精神萎靡，像机车车头一样。除了恶魔，还有谁会对人类“呦嗬！”一声？实际上，牛的一生和很多人的一生没什么两样，只是机械地行走，只是牛马是一步一步前行，而人在机器的帮助下，变成了退化的牛马。无论哪里挨了鞭子，牛都会颤抖着忍受。可我们谈到牛肋骨的时候，又有谁会想到猫的柔弱肋骨呢？

让我感到快慰的是，小公牛和马必须要被驯服才能为人所役使，而人类还没有成为社会的顺民，尚残存着一丝放荡与不羁。毋庸置疑，并非所有人都能适应文明社会，因为我们大数人和狗和羊一样，之所以驯服，完全是因为基因遗传，所以强求他人摒弃天性，沦落至同样的境况实在没有道理。大体上讲，人与人之间几乎没有差别，但为了有所区分，人们还是被划分了不同的层次。解决难度较低的问题，人人皆可派上用场；唯有遇到难度较高的问题时，某些人的优越性才能得以体现。比如说，每个人都可以堵住洞口，免得风灌进来，但很少有人会像我一样能想到用这件事打比方。孔子曰：“虎豹之鞟，犹犬羊之鞟也。”[1]但真正的教化并非让老虎驯顺，也非让绵羊凶残，而且用虎皮或羊皮制成鞋子并不算是充分利用了这种材料。

[1] 出自《论语》，全句为“文犹质也，质犹文也。虎豹之鞟，犹犬羊之鞟。”意思是“外在的文采、形式如同内在本质，内在本质如同外在文采、形式，二者一样重要。去掉了毛，虎豹的皮和犬羊的皮就很难区分了。”

披肩榛鸡
ruffed grouse

浏览一份外语写成的名单时，军官名单也好，就某一主题写过文章的作者的名单也罢，我总会觉得，名字不过是名字，并没有特别的意义。就好比“缅什科夫”这个名字和“胡须”放在一起，听上去并不会觉得前者更像人名，而后者可能还是长在老鼠脸上的呢。我们听到波兰人和俄国人的名字时，和他们听到我们的名字时是同样的感觉。他们的名字好像就是孩子们的呓语，比如《艾尔瑞·维尔瑞·伊齐瑞·凡和蒂特尔·托尔·塔恩》（*Iery wiery ichery van, tittle-tol-tan*）。[1]我想象着一大群野生动物从大地上走过的场景，每种动物的叫声，总能让牧人在自己的方言中加入某些带有野性的声韵。人的名字和“博斯”、“特雷”这种狗的名字一样，都廉价而没有意义。

[1] 当时一首没有什么实际意义的儿歌。

我想，若是人类只是用基本特征起名字，或许更有利于哲学的发展，因为这些都是众所周知的事实。唯有人种是必须的信息，或许再了解一下这个人的种类、民族，我们便能够了解这个人的基本信息。我们仍在怀疑，罗马军队中是否每一名列兵都有自己的名字——因为我们觉得并非每个列兵都个性鲜明。现在，我们所谓的名字不过是代号而已。我认识一个活力四射的男孩子，就因为他这一特点，小伙伴们便叫他“巴斯特”，表示精力旺盛。这个名字已经取代了他受洗时得到的名字。我们从旅行者那里听说，印度人并不是刚出生就被取名的，而是慢慢长大后才会冠之以名，因此，他的名字便是他的品性名声。此外，某些部落中，人们每做出一件惊天动地的事，便会获得一个新名字。若人们取名只是为了方便称呼，而不是证明自己的经历或品行，可真算得憾事一桩了。

我不能接受以名字论英雄的做法，但眼下有很多人就是这样做的。我不会因为熟悉某个名字，就对叫这个名字的人多几分亲近感。野人更倾向于不把自己在丛林中摸爬滚打得来的名字告诉他人。我们身体里都住着一个野人，可能小野人的名字和我们现在名字一样，也记录在某个地方。我邻居的名字是“威廉姆”或“爱德文”，这都是很常见的名字，但他脱下夹克的时候，我发现他的名字也就跟着离开了他的身体。他睡觉的时候，或愤怒的时候，或深切地被某种感情、灵感打动的时候，他的名字或代号便会消失。每当这时，我仿佛就能听见他的亲戚会用他原始而充满野性的名字称呼他，声音豪迈奔放，掷地有声。

我们的大自然母亲无处不在，她辽阔、粗犷，还咆哮着。如豹子那样美丽又深爱着自己的孩子。然而，我们却太早挣脱了她的怀抱，走进社会，走进只有人与人之间相互作用的文明之中——活动范围越来越小，不过最后会培养出一种英式高贵，而这种文明注定很快就会走到尽头。

由于身处社会，身处人类最健全的体制之下，若要发现某种早熟现象简直轻而易举。本来我们应该还是茁壮成长的少年，可却已经成了小大人。若是有哪种文明能带来草地上的养料，深化土壤，便赐予我吧——我不想只依靠发酵厩肥、改良的工具和耕种！

我听说，有很多可怜的学生双眼酸涩，可若是他们能做到不熬夜，如傻瓜一样踏实安稳地睡到自然醒，那么无论是智力还是体力，都能发展地更快一些。

哪怕是明亮的光线也不应毫无节制。法国人涅普斯[1]发现了“光化作用”，即太阳的照射下，花岗岩、石构造和金属雕像会产生某些化学反应。“在阳光长时间的照射下，都会受到破坏，无一例外。若是没有大自然奇妙的给养，它们很快就会在宇宙之中最微妙、最温柔的抚摸下化为乌有。”但涅普斯也发现，“白天物体会经受上述变化，到了晚上，没有这种外界刺激的时候，便可以自行恢复到最初的状态。”由此可见，“夜晚的时光对无机物来说是必不可少的，

① 约瑟夫·尼塞福尔·涅普斯（法语：Joseph Nicéphore Nièpce）“涅普斯”又译“尼埃普斯”，法国发明家。

而正如我们都知道的那样，夜晚和睡眠对有机生物也非常重要。”即使月亮每晚都会洒下月光，但世界仍然黑暗。

唯愿世界上尚有某个人或一部分人、尚有一寸土地未沾染上文明教化的气息。部分土地会被用作耕地，更多的则会生长成草地和森林，不止要做当下之用，更要等着土地上的植被年复一年化作春泥，为遥远的未来准备一片沃土。

除了卡德摩斯[1]发明的字母之外，孩子们还有很多其他知识可以学习。西班牙语中有一个词很贴切地表达了什么是人们尚未完全了解的野外知识——“黄褐色的语法”（Gramática parda），这个词就是由我之前提到的豹子衍生而来，这种表达可以说是信手拈来。

我们都听说过实用知识传播会[2]，也知道“知识就是力量”等说法，但我反而觉得，我们也需要“实用无知传播会”，它传播的是“美好的知识”，更高层次、更高等级的知识：因为我们日常吹嘘的所谓知识，不过是一种妄想，以为自己了解某些东西罢了，如此便把无知的优势从我们身边带走了吗？我们所说的知识，通常只能说明我们的无知；而无知却能说明我们尚在探索知识。一个人多年以来持之以恒的学习以及通过阅读报纸获得的知识——有关科学的书籍不就是报纸吗？——就能积累无数的事实，储存在自己的记忆中。之后，到了生命之春，他便会漫步在思想的广阔田野中，仿佛把所有马具都留在马厩，到草原闲庭信步的马儿。我总会想对实用知识传播会的人说：去草原吧。你们吃了太久的干草，去春天里寻找如茵芳草吧。现在还没到五月底，就有不少牛被赶到乡间草地上，可我之前听说，有的农夫一年到头都会把牛圈养在围栏中，只给它们喂干草——实用知识传播会的人通常就是这么做的。

有时，一个人拥有的物质不仅颇有益处，而且非常美好——倒是他所谓的知识总会一无是处，丑陋不堪。若是有两种人，一

① 卡德摩斯（Cadmus），希腊神话人物。希腊人认为卡德摩斯发明了腓尼基字母。

② 实用知识传播会（Society for the Diffusion of Useful Knowledge），1826年成立于伦敦，其目的是提高英国劳动和中产阶级的教育水平。

种是对一方面无甚了解——当然这种人很少见，却非常有自知之明，另一种对某一方面一知半解，却总觉得自己无所不知，你更愿意和哪种人相处呢？

我对知识的追求时断时续，但我却时时刻刻想踏上未知的土地，让自己的头脑常年浸润在那种环境中。知识并非我们追求的最高境界，既博学而又不忘初心才是。我们所谓的知识尚有不足之处，意识到这一点时，我们必然会觉得难以置信，至于更高等级的知识是否会让我们万分惊讶，这一点尚未可知——毕竟，俯仰之间，世上万物本就比我们在哲学世界中想象出来的更多。阳光驱散了迷雾，可暴露在阳光下的人却能安然无恙，这是人们能参透的最高境界。正如占星术士所言："不识庐山真面目，只缘身在此山中。"[1]

我们上下求索时，总想抓住某条我们可以遵循的规律，这种习惯中暗藏着某种奴性心理。空闲之时，我们便会研究物质的法则，但成功的人生却无规律可循。毋庸置疑，规律的发现是种不幸：没有发现规律之前，我们甚至都未曾察觉自己被某种东西束缚着。迷雾之子，去自由自在地生活吧——在知识面前，我们都是迷雾之子。因为与法则制定者的关系，能够洒脱生活的人绝对可以凌驾于任何规律法则之上。《毗湿奴往世书》[2]中说："这是现时的责任，是为了解放我们，而非束缚：其他责任只会让我们疲惫不堪，其他知识也只是艺术家自作聪明而已。"

值得注意的是，泱泱历史中，重大事件或危急关头并不多见，我们对头脑的锻炼严重不足，我们经历过的事情少之又少。我确信自己在迅速成长着，尽管我的成长打破了这种寂寥的平静——尽管我要在漫长、漆黑、闷热的夜里挣扎，尽管我要在沮丧忧伤的季节中斗争。若每个人的人生都不是平淡无奇的戏剧或闹剧，而是神圣

① 原文为希腊语，梭罗将之翻译为"You will not perceive that, as perceiving a particular thing"。

② 《毗湿奴往世书》（*Vishnu Purana*），印度古代著作，是毗湿奴教派的主要经典，内容包括宇宙起源、帝王世系直至对未来的预言等。

① 约翰·班扬(John Bunyan)，英国著名作家、布道家。

的悲剧，该有多好。但丁、班扬[1]以及其他人比我们思考得更多更深入：他们所处的时代背景文化，在我们的乡村中学及大学中并不为人所关注。甚至备受尊崇的穆罕默德，比起普通人，都有更多可以为之奋斗终生或者为之舍弃生命的东西。

在极其偶然的情况下，一个人沿着铁轨前行，脑海里会涌进来无数思考，他深陷其中，甚至火车从旁边呼啸而过都不曾留意。可不久之后，我们的人生会渐渐走远，火车却会返程，这是不可改变的。

微风无声无息地吹过，
吹弯了卢瓦尔河周围的蓟，
行走在风中峡谷中的人们啊，
何以行色匆匆不暂留？

即使大多数人都能感受到社会的吸引力，但仍有少数人觉得大自然的吸引力更强烈。考虑到人类与自然的关系，虽然很多人都拥有艺术，但在我看来，却连动物都不如；说到人类与动物的关系，就更谈不上美好了。我们周围并不缺少美，可我们却没有欣赏美的眼睛！我们听说，希腊人称世界为 κόσμο ，寓意为"美好"或"秩序"，我们并不明白为什么希腊人要如此称呼世界，我们只知道那不过是奇怪的哲学现象而已。

于我而言，我仿佛生活在大自然的边缘，只会在这世界上停留一须臾、一罗预、一弹指，甚至一刹那而已。我的忠诚、热爱都献给了允许我流落至此的国土，如此想来，我便是隐姓埋名的流寇。为了追求自然的生活，哪怕没有月亮和萤火虫照亮前方的道路，哪怕只有忽隐忽现的鬼火，我也愿意跟着那一点点光穿越沼泽和泥潭。自然广博开阔，恢宏壮阔，我们甚至不曾看清它的某一方面。有一片田野绵延至康科德附近，漫步到这里的人总会恍惚觉得，自己所在的地方并不是契约中所描述的，倒像是康科德的另一片田野——这片土地无拘无束，不属于任何地方，“康科德”三个字也变得毫无意义。我亲自测量过几处这样的农场，并确定了界限，可放眼望去，还是辨别不清，仿佛隔着一层迷雾。然而，没有经过化学药剂定影的田野，会逐渐从玻璃表面褪色；而画家的作品则会隐隐从玻璃下显露出来。我们所熟知的世界根本毫无痕迹，因此也不会有任何纪念日。

一天下午，我在斯波尔丁（Spaulding）农场上漫步。夕阳西下，余晖洒在一片挺拔的松林对面。金灿灿的光芒散落在林间小路上，让人犹如置身金碧辉煌的殿堂。眼前的景象让我心中无限感慨，就像某个古老的家族已经在这片叫康科德的地方历经几个世纪的风雨，备受钦佩，而我却对此一无所知——太阳便是他们的仆人，他们从未踏足人类社会，也没有被人打扰过。我看到了这个家族的花园，看到了他们的游乐场——那就是森林的斯波尔丁大果越橘园。松树层层叠叠，向天而生，呈山形墙的样子，围住了这个大家族。郁郁葱葱的树木掩映着，他们的居所依稀可见。朦胧之中，我仿佛听到他们压低的欢笑声。阳光是他们唯一的需要，他们繁衍生息，生育儿女，幸福快乐地生活在一起。农夫们手推车走过的小路能直接到达他们的客厅，却对他们毫无影响——正如有时在阳光的照射下，泥泞的湖泊底部就会映射到湖面上一样。虽然我曾听到斯波尔丁吹着口哨，开车带着手下从他们的房子中穿过，但他们从没听说过斯波尔丁，也不知道这个人是他们的邻居。他们生活的宁静无比。地衣便是他们的盾形纹章，我就曾看到涂在松树和栎树上的纹章；他们的阁楼建在树梢之上，他们远离政治，远离劳动时的嘈杂。我从未见过他们编织或纺纱的样子，然而风儿渐渐停歇，风声慢慢消逝的时候，我却听到了我想象中最甜美、最悦耳的嗡嗡声——仿佛五月时远处蜂巢那边传来的声音，这大概就是他们在思考的声音吧。他们的想法都很实际，而且由于他们不会三五成群地工作，周围也没有冗杂之物，别人便也看不到他们的工作。

旅鸽
passenger pigeon

但我发现，要记住他们的样子绝非易事。就算是现在，就算我在讲述着他们，努力回想他们的名字，但他们还是从我的脑海中渐渐消失，一去不复返。我也是努力回忆了很久，才想到他们是群居的这件事。我想，若是没有这样的家族，我大抵也不会住在康科德。

在新英格兰，我们常常会说每年飞来这里的鸽子都会少一些，因为森林中供它们落脚的树枝越来越少了。结果，似乎对于每个正在成长的人来说，自己头脑中的想法也一年比一年少——我们思想的树林已被破坏，其中的树木不是被卖掉，点燃无谓的野心，就是被送到磨坊，几乎没留下一根枝杈能让思想停留。它们不再与我们一同筑巢，也不再与我们共同成长。只是偶尔在更和煦的时节，会有某个模糊的影子飞快地掠过我们的心田——大约是在春天或秋天，展翅高飞的思想迁徙时投下的吧。然而，我们仰望天空，却看不透思想的本质。我们羽翼丰满的思想已经退化成家禽，它们不能再冲上云霄，只能到达庄严的上海和交趾支那[1]。可叹啊，那些你听说过的深邃思想和青史留名的伟人！

我们拥抱大地，却很少登山！或许，我们应该多爬爬山，至少爬树。我自己就感受过爬树的好处。那是一棵高大的乔松，矗立在山巅。尽管爬树的过程确实艰难，可无限风光在树巅，我收获颇丰，发现地平线上竟还有许多我之前从未见过的山峰——宇宙浩瀚，层峦叠嶂，数不胜数。若是没爬上这棵树，我可能直至古稀之年都只会在树下徘徊，更不必说远望崇山峻岭了。然而，最要紧的还不是这个。当时已是六月末，我发现树顶枝条的末端有些小而美的圆锥形红花——乔松的孕性花就这样朝天盛开着。我马上折下最高的那枝，迫不及待地走回村子，给走在路上的陌生陪审员看——那周是审判周——还给遇到的农民、木材经销商、樵夫和猎人看了，竟没有一个人之前见过这样的花，不过他们都很好奇，仿佛眼前的花是从天上掉下来的小星星。据说，古时的建筑师完成的作品，上下如一，表里如一，无论是高处的作品还是低处更显眼位置的作品，都一样精致完美！大自然小巧的森林之花只会向着天空开放，高高开在人们的头顶，不肯轻易见人。我们平常见的，通常都是脚下草地上的小花，可多年以来，乔松每到夏天都会在树顶枝条的末端绽放最精美的花朵，开在土著和白人头顶高处，连这里的农夫和猎人都很少一睹它们的芳容。

毕竟，我们只能活在当下。众生之中，从未把时光耗费在回望过去的人最应该得到祝福。若是人类哲学都听不到大地谷仓中公鸡的啼鸣，那么一切都可算是为时已晚，因为那是我们的闹钟，告诉我们自己的工作和思维习惯早已是陈腐过时之物。它的哲学比我们的更有当代气息，带来了全新的圣卷箴言，带来了立足当下的福音之歌。它从不曾落后，坚持早起，坚持紧随时间的步伐，适时出现

[1] 交趾支那，指位于越南南部、柬埔寨之东南方的地区。

白尾鹞
hen harrier

在它应该出现的地方，对它来说，这是顶要紧的。这是大自然健康繁茂的表现，是向世界炫耀的资本——健康如奔涌的泉水，是缪斯女神庆祝弹指一瞬间的新喷泉。它所居住的地方，不会有《逃之奴隶法案》[1]。上次听说这个之前，谁没有多次背叛过自己的主人呢？

[1] 1850年，美国国会为了缓和蓄奴制在南方引起的地区性矛盾，通过了《逃亡奴隶法案》，允许南方奴隶主到北方自由州追捕逃亡的奴隶，结果引起了北方进步人士的强烈愤慨。

公鸡啼鸣的优点是这个声音中透着逍遥自在，了无牵挂。这个声音总能让我们泪流满面或喜笑颜开，可那个能在清晨给我们带来纯粹喜欢的它，如今又在何方？或许在某个周日，我情绪低落的时候，它的声音会打破木板小路上可怕的寂静；或许在某天早上，我待在家中黯然神伤的时候，会听到小公鸡的啼叫，忽远忽近。这时，我就不由地想到，无论怎么说，我们之中至少还有一个心情不错。——每念及此，我就会一时神往，感慨万千。

去年十一月的某天，我走在草原上时，看到美丽绝伦的日落景色。天色一直阴沉着，我走到某条小溪流的源头时，欲沉入大海的太阳，终于把最后一缕光辉洒在地平线上，映出层层瑰丽与绚烂；而此时，在地平线的另一面，最柔和、最明亮的晨光刚刚铺展在枯草、树干和山坡矮栎树的叶子上。我们的影子逐渐拉长，落在东边的草地上，仿佛我们便是落日余晖中仅有的微粒。片刻之前，我们怎会料到，自己竟有幸目睹如此迷人的景象。空气那样温暖、宁静，仿佛草地便是天堂。想到这样唯美的景象并非此生再难相见，而是会伴着无数个傍晚，让刚刚漫步到这里的孩子感受它带来的喜悦与安心，我便觉得这景象中更添了一分绚丽与辉煌。

曾普照城市的太阳，现在把无尽的光辉尽情倾洒在僻静的草地上，仿佛它有无尽的眷恋——有时，视野之内仅能看到一只白尾鹞孤独的身影，翅膀镶上了夕阳的金边；有时，唯有一只麝鼠从洞穴中探出头，一条暗淡的细流从沼泽之中穿过，逶迤蜿蜒，慢慢绕过腐烂的树桩。我们走在夕阳纯洁的万丈金光下，看它给枯枝残叶披上金黄色的外衣，那样柔美，那样安详，那样耀眼。我想，这仿佛是我第一次沐浴在金色的阳光下吧，不见波澜，亦没有一丝涟漪。森林和山坡的西面，都隐隐泛着金光，如极乐世界的边境一般。最后一抹阳光照在我们背上，它就像亲切的牧羊人，趁着黄昏，送我们回家。

我们才是要去圣地的旅人。直到那一天，太阳的光芒比以往更鲜明灿烂，照进我们的思想与心灵，让憬悟之光点亮我们的生命，一如秋日岸边的太阳，温暖、祥和、绮丽烂漫。

Chapter 8

金秋色调

盐肤木属火炬树
staghorn sumac

金 秋 色 调

初入美国的欧洲人，每每看到秋日里绚烂的色彩，总会不由自主地大加赞赏。英国的树木很少有鲜艳明亮的色彩，因此英国诗歌中从没有哪句描述过这样的景致。唯有汤姆森[1]在《秋天》（*Autumn*）中的几行诗句还和这种景象有几分相似：

① 詹姆斯·汤姆森（James Thomson），苏格兰诗人和剧作家。

看那渐行渐远的多彩树林，
阴影一层叠着一层，把村庄周围
染成了茶色；浓密的树荫，朦胧含混，
每一缕色调，从暗淡的深绿色渐渐变成沉郁的煤黑色。

还有他的这一句诗：

金秋就在金色的树林中。

秋色在森林中变幻，可却还未在我们自己的文学作品中留下深刻的烙印。我们的诗歌中很少染上十月的色彩。

太多生活在城市中的人，都没能在这个时节来到乡间，因此，他们也不曾见过这样的花朵，或者说，不曾见到一年之中刚成熟的果实。我曾和一个城市中的人通信，尽管最绚丽的秋色已经过去了两周，他仍惊讶不已，认为那便是大地最烂漫的时刻。他从未听说这样的美景。暂且不说大多城市里的人没有见过这样的盛景，就算大多数乡下人每年都能见到这样的景象，也不见得能把它印在脑海里。

很多人仿佛一直分不清树叶变色和树叶枯萎，好像他们分不清什么是成熟的苹果，什么是腐烂的苹果一样。我觉得，树叶颜色变深，恰好说明它已经到了晚熟的时候，是最完美的一刻，与果实的成熟相映成趣。通常情况下，生长得越靠下、生长时间越长的叶子会越先变色。可往往越羽翼丰满、颜色鲜亮的昆虫生命越短暂，所以最先成熟的树叶也是最短寿的，很快便会飘落。

通常，每颗果实成熟之后、掉落之前会变得尤为特别，与众不同，所需要的养分也会减少。它明丽的色彩既非从茎干、从泥土中汲取营养而来，也非从阳光空气而来。叶子也是如此。生理学家说，那是“因为醉氧所致”。这是科学对这一现象的解释，不过也只是重申了事实而已。它们身上的色彩如少女的脸颊，比起少女每天吃了什么，我更想知道果实的红润从何而来。那森林与草地，那大地上薄薄的一层，都染上了绚烂的色彩，证明自己的成熟——仿佛地球本身也是长在根茎上的果实，永远面向太阳。

花朵是变色的叶子，而果实则是成熟的叶子。生理学家说，大部分果实的可食用部分其实就是“叶片的薄壁组织和肉质组织”。

我们只会观察那些能吃的果实，观察它们成熟的样子以及颜色、甜度、成熟度等特点，而常常忽略大量其他产物，这都是我们的食欲惹的祸，可那些果实虽然不能吃，也没什么用，却都是大自然的成果。和我们预想中的一样，在一年一度的家畜展览会和园艺展览会上，有很多香甜的水果，然而，这样的展会注定会草草收场，毕竟，水果最重要的并不是美丽的外表。我们的镇上和周围地区，每年都会有一场盛大的果实展览会，吸引我们的不是果实外表的美丽，而是其香甜的味道。

十月的树叶缤纷斑斓，丰富的色彩照亮了世界各个角落。果实与树叶落下之前会呈现出绚烂的色彩，一如瑰丽的落日余晖，这也预示着，一年即将结束。十月是太阳西垂时的天空，十一月则是沉沉暮霭。

我曾以为，乔木、灌木和草本植物的叶子由绿色渐渐变为黄褐色的过程中，拥有最明丽绚烂的色彩时，无论如何都应被采集一片做标本。之后我们勾勒出它的形状，找到最相符的色彩，丝毫不差地将它的颜色完美复制下来，集结成册——就暂且定名为《十月，秋日灿烂》吧。从最早出现的一抹橘红，到忍冬

羊叶忍冬
goat-leaf honeysuckle

大臭菘
eastern skunk cabbage

（Woodbine）以及湖边根生树叶上的珊瑚红，再到槭树、山核桃树、盐肤木（Sumach）和许多树叶上长着斑点却少有人知的树，再到最近刚刚变成红色的栎树和山杨。若真能如此，这本书该是多么美妙的纪念啊！来了兴致的话，你只需要翻开这本书，手指翻过书页，你便如徜徉在秋日的树林中一般。要是我能留住树叶，让它们永不褪色，那就太好了。我正在绘制这样一本书，不过进展不大，虽然没能画下来，我却尽力按照色彩弧线的顺序，用文字加以描述。以下就是从我的笔记中摘选的部分章节。

紫　草

时值八月二十日，无论是在森林还是沼泽，总可以看到楤木和欧洲蕨的身影，还有枯萎变黑的臭菘和藜芦，水边还能发现发黑的梭鱼草，这无一不在提醒我们：秋天来了。

如今，正是紫草（学名：*Eragrostis pectinacea*[1]）最美的时节。我还记得自己最初注意到这种草的时候，我站在河边的一处山坡上，发现三四十杆远的地方，有一条紫色的彩带，大概有六杆长，就在树林边缘，在从山坡过渡到草地的缓坡上。尽管它的颜色没有那么鲜艳，却像一片鹿丹，色彩饱和度高，惹人注目。它是深紫色的，像是涂着一层厚厚的浆果汁液。我走过去想仔细观察一下，发现那是一种开着花的草，刚刚一英尺高，只稀疏地长着几片细长的绿叶而已。紫色的花朵呈圆锥状花序，我从花丛中走过，仿佛脚边缭绕着一层淡紫色的薄雾。俯身离近些看，我发现那不过是一抹暗淡的紫色，近在眼前时，仿佛颜色浅了些，甚至难以察觉了。若是连根拔起一株，你定会惊讶于它的纤弱，也会感慨原来那抹紫色竟如此浅。可在远处看过去，光线恰好的时候，它便会呈现出更鲜亮、更

[1] 属于画眉草属。

鹿丹
handsome Harry

精美的紫色，像花朵一样，装饰着大地。正是这些微不足道的因素结合在一起，才能产生如此明显的效果。草叶通常都是更深沉、更低调的色彩，它的紫色让我惊讶，也让我着迷。

紫草美丽的颜色总会让我想到正渐渐走出人们视野的鹿丹，紫草逐渐取代了它的位置，这是八月最值得注意的现象之一。一片片优美精致的紫草生长在荒山脚下狭长的荒地或断层泥地边，就在草地边缘地带。贪婪的割草人看到它们根本懒得挥动镰刀，因为它不过是弱不禁风、惹人怜爱的小草，割草人根本不屑一顾；或是紫草实在美丽，割草人根本没意识到它的存在而已——他这一双眼睛可不算是慧眼，分辨不出紫草与梯牧草的区别。割草人专心收割紫草旁边草地上的干草和更丰美的青草，只把精致的紫草留给步行者——作为想象力的养料。山坡更高的地方，可能还生长着黑莓、金丝桃和容易被人忽略、萎靡不振、尖细瘦长的落草。它生长在这里，是何等幸运啊！若是生长在每年都会被割掉的茂密青草间又该如何是好。自然就是这样，把实际功用与俊秀美丽区分开来。我知道不少这样的地方，它们年复一年总会展示自己的美丽，给大地涂抹上自己的色彩。紫草生长在缓坡上，有的连成一大片，有的则是一簇簇散落着，呈直径约一英寸的圆形。第一场寒霜降下前，紫草一直都会努力生长。

有些植物是花冠和花萼的颜色最为绚烂，也最抢眼；有些植物则是种皮或果实如此；还有一些植物，比如红花槭，是树叶最引人注目；还有一些则是茎干最惹眼，而茎干也正是它们的花朵，或者说是开花的部分。

垂序商陆便是上面所说的最后一类植物。它生长在我们附近的悬崖下，从现在到九月初，它紫色的茎干总是看得我眼花目眩。它们和大多数花朵一样让我倾心，是秋天最重要的果实之一。它的每个部分都是花朵（或者说是果实），色彩奢华且富有层次感——茎干、枝条、果柄、花梗、叶柄，甚至是带有紫色叶脉的微微泛黄的叶子，都泛着深浅不一的紫色。垂序商陆上挂着五颜六色的浆果，每一颗浆果上圆柱形总状花序的颜色都有所不同，从绿色到深紫色都有，有六七英寸长，优雅地朝各个方向垂着，引得鸟儿从各处飞来啄食。鸟儿啄下

美洲金丝桃
Kalm's St. John's-wort

浆果，留下的萼片竟也呈现出鲜艳的胭脂红色，阳光下耀眼夺目，绝不亚于红宝石的色彩——一切都已经熟透，呈火红色。正因如此，虫胶也是胭脂红色的。同一株植物上，有花蕾、花朵、青色浆果、熟透的紫色浆果和花瓣一样的萼片。

温带植被中呈现出的任何一种红色都能让我们倾心。红色是色彩之王，最为惹眼。而垂序商陆的色彩艳红如血——它要沐浴在最耀眼的阳光下，恣意地展示着自己的神采，一年之中的这个时节，定要把大家的目光吸引过来。8月23日的太阳在山坡上洒下暖暖的光，它的茎干也成熟了。那天，我走到了一座悬崖边，从它们美丽的花丛中穿行而过，它们六七英尺高，早早便成熟了。靠近地面的花朵呈现出深紫色，甚是靓丽，与绿色的叶片形成了鲜明对比。造就如此完美的植物，堪为大自然罕见的胜利，仿佛夏天只有它便足够了。它的成熟竟如此完美！如一人生，若非熟透，便不会凋谢枯萎，一直都是大自然的点缀。

要是我们也能像垂序商陆一样拥有完美的成熟，从根部到枝条，凋零之前仍能熠熠生辉该多好啊！我承认，垂序商陆让我有近距离观察一番的意愿。我砍下一根枝条做成拐杖，这样便能扶着它，倚着它了。我喜欢用手指挤破浆果，看着果汁染红我手指的感觉。这些紫色的浆果就像一个个直立的小酒桶，是落日余晖留下的色彩，漫射至周围。比起在伦敦码头清点酒桶的数量，欣赏这眼前的一颗颗果实是何等荣幸的事！由此可见，在大自然中，并非只有葡萄能酿制美酒。诗人们曾咏诵过葡萄酒——是外国植物制成的，而诗人们根本没见过这种植物——好像他们吟唱中的果汁比葡萄中的还多。实际上，垂序商陆也被一些人称为美国葡萄，尽管它是美国本土植物，但很多外国酿酒者都在用它调和葡萄酒的色彩。这样说来，不入流的诗人歌颂的可能正是垂序商陆，只是他们自己不知道罢了。若是你愿意，这里有足够的浆果让你描绘西边的天空，也够你对月独酌。它红色的茎干便是极好的长笛，在花儿的舞会上尽情吹奏！它真的是高贵的植物啊。我可以一整晚都在垂序商陆的茎干之间，任思绪飘飞。或许，这些根茎之中还会有新的哲学学派或诗歌流派诞生呢，因为整个九月，它都不会凋谢。

在八月末，须芒草也到了最美的时候，让我很感兴趣。有大须芒草，有小须芒草[1]（学名：*Andropogon scoparius*），还有印第安落芒草（学名：*Andropogon nutans*）[2]。大须芒草比较高，有细长型的草杆，三到七英尺高，顶部的穗伸出来四五支，像紫色的手指一样；小须芒草也是又细又长的，一簇一簇的，约两英尺高，一英尺宽，茎干通常会有些弯曲，抽穗的时候，便一下长开了，成了白色毛茸茸的一团。在干燥的沙地上和山坡上，这两种草的身影随处可见。暂且不说它们美丽的花朵，光是细长的茎干，就泛着紫色的光泽，昭示着又到了一年之中成熟的季节。或许是因为农夫从

① 现归为裂稃草属。

② 即蓝刚草。

不正眼看它们，它们又生长在贫瘠的黄土地，我才会对它们多一些同情吧。这些草是深紫色，如葡萄成熟时一般，散发出来春天从不曾见过的成熟韵味。只有八月的骄阳能够给它们的茎干和叶片染上如此有鲜艳的色彩。很久之前，农夫就会去高地割下干草，不会自降身份带着镰刀，收割纤细的野草，况且野草之间还稀稀落落地开着花，这一丛那一丛间还总有裸露的沙地。我从一簇簇小须芒草中走过，踩在沙地上，沿着灌木丛漫步，每每认出这些同时代的单纯生物，总会倍受鼓舞。我想割下一大丛，“占为己有”，也想用马拉耙子直接刨出来，堆成一垛，或许耳朵灵敏的诗人已经听见我在磨镰刀的声音了。大须芒草和小须芒草是我最先能辨认出的两种，因为我不知道自己周围须芒草种的草有多少，而且我之前也只是简单地把它们看做草丛而已。它们紫色的茎干也像垂序商陆的茎干一样，看见它们时，我总会非常高兴。

八月结束之前，对于一个不想参加大学毕业典礼，也不想生活在封闭社会中的人来说，它们是多么好的庇护所啊！我情愿在“大田野”边界上的小须芒草丛中潜行漫步。这几个下午，无论我走到哪里，都能看见像路标一样的大须芒草，使我的思想走上比之前更有诗意的小路。

有的人可能会从一人高的植物上匆匆走过，虽然他会割下几吨这种植物，用它们铺满自己的马厩，或者多年以来还会用这种草喂牛群，但还是不能确定地说，他真的认识这种草。然而，如果他愿意多留心它们一点，可能就会被它们的美丽震撼。最卑微的植物，甚至是我们口中的杂草，都是在表达我们的某种思想或情绪，然而，它们多年以来却只是孤芳自赏！多年以来的八月，我曾无数次走在大田野上，可从未分清这些紫色的同伴。我曾从它们身边走过，也曾踏在它们身上，可它们一如既往地站起来，祝福我。美好的东西、真正的财富通常无须付出昂贵的代价就可得到，有时甚至还会为人所轻贱。天堂或许就是人们避之不及的地方吧。可谁能否认，被农夫轻视的须芒草，若能得到你的一点欣赏，便能感到一丝安慰呢？尽管我仔细观察过它们，它们身上确实有前几年积淀下来的紫色华光，可我仍可以说我之前并没有真正留心过它们。然而，现在无论我走到哪里，别的植物都很难再入我的眼了。须芒草是就是这个时节的统帅领袖。

沙地也是对八月骄阳催熟作用的认可，我觉得，沙地上飘动的细草也把沙地映成了紫色。这一片紫沙啊！这就是植物和大地的孔隙吸收了阳光的结果。所有的树液果浆都晒成了红酒的颜色。我们现在不只拥有紫色的海洋，还拥有了紫色的大地。

荒地上到处都生长着栗色须芒草、印第安须芒草和小须芒草，比大须芒草更难能可贵的是,(从两英尺到四五英尺高)它比同类，更有“玉树临风”的姿态，色彩也更鲜亮，很可能已经吸引了印第安人的目光。这种草叶片狭长，朝一边生长，紫色的圆锥花序微微低垂，开着黄色的花儿，仿佛芦苇状的叶片上立起的一面旗帜。这些鲜艳的旗帜正朝遥远的山坡走去，像印第安人一样，不是千军万马，而是单独的几支部队，或几支纵队散兵。它们美丽而鲜艳，是这种须芒草的领军人物，但其中很多，还没有被人类仔细观察过。我初次从它们身边经过，留意到它们的样子之后，那模样便深深地印在我脑海，一周都未能消散。它就像印第安酋长一样，临风伫立，最后巡视着自己心爱的狩猎场。

红 花 槭

大概到了 9 月 25 日，红花槭就开始成熟了。若是几棵大红花槭凑在一起，树叶变色就要经历一周左右的时间；若是单独的那几棵，很快就是一片鲜红色了。我发现，穿过草地后半英里的绿地林边，有一棵小红花槭，它的色彩非常鲜艳，“霜叶红于二月花”，夏日之花也不可与之相比，因此也更引人注目。经过几个秋天的观察，我发现这棵树树叶颜色变化的速度总比其他的要早一些，果实也要成熟得早一些。可能，这棵树开始变色，也就说明秋天到了吧。如果这棵树哪天被砍掉，我一定会非常遗憾的。我知道，还有两三棵这样的树生长在我们镇上的不同角落，可能就是这棵树的后代吧，它们都比其他树早熟一些，也可以称之为“九月之木”，要是我们能更用心一些，它们的种子可能也会和萝卜一样出现在市场上。

现在，这些红色的树丛大多生长在草地边缘，我在远处就能看到它们散落在山坡各处的身影。有的时候，你会发现沼泽边也有几棵小槭树已经变成了红宝石色，而周围的树都还都是绿色的，如此衬托之下，槭树显得尤为抢眼出挑。初秋的时候，你穿过田野，从旁边经过的时候，肯定会大吃一惊，因为这些书看起来就像是印第安人或其他樵夫华丽的营地，而你却浑然不知，它们是何时建成的。

个别红花槭已完全变成了猩红色，在其他绿叶树和常青树的映衬下，比整片树林不久之后出现的风景更让人难忘。试想，一整棵树就像一颗红色的大果实，充满了成熟的果汁，从最下面的枝条到最上面的树尖，每一片叶子都容光焕发，若是迎着太阳看则此景尤甚，这是多么美丽的景象啊！还有比这更引人注目的景色吗？要知道，这景色从数英里外就能看得到，甚至美到让人不敢相信自己的眼睛。如果这种美景可遇而不可求，只会出现这一次，那么它的样子就会被人们传颂，最终成为神话。

红花槭先于其他树木变色，更显得它卓尔不群，而且它明亮的色彩有时还能保持一两周不褪。每次看到红花槭，我都忍不住心下激动：周围尽是绿色的森林，而红花槭就像是飘扬在那片森林上的红色旗帜。为了近距离观察它，我甚至愿意偏离自己的路线，绕路半英里去到它的面前。在长满青草的山谷里，一棵红花槭就是最无与伦比的景色，周围整片森林都因它的存在而生机勃发。

或许，小红花槭永远都生长在某个幽谷的一端，任何道路都离它有一英里远，不见人烟。作为一棵红花槭，寒暑春秋，它忠诚地履行着自己的职责，从不曾有一刻放弃茁壮成长。经过几个月的稳定增长，槭树的美感达到极致，不会旁逸斜出，比春天的时候更得上天的青睐。红花槭从不曾挥霍自己的汁液，为流浪的鸟儿提供栖身之所。很久之前，红花槭便催熟了自己的种子，让它们随风而去，得知或许早有成千上万棵小槭树已在其

刺歌雀
bobolink
红花槭
red maple

他地方安顿下来，长势良好，它定会感到心满意足。叶子一直低声相问：“我们何时才会变红？”正值9月，人们纷纷出行，大家急匆匆地来到海边，到山巅，到湖岸时，谦逊的槭树却丝毫不曾动心，只待自己声名远扬——它如红色旗帜一样飘扬在山坡上，说明自己早先于其他树完成了夏日的工作，从如火如荼的夏日竞艳中脱颖而出。一年终了的时候，它最为勤勉，那时还没有人会注意到它。等它成熟的色调，鲜艳的色彩最终出现在远处那些无忧无虑的旅行者眼中后，就会把他们的思想从尘土飞扬的路上吸引至其所在的隐居之所。它，是名副其实的“红花槭（*Acer rubrum*）”，鲜明地展示了槭树所有的品行与美德。现在我们大概可以说能读懂它的名字了，或者说能明白为什么它的名字中带有“红（rubric）”这个字了——不是因为它的恶，而是因为它的美德也是猩红色的。

尽管所有树木之中，红花槭的猩红色最为浓烈，但最著名的还是糖槭，因此，米修在自己的《森林志》中，描写秋色的时候就没有写到前者。10月2日前后，尽管很多树木还是一片苍翠之色，但大大小小的糖槭已经到了最鲜艳的时候。在“萌芽之地”，它们一个赛一个地快速生长着，因此总会有某一株的猩红色最为纯粹。哪怕我们在远处，那棵糖槭绚烂的颜色依然能成功吸引我们的目光，赢得无数赞叹。到了树叶变色最快的时候，红花槭沼泽在周围一切事物中最为醒目，也最为靓丽。我所居住的地方，就有很多红花槭，而变色的时候，叶片就会呈现出不同的形态和色彩。大多数叶片还都是黄色，更多的是猩红色，还有一些是比猩红色更深的红宝石色，比普通的红色更浓郁。那边种满松树的山脚下，有一片混杂着松树和槭树的沼泽地，离山脚只有四分之一英里，在那里你不必关注树叶是否残损，只需把丰富鲜艳的色彩尽收眼底便好：黄色、猩红色、如火的红宝石色——橙红色系的各种颜色和绿色混杂在一起，形成了鲜明的对比。有些槭树叶依旧是绿色的，只有边缘稍稍泛黄，尖部略微显出一点红宝石色，仿佛榛子刺刺的边缘；有些槭树叶整片已经呈现出鲜亮的猩红色，两边无论怎样看都规整而精致，就像一样叶脉；还有一些并不是平常规则的样子，我稍稍转头，就看见略显粗陋的它们，还遮住了树干枝条，一片倚着一片，犹如黄色和猩红色的流云，叠在一起，团团相依，亦像飘飞的雪花，轻舞飞扬，被风吹得层层叠叠。这给季节的沼泽地，平添了不少美丽，即使没有其他树木的点缀衬托，也不会被人看成一大团同样的颜色挤在一起：每一棵槭树都有不同的色彩和色调，新月形的树顶也各不相同，彼此交叠。即便如此，在四分之一英里之外的画家，也无法把它们的颜色细致地描绘出来。

阳光明媚的下午，我穿过草地，径直朝一处缓坡走去。那时，我看到，正对着太阳的西方，约五十杆远的地方，露出了槭树沼泽的顶部，就在橙黄色山脊那边——槭树带大约二十杆长，十英尺宽，有最浓郁最鲜明的猩红色、橙色和黄色，绝不逊于任何鲜花或浆果，可堪与所有调和出来的色调相比。我继续往前走，踏上这片美景前奏的山脊——它也是这幅图景的底框：美景渐渐在眼前铺展开来，错落有致，仿佛这种色彩要从整条闭塞的山谷中溢出来一般。人们不禁会想，里长与镇上的神父们为什么不来领略如此绚丽的自然风光，感受槭树的高风亮节？恐怕是担心它们之后会带来某种危害吧。大片大片的槭树都变成猩红色的时候，我并不知道清教徒们在做些什么，不过肯定是不会在树林中做礼拜的，因为或许他们的教堂和马厩围栏都是用槭树做的呢。

榆　树

10 月 1 日左右，或再晚一些，是榆树在秋日里最美的时候。九月的艳阳天将榆树树叶烤成了黄褐色，就挂在公路上方的枝头上。这就说明榆树的叶子已经彻底成熟了。我在想，生活在榆树下的人们，他们的生活是否也如此成熟。当我低头，俯视着两旁种满榆树的街道时，它们的形态和一堆堆渐渐变黄的榆钱不禁让我想到，丰收之景仿佛真的已经径自悄悄来到了村中，终于农民们的思想中或许也能透着些成熟的味道。一树明黄色的叶子沙沙作响，即将随风飘落，落在行人的头顶上，这岂是幼稚浅薄之思想、行为可比的？有一栋房子周

欧洲野榆
field elm

围种植着六棵大榆树，如同华盖遮住了房子，站在房子里，我仿佛站在某个成熟的南瓜中，虽然我身上的纤维和南瓜籽可能更多些，但我仍然觉得自己便是芳醇甜美的南瓜瓤。与美国早熟的金黄色榆树相比，英国榆树迟来的绿色仿佛像过了季节的黄瓜一样，怎么竟连自己成熟的时节都不知道？大街上到处都呈现出一派丰收的景象。仅仅是为了看看这些树秋天的样子，就值得春天时费力栽种下许多。想想吧，我们头顶和房屋上方雍容繁丽的黄色华盖，或者说是阳伞，竟绵延几英里，使得整个村庄连成一片，成了紧凑的榆树苗圃，同时也是人类生长的温床！榆树的叶子随风轻轻飘落，不为人知，任阳光适时照进来，落在屋顶和街道上的时候，不知不觉。就是这样，村子里的华盖便悄无声息地合拢了！我看见商贩驾车带着他收获的庄稼驶进村庄，消失在榆树华美的顶盖之下，仿佛走进了大粮仓或谷仓。我不由地跟了过去，整理自己的思绪——现在，我的思绪已经干燥成熟，可以脱离外皮了，可谁知道呢！我可以预见，外皮太厚，而思想太少，像糜烂的猪食，只能当饲料——毕竟，一分耕耘，一分收获。

落　叶

10 月 6 日之时，秋风萧瑟天气凉，草木摇落露为霜，几场霜降和秋雨之后，无边落木飘零而落，鼎盛之秋，万事摇落的时候，却往往要从 16 日开始。16 日前后的某个清晨，迎接我们的或许是一场前所未见的霜冻，连水泵里的水都结了冰。这时，晨起秋风渐疾，霜景催危叶，木叶萧萧而下，却也纷纷扬扬，悠悠荡荡。忽然之间，大地仿佛铺上了一层厚厚的被子或毯子，微风习习，甚至在无风的天气里，树下落叶的形状范围与树冠相差无几。有些树，就如小山核桃树，仿佛顷刻间，整棵树上的叶子都飘落了，就像士兵看到信号之后把武器放在了地上。山核桃树的叶子，虽然已经零落凋谢，可依旧是鲜黄色，反射着地面上辉煌的光彩。秋日的权杖第一次用力一挥，只见落叶自四周飘落，发出秋雨一样的声音。

或者不如说，秋雨连绵的时节，尽管糖槭的树叶依然坚挺，不会随雨凋落，但我们仍能看到，一夜之间，榈庭落叶之多，不可计数。街道上覆满了秋雨一夜的战利品，榆树的落叶铺就了脚下棕褐色的人行道。晚秋时节，风和日丽的日子过后，我才恍然觉得已有些日子没有霜露或秋雨了，大概不是别的，应该是小阳春不同寻常的高温催得树叶飘摇。突如其来的热气加快了树叶成熟的脚步，也让它们一下便憔悴了。和煦的日子里，桃子还有其他水果也随着树叶一起成熟了，纷纷落在地上。

红花槭的树叶迟迟才落下，依旧色彩鲜艳，红宝石色的叶子落在满是黄叶的地上，星星落落，点缀着大地，如野苹果一般——不过红色的树叶落在地上，一两天也就会没了色彩，若是下雨，颜色褪去得就更快一些。我走在堤道上，两旁尽是树木，它们华丽的外衣已经褪去，光秃秃的，如青烟弥漫各处，可一边的地上，落叶仍如之前一样鲜亮，静静地躺在地上，形状和前几日还在树枝上规整的样子毫无差别。其实我更觉得，这是我第一次看到树木平整地躺在地上，仿佛永远不会褪去的彩色树影，引得我们总要朝它们曾经倚靠的树枝看过去。壮丽堂皇的树木把自己明亮的斗篷铺在泥土之上，女王走过，都会骄傲不已。我看到马车从落叶上驶过，像是阴影或倒影，而车夫似乎根本不曾留意，之前不曾注意那些树木，现在也不会注意这些树影。

筑在佳露果树上、灌木丛中和大树顶端的鸟巢，此时早已落满了枯叶。落叶纷纷，在树林地面铺了厚厚一层，松鼠追着树上坠落的松果，总要弄出些动静。男孩子们都在街上耙落叶，干净松脆的声音总能给他们带来不少快乐。还有些男孩子认真仔细地打扫着街道上的叶子，之后便站在那里，等着秋风吹过，吹下新的战利品。沼泽地上也落满厚厚一层树叶，其中的亮叶石杉突然之间显得更苍翠了。茂密的树林中，三四杆长的池塘上，总有一半覆盖着飘落的叶子。有一天，我费力半天寻找远近闻名的清泉却不得见，我还以为泉水已经干涸，后来才知道，泉水原来是完全被刚飘落的树叶遮住了。我把树叶拨到一边，看着下面的泉水，就像用亚伦之杖（Aaron’s rod）[1]敲击地面，引一泓新泉一般。沼泽边缘湿润的地面由于有了落叶的遮盖，看上去也像干燥的大地一样。我在测量一处沼泽的时候，本以为从一根横杆上可以迈到满是落叶的沼泽边，结果却一脚踩进一英尺深的水里。

[1] 亚伦（Aaron）是犹太民族最伟大的先知摩西的哥哥。摩西收到神的呼唤带领当时在埃及为奴隶的以色列人离开埃及到丰盛的应许之地。摩西推托自己拙口笨舌，神就把他的哥哥作为他的口舌，代替他发言。摩西和亚伦各自有一支手杖。在早期所行使的神迹用的是摩西手杖。直到后来，因为权力纠纷的问题，神使亚伦的杖开花，才有了“亚伦之杖”一词出现。

16日，秋风萧瑟，草木摇落。17日，我往河边走去，到金柳下自己的小船边，却发现完全被金柳的落叶盖住了，船底和座位上都是。满载着一船金柳落叶，我起航了，任它们在脚边沙沙作响。若是我现在把叶子清理干净，明日肯定又有一船新落下的叶子。我不曾把它们视作无用之物，随手清扫丢弃，反倒觉得它们恰好是适合铺在小船船底的稻草或草垫。等驶到阿萨贝特河的河口时，发现那里树木繁茂，却仍有大片大片的落叶飘在河面，如一艘艘战舰，留出抢风航行的空间，只待一朝出海。可在稍远处，靠近岸边的地

木雕水龟
wood-turtle

方，落叶可比泡沫密集一些。岸边长满了桤木、风箱树和槭树，落叶聚集在树下，也落于树间，还把约一杆长的水面完完全全遮住了。落叶依旧轻盈干燥，还未浸透水，纤维也还没有消解。晨风吹过，把落叶吹到一个岩石嶙峋的水湾，它们就在那里聚集停留，有时还会形成新月形，很宽，而且叶子很密集，飘满整条河。我调转船头，往叶子那边走去，碧波荡漾，水面上的树叶一片叠着一片，彼此摩挲，窸窸窣窣，听着真是让人舒心惬意！通常情况下，唯有落叶起伏，才能露出叶子下的水面。还有，木雕龟的动静也藏不住，因为总有沙沙的声音暴露它们的行踪。秋风乍起，我甚至还听得到河流中部的河面上落叶随风而动时那种簌簌的声音。再往上游行船，河流形成的漩涡中，落叶慢慢旋转，仿佛是蹭着“倾斜的铁杉”——那里的水很深，水流总是会冲向河岸。

晴朗天气的午后，趁着水面波澜未起，尽是倒影的时候，我便泛舟而上，沿着河流干流慢慢行船，拐入阿萨贝特河，来到某个安静的小水湾，不料一下却被无数落叶围住了——它们大概和我有一样的打算吧，正无所事事，想寻些消遣罢了。落叶之舟闲散地停在各处，我们就在这支伟大的舰队中行船而过。水平如镜的河湾上，太阳把每一片落叶的叶边都晒得卷起来了，每一条叶脉都僵硬得如同云杉木节一样——像兽皮做成的船只，各式各样的，或许冥府渡神的船也在其中呢。有些小船的船头与船尾高高翘起，如古人高贵的月亮船，在

北美风箱树
common buttonbush

缓缓的水流中甚少流动——就像无人可比的舰队，也像中国密集的船市，你驶入如纽约或广州这样繁华的贸易中心，便一下也和那些船混在一起，共同前行。每一片树叶都那么轻柔地浮在水面上！虽然飘落在水面的瞬间，它们的心脏难免颤抖悸动，但此后一直被温柔对待，从未经历过什么波澜。丑鸭和毛色亮丽的林鸳鸯一起，总会浮在飘满各色落叶的水面上，或划水而过——而树叶也成了更为尊贵的三桅平底船！

如今，沼泽地中竟有这么多有益身心健康的草本饮品！腐败的落叶竟能散发出如此丰富浓烈的药草香气！雨水滴落在干枯不久的药草和树叶上，涨满了落叶堆积的池塘和水沟，毫不拖泥带水。在雨水的作用下，落叶很快就会变成茶——绿茶、红茶、发酵茶和黄茶，一应俱全，茶香浓郁的程度都不一样，足够让大自然中的一切品评一番了。无论我们是否会饮用这些茶叶，它们的醇香渐渐散去之前，落叶都会一直在大自然的铜器上烘烤干燥着，呈现出各种各样纯粹而精致的色调，或许还能和“东方茶叶”相媲美呢。

大自然中有这么多树，可栎树、槭树、栗树和桦树却混杂在一起，让人辨别不清！但大自然并非只是随意地把它们拼凑在一起，作为最称职的农夫，它把这些树都保存起来了。想想吧，这样一来，大地每年必定都会收获颇丰！落叶给全年带来了大丰收，是任何谷粒和种子都无法比拟的。之前，树木从大地中汲取了太多营养，现在便到了它们的回报时刻。它们挥洒落叶，任落叶堆积，越来越厚，以深化土壤。大自然就是用这种美好的方式获得自己的养料的，而我跟某个人讨价还价买养料的时候，别人总会跟我讲硫黄价高，舟车费钱。树叶的腐烂让我们所有人都变得更为富足。比起英国草叶和玉米谷物等，我对落叶的产量更为关心，因为它为之后的玉米地和森林孕育了松软的原始土壤，肥化了整片大地，我们的家园因此而自始至终肥沃着。

若论起落叶的纷繁之美，世间没有哪种庄稼可与其相比。谷粒只是单纯的黄色，而落叶却会呈现出所有已知的色彩，就连宝蓝色都概莫能外：槭树早早便羞红了脸；毒漆的猩红色昭显自己的罪恶；桍木呈深紫红色；杨木透着铬黄色；佳露果则呈现出鲜艳的红色——这些色彩装点着大山，也映在山羊背上。看那秋霜落在树叶上，伴着秋分那天的轻叹和地轴的吱扭声，树叶簌簌而下，如落雨一般！因为多彩的落叶，大地也披上了霓裳。但落叶仍生活在土壤之中，以提高土壤肥力，增加土壤层厚度，此外，它们也存在于土壤孕育的森林树木中。为了在接下来的几年中成长，为了离蓝天更近，在微妙的化学作用下，树木的汁液一直向上顶，树苗尖上的第一批果实便会掉落，最终变质，零落成泥碾作尘，在许多年之后，这棵树长成森林之王时，它还能装饰加冕的王冠呢！

踩在清新、松脆的落叶上，总能听到沙沙的声音，让人舒畅惬意。它们走向坟墓的姿态是何等优雅！它们躺下来准备化为沃土时又是多么温柔！它们身上有成千上万种色调，是滋养我们的温床。它们接二连三地走向自己最后的安息之所，轻盈活泼，没有穿着素衣，反而是带着欢喜的心情落在地上，尽情选择空地上的某一处躺下，不必有铁栅栏，只在林中相互低声传递着消息——有些树叶会落在

东美毒漆
poison sumac

人类长眠的地方，慢慢腐化，与其融为一体。风舞蹁跹，不知要旋转多少次它们才能最终安静地躺在自己的长眠之地啊！它们曾向着高空飘飞而去，现在却心满意足地归于尘土，低调地躺在树根处，心甘情愿地接受腐化的命运，为新一茬树叶的生长和飘飞提供养分！它们教会了我们如何面对死亡。我们不由会想到，是否有一天，人们也能带着对永生不朽、引以为豪的信念躺下来，成熟而优雅——晚秋风柔日暖的平静感将笼罩着他们的身躯、头发和指甲。

秋叶飘落，大地变成了一片公墓，走进这里便会觉得神清气爽。我喜欢走在墓间，静静怀念秋天的落叶。这里没有谎言，也没有浮夸的墓志铭。就算奥本山（Mount Auburn）墓地没有你的一席之地又如何？这一大片公墓自古以来便被奉为神圣之所，你的墓地肯定就在其中。这里辽阔空旷，你不必通过拍卖会竞拍便可以得到这片地方。珍珠菜会在你化为泥土的身体上绽放，田雀鹀也会在你身体上方歌唱。樵夫和猎人就是你的教堂司事，孩子们可以随性地走来走去，自得其乐。让我们迈步走在秋叶的墓园中——这里才是你真正的“绿林公墓”（Greenwood Cemetary）。

糖　槭

可不要以为这一年的美妙的景象至此就告一段落了。绿叶一片不是夏，落叶一枚难说秋。早在 10 月 5 日，我们街上最小的糖槭就已展露出倾城之姿，绝代风华绝非其他树可比。远望主街时，虽然糖槭树的树叶还是绿色的，但它们就像油彩画就的屏风，站在各家各户门前。而现在，大约也就是 10 月 17 日前后，几乎所有的红花槭还有几棵银白槭都已变得光秃秃，而高大的糖槭风采依旧，树叶或红或黄，呈现出的色调明亮而精致，令人意外。糖槭树因色彩的对比而出名，通常一半是羞怯的红色，另一半则还是绿色。最后，一团团展露在阳光下的糖槭树叶都会变成浓郁的黄色，捎带着一抹猩红色，或绯红色。这时，它们便是街上最光彩照人的树了。

公园中的那几棵高大的糖槭尤其美丽。这几棵糖槭树身上披着的大多是雅致的雌黄色衣衫，比金黄色更温暖人心，边缘还能见到一抹猩红色。然而，日落之前，我站在公园的东边，看着西斜的日光照在糖槭树叶上。暂且不说它们身上的猩红色，光是那种黄色与附近榆树树叶的柠檬黄相比，一瞬间便可堪与猩红色相媲美了。糖槭树上的叶子一般是一团团呈椭圆形凑在一起，这团是黄色的，而那一团则是红色的。晚秋风和日丽的时节，糖槭的叶子仿佛将太阳所有的和煦温暖全都尽数吸收。最靠下的树叶和靠近树干的树叶还是鹅黄色或嫩绿色的，就像大门不出二门不迈的年轻人的肤色。今天，公园里举办了一场拍卖会，可拍卖会红色的旗帜与橙红烈焰混在一起，反而叫人不易发现了。

镇上的老年人从遥远的他乡把这些树顶被砍掉、只留下树干的木头带回来栽种时，肯定不曾想见，糖槭有一天竟会如此绚丽辉煌。我还记得，糖槭刚被移植到这里时，附近一家商店的店员还在它们周围种上了大豆，以此嘲笑这种树。当时，糖槭被戏称为“豆秆”，而如今却已成了城镇街道上最亮丽的风景线。尽管种植糖槭时，有位行政委员因感染风寒而离开了人世，但十月一个接一个走过，糖槭毫不吝惜自己浓郁的色彩，任孩子们随意欣赏，这也算是惠泽后世了。秋日里，糖槭为我们带来了如此美景，我们便也不会强求它们真的在春天里能产出蜜糖。家族的财富或许是由少数人承袭，但公园里糖槭的美却可为众人欣赏，不论亲疏。所有的孩子都能在丰收的金色世界中尽享糖槭的美丽。

到了十月，树木总会给小镇带来旖旎之色，因此理应种满大街小巷。可我却略有迟疑，人们是否曾征询过“树木协会”的意见。难道你不觉得，在槭树下长大的孩子们总会有些与众不同吗？千百双眼睛将槭树的色彩尽收眼底，哪怕是逃学的孩子也会被槭树老师吸引住，驻足树下，接受教育。实际上，无论是逃学的孩子还是勤奋的学生，都在学校中学不到有关色彩的内容。鲜艳的色彩在孩子们看来只存在于药剂师的商店和镇上每家每户的窗户上。真是遗憾啊，镇上的街道现在已经不见红花槭的踪影，就连山核桃也少了一些。这样想来，我们颜料盒中的颜色可真是匮乏啊。或许我们要做的不是在颜料盒中调和出所有色彩，或者说比这件事更重要的，是让年轻人接触大自然的缤纷斑斓。有了这些便利条件，年轻人哪还用去别的地方学习配色？又有哪所艺术学校可与大自然相比？想想，各派画家、布匹及纸张生产商、纸张染色师和其他无数人，不都得益于秋天丰富的色彩吗？纵然文具店中的信封五颜六色，可若是与树叶颜色的丰富程度相比，还是逊色一筹。如果你想看到某种颜色的明暗变化或色值变化，只需要往远处看就可以了，不必在意周围的树或者树林。树叶并不是在染坊浸泡了某种燃料而染成的，而是或明或暗、或强烈或微弱的光线的杰作，沐浴在这种阳光下，只需要固色晒干就可以了。

我们那么多颜色的名称还要继续缀上外国的地名吗？就像“那不勒斯黄”、“普鲁士蓝”、“锡耶纳黄赭”、“翁布里亚熟褐”还有“柬埔寨藤黄”那些——（当然，现在古提尔紫这个名字已经渐渐淡出人们的视野）——有的还会沿用商品名称吗？就像“巧克力色”、“柠檬黄”、“咖啡色”、“肉桂色”或者“酒红色”之类的。（我们这到底是把山核桃树比作柠檬还是把柠檬比作山核桃树

银白槭
silver maple

呢？）——其他的还会继续照搬罕见的矿石或氧化物的名字吗？要是想邻居描述我们见过的某种物体的颜色，我们是否可以不用周围的某种自然物体来描述，而是用地球另一端某处取来的土壤来打比方呢？也许邻居们会在药店里看见这种东西，但也有可能我们谁都没见过。我们谁又不是以天为盖，以地为庐呢？还是到最后，一切都是群青色吗？我们对天蓝色、水晶紫、祖母绿、宝石红、琥珀色之类的颜色了解多少？——大多数还不是随便妄称而已吗？就把这些阳春白雪的词留给橱柜制造商、艺术鉴赏家、伴娘，或者印度富翁、穆斯林贵妇、印度斯坦[1]或其他地方的上层人士使用吧。我不明白为什么，既然美洲大陆已尽染秋色，既然美国树林中秋天的色彩如此丰富，为什么在为颜色命名方面还是不能与宝石相提并论呢？实际上，我认为，随着时间的推移，乔木、灌木、花朵的名字都会成为人类广受欢迎的色彩名称。

1 即现在的印度。

然而，比起了解颜色的名字和特征，更重要的是这些彩色的树叶能带给人们的喜悦与兴奋。树木光华横溢，如今遍布镇上的街道，亭亭如盖——一年一度的节庆假日会持续一周左右，岁岁如此。这样的喜庆日子开销不大，但淳朴真挚，每个人都可尽情享受其中，而且不必派出专门人员或动用警力维持秩序。至于这场展示的安全问题实在无须担心，因为赌徒和朗姆酒卖家自然不会注意到这种美景，所以也就不需要耗费特警资源维持秩序了。可惜，新英格兰村庄街道上可没种植着槭树，因此十月里便看不到这样的景色了。十月的盛会不用烟花，不用鸣钟，每棵树都是活生生的自由旗杆，挂着数千个鲜艳的彩旗，迎风飘扬。

难怪我们每年都要举办家畜博览会、秋季培训会、康沃利斯展览会和九月展览会之类的。到了十月份，大自然自己不也要举办一年一度的博览会吗？不只街道是它的展台，每一条山谷和每一片山坡都是它的展厅。最近，我们走到红花槭沼泽的时候，发现那里有一片色彩如烈焰般闪耀：每棵树都换上了最灿烂夺目的外衣，这是在暗示我们什么呢？是外衣下有一千个心花怒放的吉普赛人，还是传说中的神鹿、希腊神话中的半兽人、森林中的女神又出现了？难道这是我们想象出来的？是疲倦的樵夫或前来视察土地的地主聚在一起？还有，九月的日子，细小的尘埃漂浮在空中，我们泛舟而过，难道不是看到波光粼粼的河面下似乎有什么不同寻常之事——至少是海贝壳[①]动了吧——才引得我们划桨过去赶紧查看一番吗？看两边河岸上那一排排黄柳和风箱树，不就像一排排展位吗？树下的河水中，或许还有一些鸡蛋大小的柳黄色东西在雀跃呢。这一切不正是在告诉我们，人的精神境界应该和大自然的同处一个高度——亮出自己鲜艳的旗帜，用无可比拟的欢欣愉悦结束自己循规蹈矩的生活吗？

① 原文为“Props”，是马萨诸塞州的一种游戏，用贝壳代替骰子。

每年的军事训练或士兵检阅等活动以及肩章授予或军旗颁发等仪式的壮观，都不及每年十月秋季带给城镇的百分之一。我们只是栽种了树苗，或勤于培土扶正，可大自然却带来了多彩的帷幕：那边是自然共和国的彩旗，我们从榆树的凯旋门下走过时，有些暗语甚至连植物学家都读不懂。无论周围各州是否也是如此，我们都应该让自然确定璀璨绚丽的日子，若是牧师们能理解大自然的宣言，那就交给他们来解读吧。快看，忍冬有着多么鲜艳的色彩啊！你觉得哪个热心公益的商人会出资赞助这部分展览？现在，葡萄藤已经爬满了某些房子的整面墙，再没有别的墙面板或墙面漆比这更写意畅达、玉树临风了。我觉得，就算永不枯萎的常春藤也不能与其相媲美，难怪伦敦要大量引进葡萄藤了。哎呀，那我们还是多种些槭树、山核桃树和猩红栎吧。燃烧吧！难道枪械室中那卷脏兮兮的旗布就是村子里所有的色彩了吗？若是没有应季的树木，那么这个村庄就是不完整的。树木的重要性绝不亚于镇上的大钟。没有应季树木的村庄无法顺利发展，就像大钟缺了螺丝或某个关键部件而无法正常运转一样。唯愿我们春日观柳，夏日看榆，秋日观赏槭树、胡桃树和蓝果树，冬日欣赏常青树，而一年四季均有栎树陪伴。街道便是商贩驾车驶过的画廊，无论是否有商贩穿行其中，这景象又岂是室内画廊可比的？当然，日落时分，站在榆树下向西边望去，景色之美绝不是国内任何一家画廊可以相提并论的。榆树就是大型画框，其中绘制的图景每天各不相同。我们最宽阔的街道两旁种满了榆树，长三英里，仿佛道路尽头是某个桃源美地——尽管不过是“C”形地带而已。

村子就是需要这些纯粹的刺激，明亮而愉悦的景色，总能驱散忧伤与迷信的阴霾。如果有两座村庄，其中一座种满了树木，十月里芳华尽显，耀眼夺目，而另一座则尽是荒凉萧瑟之态，顶多有一两棵树，还是让我们自行了断的，那么我敢说，最穷苦也最顽固的宗教狂徒和最无可救药的酒鬼一定是住在第二个村庄中。在那里，洗衣盆、牛奶桶、墓碑都暴露在光天化日之下，村子中的人也会突然消失在谷仓或房子后面，就像生活在荒漠中的阿拉伯人消失在岩石之间一样——看来，我也得小心他们手中的长矛。他们听信最沉闷空洞也最孤苦寂寞的教条——仿佛世界正在迅速走向灭亡，甚至已经消亡，因此他们自己也不得不自暴自弃，苟且偷生。可能他们还会互相击碎对方的关节，还会将这个称为“精神交流”呢。

言归正传，还是继续说槭树吧。如果我们把种植槭树时所用的一半精力用来保护它们——而不是愚蠢地把马儿拴在大丽花花梗上，又会是怎样的景象呢？

槭树无须维护修葺，也不用补漆喷绘，自身成长便可以不断“扩建修复”，先辈们为何要将这完美的植物机构建在教堂前面？当然，它们

在略带伤感的真诚之中筑就；

始终无法离开上帝；

它们比自己料想中的更茁壮；

心性灵巧的树木愈发美丽。

诚然，槭树与胸无点墨的牧师一般无二，永居于此，接下来的半个世纪、一个世纪，唉，甚至是接下来的一百五十年，都在布道说教，涂油越来越厚，影响力也越来越大，帮助了一代又一代人。而我们能做的，就是它们日渐式微时，适时找来合适的伴侣。

猩 红 栎

栎树最美之处便是它叶子的形状，我觉得相较于其他品种，猩红栎的叶子色彩更丰富，轮廓更不羁。我这么说并非空穴来风，而是通过对十二种栎树的观察和对其他栎树相关画作的欣赏推断出来的。

站在猩红栎树下仰望，可以看到高挂在树枝上的叶子，在天空的映衬下显得尤其精致——仿佛从中间主叶脉伸出去的只有几片小叶而已。看上去像是十字架叠在一起一样——或许是两个十字架，也可能有三四个。有些栎树的叶子呈扇贝形，但要更平一些，比起这些叶子，猩红栎的叶子更多了几分缥缈柔美。

它们并不会长成枝繁叶茂的样子，迎着阳光看过去，叶子仿佛就已融化不见，几乎不会影响视线。刚生长不久的小树，它们的叶片的轮廓更完整、更规律也更单一，和其他种类的高大栎树一样，可这些老树上冒出来的新树叶，却非常茂密繁盛。树枝越长越长，越来越纯洁，每年都会褪去一些世俗气息，与阳光越来越亲密——最后，它们身上的泥土之气几乎消失不见，可尽可能领悟天空的召唤，并将之传播开来。它们手牵手，肩并肩，在阳光的照耀下翩翩起舞——轻快地跟随着美妙的节奏，和同伴一起在空中礼堂跃动着。它们身姿婀娜，容光焕发，与阳光亲密无间，最后你根本分不出来到底是叶子在跳舞，还是阳光在跳舞。可若是西风未起，它们顶多只是森林之窗上动人的装饰罢了。

一个月之后，猩红栎的树叶落在森林地上，在脚下厚厚堆积了好几层，看到这番景象，我的心再一次为之倾倒。层层叠叠的落叶，上面的呈现出棕色，下面的则是紫色。树叶的裂片很窄，呈扇贝形，轮廓鲜明，几乎能达到叶片中部的位置，这说明要么造就它们的材料质量不太好，要么就是创造的过程中用料太多，最后不得不放弃一部分才行。或者我们可以把猩红栎的树叶看成是比着刚模切割后留下的那部分。看它们一片叠着一片躺在地上，我难免会觉得自己看见的是一堆破铜烂铁。

或者不妨拾一片猩红栎的叶子带回家，空闲时坐在炉火边仔细观察一番。它像是某种字体，并非来源于牛津字体或巴斯克字体，不是那种瘦长型的字体，也没有在罗塞塔石碑[1]上出现过——若是哪天我们当地也有了开凿石头的营生，这种字体注定会被用在石碑上。它们曲线曼妙，角度优雅，这种轮廓带着一种恣意，是多么令人愉悦啊！看着宽大、自由、对外敞开的豁口，看着瘦长、尖锐、毛刺突出的裂片，无论是具体的叶片还是裂片之间空缺的部分，都

① 罗塞塔石碑（Rosetta Stone），高1.14米，宽0.73米，制作于公元前196年，刻有古埃及国王托勒密五世登基的诏书。

让人赏心悦目。若是把各个裂片的端点连在一起，就能勾勒出一个包含所有裂片的椭圆形。可这个并不是单纯的椭圆形，因为猩红栎的树叶有六个深深的扇贝形结构，总是能吸引观察者的目光，令其有所思考！我若是美术老师，必定会让学生们临摹这些树叶，学生们可能就知道什么是下笔如有神，画作也能更优雅一些。

若是把猩红栎的树叶看成一片水域，那它就是一片湖泊，左右各三个，一共六个宽阔的圆形海角几乎延伸到湖泊中部，而水湾则向外延展，像突然转弯的河口，而且每个河口都有几条涓涓细流——完全就是“绿叶群岛”。

然而，猩红栎的树叶更容易让人想到陆地，就好像狄俄尼索斯[1]和普林尼[2]说摩里亚半岛[3]的形状像法国梧桐树叶的形状一样，猩红栎的树叶总会让我想到大海之中某个美丽的荒岛——它的海岸线绵延蜿蜒，圆形海湾交错，有着平缓的滨海地带，海角上的岩石众多，尖锐嶙峋——这说明海岛适宜人类居住，注定终有一天会成为文明的中心。水手总觉得这样的海岸线太过曲折崎岖，可实际上，那不正是想象中的海岸线吗？风卷海浪总会侵袭过来。看着猩红栎的叶子，就算我们不能变成北欧海盗、西印度海盗或美国海盗，我们也都能化身水手，这样，我们对宁静的向往和我们的冒险精神便都能有寄托之处了。在我们最不经意的时候，可能会觉得，要是能绕过那些尖锐的海角，我们就能在宽阔的水湾找到深邃、平静、安全的天堂。猩红栎的叶子上仿佛有海岬，却不用建造灯塔，这与白栎的树叶相比，真是大不相同啊！这是历史悠久的英格兰，待人欣赏。这是杳无人烟的处女地，就像是纽芬兰岛或者西里伯斯岛[4]。不如我们去那里做酋长吧？

10 月 26 日前后，在其他栎树的树叶都已经枯萎的时候，猩红

① 狄俄尼索斯（Dionysus），古希腊神话中的酒神。

② 盖乌斯·普林尼·塞孔杜斯（Gaius Plinius Secundus），常称为老普林尼，古罗马作家、博物学者、军人、政治家，以《自然史》一书留名后世。

③ 摩里亚（Morea），中世纪和近代初期希腊伯罗奔尼撒半岛的名称。

④ 西里伯斯岛（Celebes），苏拉威西岛的旧称，是印度尼西亚东部的一个大岛屿。

法国梧桐
oriental plane

栎反而迎来了极盛时期。此前一周，它们一直想努力让自己燃烧起来，现在基本上已烧成熊熊大火。当地落叶树之中山茱萸除外，因为我认识的山茱萸不超过六种，它们不过就是大簇大簇的灌木），独独猩红栎裹着最耀眼的红装。从时间上看，有两棵山杨、一棵糖槭和猩红栎变红的时间差不多，但它们的叶子大部分都掉了。这个时候，常青树中也只有刚松还苍翠欲滴。

猩红栎树分布广泛，如果你平时并不注意周围的变化，那就得刻意留神，才能欣赏到它那种姗姗来迟却出人意料的美。我这里指的并不是小乔木或灌木——这些树已是屡见不鲜，而且现在也已经都是枯枝残叶的样子，我说的是高大的乔木。很多人都觉得萧瑟、无趣的十一月已经到来，所以走回家就会关上房门，却不知最鲜明耀眼，也最令人难忘的色彩还在酝酿中。

这一棵猩红栎约四十英尺高，生长在空旷的草地上，完美、茁壮。12 日时，它还透着绿色的光泽，可现在到了 26 日，就完全变了样子——每一片树叶，你与太阳之间的每一寸，都仿佛浸在绯红色的染缸中。整棵树呈心形，颜色也是艳红如血，难道这样的景象不值得等待吗？ 10 天之前，你根本想不到，这棵透着冷色调的绿树会呈现出这样的丹霞之色。周围其他树的树叶早已败落，而猩红栎的树叶还好好地挂在枝头，每一片似乎都在说："我是最后一个变红的，但我身上的红色却比你们深许多。我红色的外套殿后，众多栎树之中，我们猩红栎，绝不会认输。"

虽然现在已是十一月中下旬，猩红栎的汁液还在快速流动，仿佛春日里的槭树一般。很明显，在其他大部分栎树都已败落的时候，猩红栎依旧灿烂，和这种现象必然有关。它们充满了生机。我用小刀割开树皮，尝了尝猩红栎的汁液，和橡子的味道有点像，略微发涩却沁人心脾，像浓烈的"栎树酒"。

放眼眺望这片四分之一英里宽的林地山谷，松树将绚丽的猩红栎围在中间，看猩红栎那挂满鲜红色树叶的树枝与松树的树枝紧密交叠在一起！此时此刻，它们的绚烂已达到了极致。如果说猩红栎的叶子是红色的花瓣，那么松树的树枝便是绿色的花萼。要是我们沿着林中小路漫步，就会发现夕阳斜照的光拉得很长，照在猩红栎的树叶上，像是点亮了一个个红色的小帐篷，而帐篷周围则都是松树嫩绿色的树叶，好一派锦绣旖旎的景象。果然，没有了常青树的衬托，秋日的色调远没有现在这般丰富。

十月下旬晴朗明亮的天空方能衬托猩红栎的容颜，把它们的色彩淋漓尽致地展现出来。如果太阳躲到了云层后面，那猩红栎的树叶也就不那么色彩分明了。我坐在城镇西南边的一处悬崖上，看着太阳渐渐西沉，斜阳的余晖点亮了林肯那边的树林，就在我的东面和南面。在落日的光线下，猩红栎展现出了更加璀璨的风姿，远比我在树林中看到的更浓烈。东边和南边的猩红栎，彤彤如也，非常鲜艳，一直绵延到远处的地平线。隔壁的镇子中，有些猩红栎的高度已经超过了树林中的其他树木，好似大株的玫瑰花，无数花瓣精美绝伦。东边潘恩山（Pine Hill）上一小片乔松林中，生长着一些相较之下更纤细的猩红栎，它们靠近地平线的位置，在小树林边缘，与乔松交错出现。猩红栎穿着红色的外套与乔松站在一起，看上去就像穿着红色制服的士兵出现在穿着绿色衣服的猎人之中。如此，猩红栎仿佛也成了橄榄绿色。太阳即将下山的时刻，我才发觉，原来绿色的树林中竟有这么多穿着红色外衣的猩红栎。它们身上的红色如燃烧的火焰，鲜艳耀眼，我觉得，我每朝它们走一步，它们的光华便会褪去一分。因为远观时，眼前只是一片红色，看不到树叶层层叠叠间的明暗差别。猩红栎树叶反光之所以如此耀眼，就是因为它们所处的位置。每棵猩红栎都是红色的“光源”，落霞之中，它们身上的红色也随着最后的阳光而越来越深，越来越绚烂。我们不妨这么理解，猩红栎可也算作是借花献佛，它们映入你眼帘的过程中，可从阳光那里汲取了不少能量。相对呈殷红色的树叶就是红色最浓郁的地方，是整棵猩红栎的“着火点”，浓烈的猩红色或是红色迷雾或者说是这团火就从此处开始蔓延，每一缕空气中都蕴藏着它燃烧的燃料。这种红色是多么生机盎然。深秋时节，这一分这一秒，连围栏都映出了玫瑰红色的光，而你眼中所见的红色比树叶实际的颜色更艳丽。

如果你想数一数猩红栎的数量，就趁现在吧。晴朗的日子里，午后时分，站在树林的山顶上放眼望去，除了西边的几棵，基本上能将所有的猩红栎尽收眼底。就算你和玛士撒拉[1]一样可以活到龟年鹤寿之时，也可能一直不曾一睹它们的芳容。有时，哪怕是天气阴沉的日子，我也会觉得猩红栎如我晴朗之日所见的那般亮丽。向西看去，它们的色彩已经和身上散发的光芒融为一体；望向其他方向，则会觉得整个森林就像一个大花园，晚开的蔷薇盛放着，与绿色的植物交相辉映，而所谓的“园丁”正带着铁锹和水壶，走在蔷

[1] 玛士撒拉（Methuselah）是《圣经·旧约》里提到的族长，传说活了969岁。

薇花下，懵然不觉头顶的风景，只能看到枯叶中点缀着的几朵小巧的紫菀。

我花园中晚开的花儿，是我的翠菊[1]。我作为园丁，竟没出过一份力。覆盖整片森林的落叶，为我保护着花儿的根茎。无须深耕院子中的土壤，只要看看眼前能看到的植物，便有置身花园之感。再向远处望去，把整片森林看做一个大花园，其中盛放的猩红栎便是森林之花，斑斓绚丽堪称众花之首（至少槭树花开败之后是这样）！我不知道猩红栎在整片森林中的分布如此之广，而且十分均匀，它们确实比槭树更能令我怦然心动。它们坚忍耐寒，总的来说确实是一种更为高贵的树。十一月的日子里，我们主要能欣赏的花也只有猩红栎一种，它和我们一起，等着冬日的脚步渐渐走近，也为十一月初的风景平添了几分雪中送炭的温暖。令人

① 翠菊原产于中国，世界各地植物园都有引种作为园艺植物。

翠菊
China aster

瞩目的是，所有最近的色彩之中，明亮的颜色就应该是这种又深又暗的酡红色和大红色——它们也是所有色彩中最热烈的。猩红栎就像是一年到头熟透了的果实，如同是奥尔良岛上冷风中的红苹果，果皮略厚而且光滑，非得等到来年春天才能成了甘美多汁的样子！我登上了某座小山的山顶，尽览上千棵“栎蔷薇”，看它们分布在各处，有的甚至还站在远处的地平线上！四五英里外，我就能看到它们的绰约之丽姿！这迟来的森林之花绝对胜过春日、夏日的所有花朵。相较而言，春花和夏花只是罕见而美丽的斑点，只有那些走在最卑微的药草和矮树丛中的人才会凑近观察这样的花儿，远观的人根本什么都看不到。如今，我们每日穿过的森林，走过的山腰，都如一朵美丽的花儿在盛放。相比之下，我们的花园规模不大——园丁还在精心养育枯草之中点缀的紫菀，浑然不觉身边还有大型紫菀和蔷薇，这些他只消抬头便可瞧见的花儿，却根本不会分走他对其他花儿的照料之心。它们就像是描在浅碟子底部的红色颜料，迎着洒满落日余晖的天空。何不举目四望，看得更高更远些，不再藏身于某个“颓败的”角落，走到这座大花园中欣赏一番？何不放下几株凑在一起的药草，将整片森林的美在心中沉淀？

给自己的漫步之旅加点刺激吧：登山。要是你在十月末左右登山，无论是我们这个镇子周围的哪座山——或者你所在的镇子周围也行，俯视脚下的森林——都会看到我现在想要诉诸文字的景色了。若是你想看——若是你尽心去寻找它的身影，那你肯定就会看得到。否则，就算这种景象随处可见，比比皆是，你无论是站在山巅，还是置身谷地，你一生都还是感慨，在这个季节看到的林中景象无非就是萧索凋敝的样子，一片枯黄。有时，我们看不见某种东西，并不是因为它藏起来了，也不是因为它们在我们视线所不能及的地方，而是因为我们的心思和目光从不曾认真落在它们身上半分。说到底，眼睛只是一种器官，和其他胶状物一样，没有自己的思想。我们并不知道自己到底能看到多远多近、多宽多窄，正因如此，这个季节中大自然的万般情韵才没能真正走进我们的视线。就如同园丁只能看到眼前的花园，政治经济学亦是如此，供给量以需求量为基础。可大自然并不会明珠暗投，我们愿意接受多少大地上的美景，就有多少美景能进入我们的视线——不差分毫。所谓“横看成岭侧成峰，远近高低各不同”，不同的人从某座山上看到的景象必然与其他人看到的不尽相同。从某种意义上说，你往前走的时候，肯定能看到猩红栎。若非为某种事物神魂颠倒，魂牵梦萦，便不算真的看见了这种事物——一旦看见了，就也容不下其他了。行走在探索植物之旅中，我发现首先我先会想到某种植物，想到它的样子，就算这株植物离我如哈德逊湾一样遥远，只要我日日夜夜惦记着它，月月年年期盼着它，那么不经意间，我就会见到它。我之所以能发现二十来种我能叫得出名字的珍稀植物，全凭这一过程。一个人能看到的必然是让他惦念的。专心致志研究禾本科植物的植物学家定会醉心于自己的研究，分辨不出哪棵树是高大的牧场栎树也属正常。实际上，植物学家走在路上，可能难免也会把栎树踩在脚下，最多只会瞥一眼栎树的影子。我发现，在同样的地方，为了看到不同的植物，眼睛也要懂得发现不同的目标。比如，灯心草科植物与禾本科植物紧挨在一起生长时，我要一心寻找前者，必然会对后者视若无睹。如此不难想见，若是要学习不同的知识，我们的眼睛和大脑实在要留心太多！而诗人和自然学家看待食物的角度也是别出心裁！

带着新英格兰的行政委员登上周围最高的小山，让他更上一层楼，穷尽千里目——让他尽力远眺，戴上最合适的眼镜（啊，要是他愿意，就给他一副间谍眼镜也好）——之后，再让他写一篇详细的报告。那他可能会看到什么呢？——换言之，他选择看到什么呢？当然，他肯定会看见自己的光环：至少他会看到几座教堂，或者还会看到某个人拥有一块价值不菲的林地，所以比自己更富裕。现在，把尤利乌斯·恺撒或者伊曼纽·斯威登堡[1]，抑

[1] 伊曼纽·斯威登堡（Emanuel Swedenborg），著名瑞典科学家、哲学家、神学家和神秘主义者。梭罗在提到这个人时，使用的英文名是Immanuel Swedenborg。

灯心草
common rush

或一个费伊岛民带到刚才行政委员待着的山顶，或者把他们都一起带到那里，让他们随心观察，之后交流一下各自看到的景色。他们欣赏到的会是同样的景象吗？他们看到的景象必然不同，就像从天堂看罗马、从地狱看罗马与从地狱看费伊群岛（Fegee Islands）一样有天壤之别。我们要知道，对于已知的一切，也要放空低头，吐故纳新。

为何连捕捉沙锥或丘鹬这种无足挂齿的鸟儿都需要神枪手出马？那是因为神枪手深知自己的目标何在，知道自己要瞄准的是什么。若是只听别人说某处有丘鹬飞过，便盲目地朝天空放枪，那么神枪手射中的概率必然很小。打猎的道理也是如此。若只是空等时光从清晨到黄昏，不了解四季变化，不知道猎物出没之处，不认识鸟儿翅膀的颜色——不曾梦见过鸟儿的样子，那很可能空手而回，无功而返。实际上，他每一步都会惊得鸟儿飞走，哪怕是在空旷的玉米地上用双管猎枪放两枪，也还是打不中从空中飞过的目标。猎人会不断练习，不知疲倦地武装自己，认真观察，为捕获自己的猎物不断装枪上膛，做充分的准备。猎人会为此祈祷，也会献祭，所以便能捕获猎物。经过漫长的准备，猎人练就了敏锐的双眼、灵巧的双手，无论是醒着还是睡着，都充满希望。他带上猎枪，划着小船，追寻骨顶鸡的踪迹——镇上的大多数人无论在现实中还是梦中都没见过这种猎物。他迎着风浪划行几英里，走在齐膝深的水里，整日外出，废寝忘食，终于捕获了猎物。他出发时，便已是事半功倍，现在要做的就是把事情完成，把猎物完全塞进袋子中。真正优秀的猎人待在狩猎小屋的窗前就能为你捕获几乎所有猎物——否则要狩猎小屋的窗户和猎人的眼睛还有什么用呢？猎物终于飞下来，落在猎枪的枪杆上，可世界上其他的人看到的猎物却都是已经被拔毛处理过的。大雁从他头顶上飞过，边飞边大声鸣叫，而猎人则会朝烟囱不停开枪，好尽力把猎物打下来。此外，二十只麝鼠竟没有一只掉进他的陷阱。如果猎人仍存活于世间，狩猎情绪不减，那么天地万物很快便会让他失望不已，此后他也会对狩猎失去兴趣；等到他去世之时，他便会去到更宽阔，或许也更快乐的狩猎场。渔夫捕鱼与此如出一辙。渔夫会梦见鱼，看见梦中那个上下浮动的鱼漂，差点就能把鱼儿捉到水槽中了。我认识一个被派去采摘佳露果的女孩摘了一夸脱醋栗回来——大家都不知道那里长着醋栗，而那个女孩从前在家乡时便时常采摘醋栗，所以认得这种植物。天文学家知道星辰汇聚之处，当别人还在用天文望远镜寻找某颗星星时，这颗星星的样子他早已了然于胸。母鸡刨地找食，而鹰肯定不会这样做。

我之前提到的那些璀璨艳丽的树叶其实也符合这一规律，并无例外。我相信，所有的叶子在凋落之前都会呈现出更明亮的色彩，甚至是草叶和苔藓也是如此。若你能仔细观察每一株卑微的植物的变化，便会发现它们迟早都会呈现出自己独特的秋日色调，只是有早晚之分而已。每株植物都有自己独特的秋色，如果你着手制作鲜艳秋色的完整清单，最后总会发现，这张清单几乎与你家附近所有植物全目录一样长。

Chapter 9

野苹果

欧洲野苹果
European crab apple

苹果树的历史

苹果树的历史与人类的历史联系非常密切，这一点非常值得人们注意。地理学家说，蔷薇科生物，包括苹果、真禾本科植物、唇形科植物，都是在人类出现在地球之前出现的。

最近，人们在瑞士湖底发现了尚无人知的远古人类的遗迹，而这些遗迹的历史可以上溯至罗马建立之前，当时还没有金属工具使用的痕迹，可人们却在他们食物的遗迹中发现了一个又黑又瘪的野苹果（Crab-Apple）。由此可见，苹果已经成为当时人们的食物了。

塔西佗[1]曾提到过，古代的德国人就会用野苹果（agrestia poma）和其他食物一起充饥。

据尼布尔[2]观察："表示房屋、田地、耕犁、耕种、葡萄酒、油、牛奶、绵羊、苹果以及其他与农业或平静生活相关的词，拉丁语和希腊语是一致的，但拉丁语中与战争或追击有关的词却与希腊语中的截然不同。"因此，有可能苹果也和油橄榄一样，被视为和平的象征。

①普布里乌斯·克奈里乌斯·塔西佗（Publius Cornelius Tacitus），古代罗马伟大的历史学家。

②尼布尔在文中只出现了一次，且只有Niebuhr，并未写明全名。有可能是卡斯滕·尼布尔（Carsten Niebuhr，1733—1815），德国数学家、地图学家和探险家，他因参与丹麦皇室到埃及的考察（1761—1767）而闻名。

很久之前，苹果非常重要，而且分布广泛，所以追根溯源，很多语言中水果的总称就是苹果。Μήλον是希腊语中用于表示苹果的单词，也可以表示其他水果，还可以表示一只绵羊或一头牛，最后则推演成为"财富"的总称。

希伯来人、希腊人、罗马人和斯堪的纳维亚半岛的人，一直都对苹果称赞有加。有些人认为，苹果是引诱夏娃的水果。神话中的女神为了苹果争执不下，神龙要守护苹果，而英雄的主要任务就是摘下苹果。

《旧约全书》中，至少三次提到了苹果树，另有五六次提到了苹果。所罗门[1]曾高歌：——"苹果树是树林的珍珠，孩子们是我的宝贝。"还有，——"酒香让我停留，苹果令我宽慰。"此外，人类最高贵的器官中最高贵的部分也是用苹果命名的——"瞳子"，即"眼睛中的苹果。"

荷马以及希罗多德[2]的作品中也有提到苹果树。尤利西斯看见过阿尔喀诺俄斯（Alcinous）[3]美丽花园中的"梨树、石榴树和苹果树，都结出了甘甜美味的水果"。据荷马所说，苹果是坦塔洛斯[4]永远无法品尝的水果，每当他想吃苹果时，大风就会把苹果树枝吹走。泰奥弗拉斯托斯非常了解苹果树，也能描述得非常详细，就像植物学家那样。

《散文埃达》[5]中有记载，"伊登女神[6]有一个宝盒，里面装满了苹果。众神觉得自己垂垂老矣之时，只需吃一口苹果便可返老还童。在善恶大决战所导致世界毁灭（诸神的黄昏）[7]之前，众神就是这样永葆青春的。"

劳登曾说："古威尔士出色的吟游诗人，都

① 所罗门（Solomon），古代以色列王国第三任国王所罗门。

② 希罗多德，古希腊作家、历史学家。

③ 古希腊史诗《奥德赛》中的人物。

④ 坦塔洛斯，希腊神话中的人物，宙斯之子。他藐视众神的权威，将自己的儿子珀罗普烹杀后邀请众神赴宴，以考验众神是否真的通晓一切。之后，宙斯震怒，将坦塔洛斯打入冥界，让他站在没颈的水池里，且头顶上方有果树和一块巨石。他想喝水时，水便退去；他想吃果子时，却永远都摘不到；头顶上方的巨石更让他时时处于恐惧之中。

⑤ 《散文埃达》（*Prose Edda*），是冰岛诗人史洛里·斯图拉松（Snorri Sturluson）于13世纪写定的无韵体散文神话故事和英雄传奇。

⑥ 伊登（Idun）是北欧神话中的一位女神，她是青春与春天的化身，同时负责掌管能让诸神保持青春的黄金苹果。

⑦ 诸神的黄昏（Ragnarök）是北欧神话预言中的一连串巨大劫难，包括造成许多重要神祇死亡的大战，无数的自然浩劫，之后整个世界沉没在水底。

石榴
pomegranate

田野薄荷
wild mint

会授予其苹果枝以示嘉奖。”此外，“苏格兰高地地区拉蒙特家族的族徽也是苹果树的样子。”

苹果树（学名：*Pyrus malus*）主要生长在北方温带地区。劳登曾说，“除了寒带地区，苹果树会自发地生长在欧洲的各个部分，也遍及西亚、中国和日本。”在北美洲，也有两种土生土长的苹果树。最初，人工培育的苹果树是由第一批移民引进的，据说现在这种苹果树在北美的生长状态和在其他地方一样好，甚至还要更好一些。据说，可能有些人工培育的苹果品种是由罗马人最先带到英国的。

普林尼沿用了泰奥弗拉斯托斯[1]的分类方法。他认为——“有些树种的树都是野生的，有些则不然：既有野生的，也有人工培育的。”泰奥弗拉斯托斯把苹果树归为后者，而且若从这个角度看，苹果树的确是人工培育最多的树种了。苹果树像鸽子一样温驯，像蔷薇一样美丽，像牛羊一样重要。苹果树人工培育的时间比其

[1] 泰奥弗拉斯托斯（Theophrastus），古希腊哲学家和科学家，先后受教于柏拉图和亚里士多德，后来接替亚里士多德，领导其“逍遥学派”。

他树种都长，因此也更通人性。可又有谁知道，苹果树最后会不会像狗一样，连来自旷野中的基因都不可追溯呢？苹果树就像狗、马和奶牛一样，跟着人类一起迁徙：开始，可能是从希腊迁徙到意大利，之后到了英国，接着又到了美国。而西方移民还是坚定不移地朝着日落的方向前行，口袋里还装着苹果种子，或者把小树苗绑在行李上。通过这种方式，今年至少有一百万棵苹果树被种植到了更靠西的地方，比去年一年种植出来的其他树木的数量还要多。想象一下，花儿盛放的一周就像犹太人的安息日一样，每年都会在大草原上上演。因为人类迁徙的时候，不仅带着自己的鸟儿、走兽、昆虫、蔬菜、草地，还带着他的草原。

东蓝鸲
eastern bluebird

雪松太平鸟
cedar waxwing

奶牛、马匹、绵羊、山羊喜欢以苹果树的树叶和嫩枝为食，而猪则更喜欢苹果。如此一来，家畜和这棵树之间好像就存在着某种天然的纽带。据说，“法国森林中野苹果树的果实”是“野猪主要的食物来源”。

不只有印第安人喜欢苹果树，当地土生土长的昆虫、鸟儿和四足动物也很喜欢。天幕毛虫会把卵产在苹果树上生长出来的第一根树枝上，这样它对野樱桃树的感情也分给了野苹果树一半；尺蠖也不再汲取榆树的汁液，转而以苹果树为食。随着苹果树的快速增长，蓝鸲、旅鸫、雪松太平鸟和王霸鹟会纷纷飞到苹果树上筑巢、歌唱，成为果园里的鸟儿，并在此繁衍生息。苹果树的出现，造就了鸟儿历史上的新时代。绒啄木鸟发现苹果树的树皮下藏着如此美味，便开始啄木头，整整围着树干啄了一圈才罢休——据我所知，啄木鸟之前从来不会这么做。没过多久，披肩榛鸡也发现，苹果树的树芽竟如此可口，此后至今的每年冬天，虽然农夫很不情愿，但披肩榛鸡还是会飞到苹果树林中，叼走一些嫩芽。野兔很快也知道了，苹果树的树枝和树皮的确美味。到了苹果成熟的

东美鸣角鸮
eastern screech owl

季节，松鼠便会摘下苹果，连推带滚地运回自己的洞里。就连麝鼠也会来凑热闹，每天都趁着夜色从小溪中爬上河岸，贪婪地大饱口福，最后竟在草地上踩出了一条从洞穴到苹果树的小路。冬天，即使苹果树被冻了，短嘴鸦和其他鸦科鸟偶尔也会来啄几口解馋。第一棵苹果树树干中空后，猫头鹰会第一时间钻进去，高兴地叫个不停，因为它总算找到了符合自己心意的地方，便安居此处，之后在没有换过别的地方。

“野苹果”是我写作的主题，我会先略讲人工种植的苹果树每年在各个季节的生长情况，之后再继续回到主题上。

苹果花或许是所有果树花朵中最美的，花朵满枝，赏心悦目，香气芬芳扑鼻。漫步的人总会被某一株异常美丽的苹果树吸引，就算那棵树上的花蕾才绽放了三分之二，人们依旧会驻足观赏一番。梨花色白，也没有芬芳的味道，与它相比，苹果花真是风姿出众！

到了七月中旬，大个的青苹果便会挂在枝头，让我们想起了青涩的时光，也提醒我们秋天就要来了。草地上也常常会有一些从树上掉落的小苹果——这是大自然在帮我们梳果。罗马作家帕拉狄乌斯[1]曾说："如果苹果在成熟之前掉落的话，那么分根上的石头自会收容它们。"这些说法流传至今，可能也解释了为何石头会放在树木旁逸斜出的树枝上了。在英格兰的萨福克[2]流传着这样一句话——

米迦勒节[3]的日子里，或过节前夕，

苹果就会被吃一半。

8 月 1 日前后，第一拨苹果便逐渐开始成熟，但我总觉得苹果无论吃起来有多香，都比不上其闻起来香。放一个苹果在手帕中，它的香气比任何商店里出售的香水都要好闻。有些水果的香气和花儿的芳香一样，令人难以忘怀。我在路上捡到过果皮表面不光滑的苹果，它的香气让我想到了波摩娜女神（Pomona）的宝藏——它带我走入了丰收时节，那时候果园和苹果酒作坊里都会堆满黄绿色的苹果和红色的苹果。

再过一两个星期，你从果园、花园旁边走过时，就好像经过苹果成熟的小王国，到处都弥漫着苹果的香气，尤其到了傍晚，更是如此。你不必付费，也不必劫掠他人，这一切分文不收。

自然界中的一切产物都会散发出某种令人难以捉摸的气味，而这种容易挥发的气味便是万物最高价值所在，不会庸俗不堪，也无法交易买卖。没人能品味某一种水果的完美风味，只有众人之中更接近天神的那些才可以领略水果独特的芬芳韵味。世界上的每一种

① 鲁提利乌斯·托鲁斯·埃米利亚努斯·帕拉狄乌斯（Rutilius Taurus Aemilianus Palladius），生活于公元 4 世纪末到 5 世纪上半叶。古代作家，用拉丁语写作，著有关于古罗马农业的论著《论农业》（Opus agriculturae），共 14 卷，并附有树木的名录。

② 萨福克（Suffolk），英国英格兰东部的郡。

③ 米迦勒节（Michaelmas），纪念天使长米迦勒的节日。西方教会定于 9 月 29 日，东正教会定于 11 月 8 日。其日期恰逢西欧许多地区秋收季节。

水果都有馥郁的香气，甘甜的味道，只是我们的味觉没有福气，体会不到其中的鲜美可口——就好像我们一直生活在众神的天堂，却浑然不觉。每每看到某个工于算计的人带着一车早熟的苹果，又好看又香甜，要到市场上去时，我就仿佛看见了一场拉力赛，一方是那个人和他的马，另一方则是苹果。而我心里总是默默希望苹果是最后胜利的一方。普林尼曾说，苹果是世界上最沉重的东西，老牛一看到苹果就会大汗淋漓。自车夫把苹果摘下带走的那一刻起，苹果最美的年华就已经失去。尽管他会时不时停下来看看，摸一摸苹果，觉得苹果完好无损，一个不少，但我却看到苹果最轻盈、最精华的部分已经飘上天堂，只留下果肉、果皮和果核被送到市场上售卖。如此，它们已经不再是苹果，而是果渣。这些还是伊登女神那些让众神吃一口就能永葆青春的苹果吗？这些就是洛基[1]和特亚西（Thjassi）带回约顿海姆巨人之家[2]那些终会变得皱巴巴又灰扑扑的苹果吗？肯定不是。如果这些苹果便是的话，众神就不会因此大打出手终至诸神黄昏的到来。

[1] 洛基（Loki），北欧神话的恶作剧之神、火神。

[2] 约顿海姆巨人之家（Jötun heim），北欧神话中巨人的城邦。

八月末到九月初的时候，暴雨之后的大风便再次会为我们疏果。那时，风雨停歇之后，地面上都是被吹落的苹果。在有些果园中，你甚至会看到，四分之三的苹果被打落在地上。它们落下来，静静地在树根处围成一个圈，还很青涩，摸上去硬硬的——如果要是苹果落在山坡上，肯定会沿着山坡滚下来。然而，恶风于谁都没有益处。整个镇子上的人都忙着把地上掉落下来的苹果捡回家，结果那段时间苹果派的价格都便宜了不少。

十月，树叶飘落之后，树上的苹果更明显了。有一年，我在附近镇上发现了一棵苹果树，我从未见过哪棵苹果树上会结那么多果子。小小的黄色苹果挂在枝头，仿佛走在路边，信手便可摘下一个。苹果压弯了枝头，整条树枝就像小檗的花藤一样垂下来。就连树顶

加拿大小檗
American barberry
美洲树雀鹀
American tree sparrow

上的树枝都站不直，被果实压得向各个方向低着头，仿佛画里的榕树一般。正如一本英文老书中写的那样："树上的苹果越多，它向路人行的礼就越虔诚。"

苹果是当之无愧的万果之王，只有最美丽、最睿智的人方有资格享用。这才是苹果的"实时"价格。

10 月 15 日到 10 月 20 日之间的某一天，我看见苹果树下放着多个大桶。那边有个农夫正将尽心挑选苹果放在桶里，于是我便走过去和他闲聊两句。农夫正拿着一个略带瑕疵的苹果，翻过来调过去，左看看，右看看，但最后还是没把它放进桶里。可我的脑子里闪过一个想法，我想告诉他，他摘下的每一个苹果都是有瑕疵的，因为他把苹果身上那层果霜擦掉了，就相当于擦掉了苹果身上转瞬即逝的美好。傍晚时分，凉意袭人，农夫们也不得不加快手脚。最后，我看见很多梯子斜倚着树干，默然无语。

如果我们不仅仅把苹果简单地看作一堆新鲜的有机物，而是把它们视作上帝的赠礼，喜悦而感激地接受它们，那该有多好啊。看来，终究有些英语谚语是很有借鉴意义的。布兰德[1]在《英国的大众古俗》(*Popular Antiquities*)中曾有简短的描述："平安夜时，德文郡的农民们会带着一大桶苹果酒和烤面包，结伴来到果园，通过各种仪式，表达自己对苹果树的敬意，祈求来年苹果丰收。"这些仪式包括"在树根处倒酒、把面包放在苹果树的枝头"，之后"围坐在果园中结果最多的一棵树下，唱三遍祝酒歌之后，会须一饮"。

老苹果树啊，我们敬你一杯，

愿你多发芽，多开花，

愿你的果实挂满枝头！

[1] 约翰·布兰德(John Brand)是英国古董教会和英格兰教会牧师。

大帽子装满！小帽子装满！

一个，一个，装满麻袋！

让我来年多赚钱！嗬嘿！

新年前夜，英格兰诸多乡村还有喊“苹果号子”的习俗。男孩子们结伴来到各家各户的果园，围着苹果树，一遍遍喊着这样的号子：

树根啊，扎进土地！树枝啊，挂满果实！

上帝赐予我们丰收的年景：

大大的苹果挂在枝头；

多多的苹果压弯腰杆！

“之后，其中一个男孩就开始吹牛角，其他男孩子就在牛角号的伴奏下齐声高歌。在整个仪式的过程中，他们会一边唱一边用小木棍敲树干。”这是与树一起“干杯”，还有些人认为，这是“异教徒向果树女神波摩娜献祭传统的遗留。”

赫里克这样吟诵着这样的诗句：

为它们干杯吧，因为果树会开花结果，

愿桃李满枝头；

若你虔诚真挚，

来年必将丰收。

比起歌颂葡萄酒，我们的诗人更应该歌颂苹果酒。他们的诗歌理应比英国诗人写得更好，否则怎么对得起自己的缪斯女神？

野 苹 果

至于人工栽植的苹果树（普林尼称之为 urbaniores）就先说到这里。无论一年四季什么时候，我都更愿意走在老果园中，看看自然生长的苹果树。野生苹果树生长得真是毫无章法：有时候两棵树紧紧挨在一起；有的时候长得乱七八糟的，你甚至会觉得这些树生长出来的时候，大自然正沉睡着，而这些树也都在梦游中。但排列整齐的果树从未让我动心，让我愿意如此漫步其中。唉，我也知道，如今我讲的这些话颇有些怀旧的意味，毕竟当时那原始天然的状态已经离我们越来越远！

附近有个有许多石头的地方，叫东溪乡（Easterbrooks County），那里的土壤非常适合种植苹果树。那里的苹果树总会生长得更快一些，而且基本不用打理，大概每年翻一次土就行了，而别的地方打理苹果树需要一年到头劳心费神。当地人说，那片土地确实适合果树的生长，但那边石头太多，离家又远，所以他们也没耐心犁地，久而久之，就随果树自己生长了。那里的果园很大——或者说不久之前还是果园吧，果树随便长在各处，没什么规律。不仅如此，苹果树就这么任意生长出来，在松树、桦树、槭树（maple）和栎树之间，但还是会结出很多果实。看到苹果树和其他树木混在一起生长，枝头还能挂满了红彤彤或黄澄澄的苹果，和树林里秋日的色调颇为和谐，相映成趣，我总会忍不住暗暗赞叹。

11 月 1 日左右，我从悬崖边走过，发现了一棵生机勃勃的小苹果树，可能是鸟儿或者奶牛来这里播种的吧。最终，种子破土而出，在旷野的岩石之间探出了头，茁壮成长，而且树上已经结满了苹果。这个时候，果园里的苹果都已经被农夫摘了下来，以免被秋霜冻坏，可这棵树上的苹果却根本看不出被霜打过的痕迹。它还在一个劲儿地疯长，树上的叶子还都是绿色的，猛地一看，还以为长了一身刺呢。树上的苹果是青色的，很结实，仿佛只有到了冬天才会格外甘甜可口。有的果实挂在枝头，随风轻轻晃动；可更多的则是半埋在树下潮

苹果树
apple tree

湿的叶子中，或是滚落山坡，掉落到岩石之间了。土地的主人对这一切一无所知，只有山雀见证了这棵苹果树开花结果的样子。没有人在树下的青草地上跳舞欢唱，为它庆贺祝福，也没有人来采摘它的果实。据我观察，只有松鼠会把苹果摘掉储存起来。这棵树完成了两项使命——一是结满苹果，二是每根枝条都向着蓝天伸展。这便是苹果的精神！我们得承认，它们比大多数浆果的个头都要大很多，可带回家放到第二年春天再吃，味道依旧是甜美的。我有了这些苹果，还要伊登女神的苹果做什么？

一年即将结束的时候，我走到这片不畏严寒的灌木丛中，看到挂满果实的这棵树，心中不禁涌起一股敬意。此外，尽管我不能吃到树上的苹果，我仍对大自然的慷慨心怀感激。在石头嶙峋、树林密布的山坡上生长着一棵苹果树，而这棵树既不是人类刻意栽种的，也不是之前果园中单独留下来的，而是如松树、栎树一样，自然生长出来的。我们认为有价值的并且可以利用的果实，大多数都要依靠人类的悉心照料。就比如玉米、谷物、土豆、桃子、瓜果等完全依靠人工栽种、培育，但苹果树却能效仿人类的独立、进取。就像我之前所说的，它并不是被动地被某种动物带到这个地方，从某种程度上说，它是主动迁徙到新世界的，或在这边，或到那里，在某处土生土长的树林中找到自己的立足之地。无论牛、狗或者马把苹果籽带到哪片荒野，它都能扎根土壤，蓬勃向上。

就算苹果树的生长环境最为恶劣，结出的果实最为酸涩，它们依旧能昭示出一个真理：它是一种高贵的水果。

花环海棠

无论如何，我们的野苹果可能和我一样，都不是本地土生土长的，来到这片大地之前也许也经历过某种人工的教化与栽培。我之前也说过，美国别处还有完全没有被人工栽种的野苹果树，它们的学名是花环海棠（*Malus coronaria*），这种树比我们更天然，更有野性——“它们的天性从未掺杂一丝人为的培育”。这种苹果自纽约西部到明尼苏达州，甚至更南的地方都有分布。米修说，这种苹果通常“高 15 到 18 英尺，偶尔有几株会达到 25 英尺或 30 英尺高”，大棵一些的“和普通的苹果树没什么两样”。“其花色白，夹杂几丝蔷薇红色，呈伞状花序。”花香馥郁芬芳。据米修观察，这种苹果结出的果实，直径约有一英寸半，极酸。然而，它们的果肉可以制成蜜饯，也可以酿造苹果酒。米修总结道：“如果人工培育参与其中的话，便不会再有美味的新品种了。但至少果树还会开花，而且花香依旧沁人心脾。”

直到 1861 年 5 月，我才第一次见到了花环海棠。虽然之前我看到过米修的介绍，但据我所知，近代生物学家没有谁十分重视它。但这正好让我觉得这种树带着一种神秘的色彩。于是，我精心安排了一次到宾夕法尼亚州的“林间沼泽”朝圣之旅，据说那里的野生苹果树长势最好。我曾想过到果园中寻找它的身影，但心存疑虑，不知道果园中是否有这种植物，也不知道果园里即使有这种植物，会不会和欧洲变种有些不同。最后，我去了明尼苏达州，一到密歇根，

还在车上的我就注意到某棵树上开满了漂亮的蔷薇色花朵。开始，我以为那是某种变种的山楂，但只一瞬间就幡然醒悟——那就是我跨越千山万水寻找的花环海棠。当时是五月中旬，每年到了这个时节，从车窗向外看去，漫山遍野都是这种灌木或小树开得花。但汽车不肯在任何一朵小花面前停留，所以我体会到了坦塔洛斯的痛苦，直到在密西西比河腹地下车之前，我都没有机会亲手触碰花环海棠的花朵。到达圣安东尼瀑布时，我很遗憾地被告知，花环海棠不会生长在那么靠北的地方。可无论如何，我最后还是在瀑布向西八英里的地方找到了一株花环海棠，亲手触摸了它的枝干、花朵，闻了闻花香，还采集保留着完整伞状花序的一枝作为标本。估计那个地方，就是花环海棠生长范围最北边的界限了吧。

野苹果的生长过程

虽然这些野生苹果树和印第安人一样，是在这片大地上土生土长的，但我怀疑它们可能不如边远地区的苹果树耐寒。那些生长在荒蛮之地的苹果树，虽然是经过人工培育的品种，但只要土壤合适，仍可以在旷野中扎根存活。我从未见过哪种树像野苹果树一样历经磨难，也从未见过比它更顽强抵御天敌的树。因此，野苹果树的故事值得永远传颂，可以不断地像这样对人们诉说。

快到五月初的时候，我们注意到之前牧牛的草地上长出了几棵苹果树——和生长在东溪乡和萨德伯里（Sudbury）诺博斯科特山（Nobscot Hill）上的那些一模一样。这些苹果树中有一两株最终经受住了干旱和其他自然灾害而存活——开始，它们生长的地方能够保护它们不被野草掠夺走营养或其他类似危害。

时光荏苒，两年转瞬即逝，

苹果树已和岩石一般高，

外面的世界如此广阔，

毫不畏惧走兽飞鸟。

但苹果树仍十分娇嫩，

磨砺考验接连不断：

来觅食的老牛

一口咬断了它的树干。

或许这次老牛没有注意到草丛中的它，但到了明年，苹果树长得更粗壮的时候，老牛肯定会发现，原来这棵苹果树也是从老家来的——老牛很熟悉它树叶及枝干的味道。尽管一开始，老牛会跟苹果树打招呼，表达自己的惊讶与喜悦，寒暄几句问它怎么来的，可得到“你怎么来的，我就怎么来的”这句回答之后，老牛看了看苹果树苗，想想自己吃掉它也属正常的事啊。

于是，苹果树每年都被这样吃掉，但它并没有因此绝望。每次被老牛啃掉一根树枝，苹果树就会在那里生长出两根新枝。最后，野苹果树沿着地表低洼的地方，伸展枝条，伸到岩石的缝隙中，越长越粗壮，也越长越结实，最后虽然还没长成一棵大树，但也长成了小小的金字塔形，枝繁叶茂，坚实密集，如磐石一样坚不可摧。这些野苹果灌木的枝条和刺非常紧密，而且非常坚硬，是我见过最茂密、最坚不可摧的灌木。它们更像是你站在山顶俯视时看到的矮小的冷杉或黑云杉，有时你还会从它们身上踩过呢。然而，这些都算不得什么，唯有寒冷才是它们需要全力对抗的恶魔。怪不得最后它们身上都长出了刺，原来就是为了保护自己。然而，这些刺并不会真正带来什么危害，只是有些苹果酸而已。

我刚才提到的那片草地布满了岩石——因为岩石遍布的话，可以帮助保持地表的最佳状态——那也正是最适合苹果灌木生长的地方，一簇簇茂密的小灌木待在地上，总会让你想起僵硬的灰白色苔藓或地衣。你会发现，小树苗总会从其中破土而出，而地衣上还沾着不少苹果树的种子。

香脂冷杉
balsam fir
绿胁绿霸鹟
olive-sided flycatcher

由于每年老牛都会啃掉一圈苹果树，所以这些灌木就如同被修剪过一样，总是保持着完美的圆锥形或金字塔形，大概一到四英尺高，带着几分凌厉，仿佛园艺师刚刚修剪过一样。在诺博斯科特山的牧场和山顶上，初升的太阳斜着照过来，把灌木的影子拉得很长，看起来非常精致。对于小鸟来说，野苹果树也是休憩、筑巢的绝佳选择，因为可以掩护小鸟躲避老鹰的追捕。晚上，鸟儿们都会到野苹果树上休息，我曾在一个直径六英尺的野苹果树上发现了三个旅鸫筑的巢。

毫无疑问，如果从苹果树种下的那一天算起，有很多都已经是老树了；不过要是想想它们今后还会抽枝长叶，不断成长，那它们也只能算是还处在婴儿时期。有些树的直径和高度都还只有一英尺时，我就数过树上的年轮，发现这棵树竟已经有十二年的树龄了，可它依旧精神矍铄，充满活力！由于野苹果树比较矮小，所以路人很少会注意到它们，而果园中很多同时期栽种的果树都已经硕果累累。但有得必有失，果子越多，活力就越少——树的元气就越弱。这就是树木的金字塔原理。

就这样，在二十多年甚至更长的时间里，老牛每年都会过来啃掉苹果树。正因如此，野生苹果树长不高，只能横向发展，不断向四周铺展开来，最后它们不断蔓延，反而自行生长成了一道藩篱——里面的新枝向上生长的时候，老牛根本不能靠近，而枝条也就能高兴地伸向天空了：野苹果树从没有忘记过自己向天而生的使命，得意洋洋地结出与众不同的果实。

最终，苹果就是用这样的战术打败了蠢笨的牛。现在，你观察某种灌木的生长过程时，会发现它不再是单纯的金字塔形，顶部外围会冒出来一两根枝条。由于野苹果把自己之前一直压抑着的能量全都用在这两根树枝上，所以这两根枝条可能比果园中任何一棵果树长得都要快。不用很久，这一两根树枝就会长成一棵小树，成为倒三角形，立在灌木顶上，如此，整棵野苹果树就成了巨大的沙漏型。小树延展开来的底部完成了自己的使命后，最终会渐渐消失，而成长起来的树现在也慷慨地允许牛站在树荫下乘凉、蹭背，甚至咬几口树皮——无论如何野苹果树还是会生长的。此外，就算老牛吃几个苹果也无妨，权当为野苹果树播种了。

如此，牛找到了自己的阴凉处和食物，而呈沙漏状的野苹果树也获得了新生。

现在，摆在面前的一个重要问题是，应该把这棵小苹果树修剪到多高？究竟应该修剪到你鼻子的高度还是再多保留七八厘米？牛修剪苹果树的时候会修剪到它可以够得着的高度，我想，那应该就是合适的高度了。

尽管不时有牛来摧残野苹果树，也有其他不利的情况发生，而且只有为了躲避老鹰追捕的小鸟才会把这里当做避风港，但这种不被重视的灌木还是迎来了为期一周的花期——之后结出了果实，虽然很小，但也沉甸甸的。

约莫十月底，树叶落尽之后，我经常能看到树上的那根主干。长久以来，我一直在观察着这根树枝的生长，本来以为它和我一样已经忘记了自己的使命，却忽然发现，树枝上结出了许多野苹果：有青色的，有黄色的，还有粉色的。而小树周围有长着刺的茂密灌木，牛是够不着这些果子的。于是我迫不及待地摘下果子，想尝尝这种书中从没记载过的野果。我们都知道，凡·蒙斯（Van Mons）和奈特（Knight）发现了很多种水果，这就是“范牛体系”（system of Van Cow），而大自然发现的水果种类比他们俩发现的总和还要多上许多。

无法想象，野苹果树历经了怎样的磨难才结出了如此可口的果实啊！尽管果实很小，但它的味道就算不比果园中其他苹果更甜美，至少也毫不逊色。可能，正是因为历经艰辛与苦难，果实的味道才会更香甜，更可口吧。谁知道呢，或许就是牛或者小鸟把野苹果树的种子带到了偏僻遥远、怪石嶙峋的山坡上，根本不被人发现，然而这棵树上生长出来的苹果可能就会成为最好吃的一种——甚至国外的君主也听过它的名字，而皇家学会的成员总想不断让它繁衍，尽管那片土地脾气古怪暴戾，从不为人所知——除了那个村子的人，谁还会知道呢？波特苹果（Porter）和鲍德温苹果（Baldwin）就经历了这一过程。

每一棵野苹果树都像一个野孩子，总会让我们心中充满希望。也许，它是乔装打扮过的王子呢。这真是给人类好好上了一课！人类何尝不是这样？总说人类是天之骄子，能够结出仙果，可最后还是难逃命运的掌控。只有那些最有毅力、最坚强的树才能够保护自己，战胜困难，茁壮成长，最终，让嫩枝向着太阳生长，把最甜美的果实撒向不知感恩的大地。无论是诗人、哲学家和政治学家，哪怕出身山野，也能胜过外来的高贵者。

对知识的渴求追寻也是如此。金苹果园中的仙果金苹果一直都由一条百头巨龙不眠不休地看守者，只有像赫拉克勒斯那样的神勇无比的人才摘得下来。

无论在树林中、湿地里还是马路边，总能看到野苹果树松松散散地生长着，这大概就是它最值得称道的繁衍方式——只要土壤条件合适，就马上生根发芽，快速生长。长在茂密树林中的那些通常是又高又细的，我总能从这种树上摘下一些味道没那么香甜的已经熟透的苹果。正如帕拉狄乌斯所说："无人照管的苹果树，把果实洒满了大地。"

很长时间以来，人们都相信，如果野苹果树没能结出好果子的话，那它就是最好的嫁接树种，可以帮助其他树木把最受赞赏的品质遗传下去。然而，我并不试图寻找用于嫁接的树木，而是试图寻找野果，因为野果身上那种野性是无法"转化"的。以下这种说法并不适用于我：

种植薄荷，

就是我的最终目标。

果实及其味道

十月末到十一月初是品尝野苹果的最佳时间。它们的成熟时间比较晚，要到那时才是最好吃的，而且表皮还是一如既往的光滑新鲜。虽然农夫觉得这些野果不值得采摘，但它们对我来说非常重要——因为它们身上那种野性的味道就像缪斯女神，给人带来无限灵感，让人充满活力。农夫觉得自己木桶中放的苹果要更好吃一些，不过他错了——他不是漫步四方的人，没有那种品位和想象力，所以也分不出哪些是最好的。

绒啄木鸟
downy woodpecker
号角藤
crossvine

直到 11 月 1 日，野苹果还是独立于风中，无人采摘，我看大概是地主根本就没打算把它们摘下来。这些野生苹果属于和自己一样充满野性的孩子——属于我认识的那些活泼调皮的男孩子——属于田野中毫不挑剔的女性，对她们来说，一切都是宝贝，都要捡回家才好——此外，野生苹果也属于我们这些四处漫步的人。只要我们见过这些野生苹果，就算一生都拥有它们了。很久之前，这些权利就已经在某些古老的国度成了一种风俗，并一直与时俱进，沿用至今。我听说，“赫里福郡之前就有，或者现在仍有摘苹果的习俗，这也被称为‘捡苹果’。这种习俗的一部分就是收苹果的时候，留几个苹果在树上。这些苹果是留给男孩子摘的，他们会带着爬杆和麻袋，把剩下的苹果摘下来。”

至于我之前提到的那些我亲自摘的野果，它们都是从本地土生土长的树上摘下来的——我还是个孩子的时候，那些老树就已垂垂老矣，可现在还依然活着。不过，只有啄木鸟和松鼠会常来看看这些老树，至于老树的主人早就已经对它放任不管，因为他根本不相信这棵树还能结果。站在稍远处仔细打量树顶，你可能会觉得树上只会有苔藓偶尔会掉下来。但如果你对它有信心，就会发现信任带来的回报——你会发现树脚下还有一些新鲜的苹果——有些苹果可能是松鼠洞里掉出来的，上面还有它们把果实从树枝上咬下来时留下的牙印；有的苹果里面可能还有一两只小蟋蟀安了家，它们正静静享受着美食盛宴呢；还有一些苹果里会有还没长出壳的蜗牛，尤其是在潮湿的天气里。看到树顶上留下的棍子和石头，你就能明白，老树之前结出的果子必定十分甜美，因为曾有人非常想把那些果子打下来。

尽管在我看来，野苹果要比嫁接过的那些要好吃得多，但《美洲水果与果树》（*Fruits and Fruit-Trees of America*）中，我却从没看见有关它们一星半点的记载。野苹果的味道经过十月、十一月、十二月、一月的洗礼会变得更纯粹，也透着浓郁的美国风味，可能甚至到了二月、三月还是这样，只不过风味稍稍缓和了些罢了。有一位农夫是我的邻居，他的话总是一语中的:“野苹果吃起来很带劲。”

一般来说，用于嫁接的苹果似乎都是精挑细选出来的，不为了它们浓郁的香气，只是为了口感好、个头大、收成多而已。而且人们并不十分在乎它们的美感，反而对果实的健康状况更关注一些。实际上，我并不相信果树栽培学者们列出来的清单。他们的名单上会列出来一些“交口称赞”、“无与伦比”、“独步天下”的种子，可我种下之后，结出来的果子味道也就一般，根本不会给人留下什么深刻的印象。吃这些苹果时，人们通常也只是吃而已，因为它们没有浓郁的果香，也不会让人觉得津津有味而咂么嘴。

就算这些野苹果口感刺激、酸涩，而且果汁极酸，那又怎么样呢？难道就因为这样它们就不属于梨亚科的果树了吗？难道就能否定果实对人类一如既往的善良了吗？我还是不愿意把这些苹果送到苹果酒作坊去，也许它们口味不好是因为还没熟透呢。

难怪人们酿造苹果酒时总喜欢选用这些个头不大、颜色美丽的苹果，毕竟就像劳登引用的《赫里福郡报告》中的内容：“如果品质一样，人们总会更喜欢个头比较小的苹果，因为小苹果的果皮和果核相对于果肉的比例最好，因此榨成的果汁浓度更低，水分更多。”此外，劳登还提到过：“1800 年左右，赫里福德郡的西蒙兹博士为了证明这一点做过试验，他酿造了两桶酒：一桶用的完全是果皮和果核，另外一桶用的完全是果肉。结果发现用果皮和果核酿的酒味道更香更醇厚，而用果肉酿的酒更甜美，更寡淡。”

伊芙琳说“红带”（red-strake）是他那个时期最中意的苹果酒酿造原料。他引用了纽伯格博士的话：“我听说，在泽西州，人们普遍认为，苹果皮越红的苹果，酿出来的酒越好喝。苹果皮颜色比较浅的苹果就会被酿酒人从酒桶里拣出来。”看来，这种说法现在依旧占主导地位。

十一月是苹果熟得最好的时候。刚开始那些在农夫眼里不好卖或者不好吃的苹果被留在树枝上，如今却成了漫步者眼中最好吃的水果。但有一点还是值得注意：我大力褒奖的野苹果在田野和树林中吃的时候，清甜爽口，可带回家里再吃，就总是有一种酸涩的味道和粗糙的口感。就连那种被称为“漫步者苹果”

（saunterer’s apple）的品种，被带到家中之后，连漫步者都吃不下去。就好像吃到了山楂或橡子一样，舌头会本能地拒绝它们，想吃些味道没那么冲的苹果。其实，只有在室内吃的时候才会有这种感觉，因为你错过了十一月的秋风，而秋风是品尝野苹果的绝佳酱料。正因如此，夕阳西下，提泰罗斯邀请梅里白[1]来家中过夜时，才会主动提出用更温和甘甜的苹果以及软栗子来招待他。我总能摘到口感丰富、味道浓烈的野苹果，于是，我禁不住会想，为什么所有果园农夫都不愿意从这棵果树上接穗呢？而我每次都能摘下好多果子，把口袋装得满满的回家。但把野苹果带回家，坐在桌子旁边准备大快朵颐时，却出乎意料地发现它太难吃了——松鼠啃一口，肯定会被酸倒；松鸦啄一口，肯定会惊声尖叫。

[1] 提泰罗斯（Tityrus）和梅里白（Meliboeus）均为虚构，是古罗马诗人维吉尔《牧歌》（*Eclogues*）中的人物。

这些野苹果挂在户外的枝头，历经风吹雨打霜冻日晒，早已吸收了各种天气和季节特质的精华，因此味道非常浓烈：更刺激、更浓郁、更能打动我们，这种精神令我们回味。所以野苹果必须是趁着时节品尝，也就是说——在户外，随摘随吃。

要好好品味十月野苹果那种酸涩、刺激的味道，就必须呼吸十月或十一月清新飒爽的空气。漫步者呼吸着户外的空气，走路以作锻炼，为自己的味蕾带来了新的感觉，因而那些味道酸涩、令人难以下咽的水果也就成了漫步者趋之若鹜的水果了。野苹果就是要在田野中吃才好：那时你刚做完运动，浑身上下容光焕发，秋霜冻僵了你的手指，冷风吹动光秃秃的树枝，引得残存的几片树叶沙沙作响，鸦鸟尖叫着盘桓不肯离去。漫步一段时间之后，在室内吃起来酸涩不已的果子就会变得香甜可口。如此说来，或许有些苹果应该贴上这样的标签：“随风而食。”

当然，野苹果丰富的味道值得一一品味，不可轻易弃之不顾。然而，苹果的味道如何完全取决于它们自己。有些苹果可能有两种

截然不同的味道，因此，可能一半适合在室内吃，另一半适合在户外吃。1782 年，有个叫彼得·惠特尼（Peter Whitney）的人在诺斯堡为《波士顿学院学报》撰写的文章中描述了一种苹果树：那种苹果树生长在他的家乡，“果实具有两面性，同一个苹果上，一半是酸的，另一半则是甜的”，此外当地还有些苹果都是酸的，另一些都是甜的，而这种差异体现在树上的所有苹果上。

我家乡小镇的纳肖塔克山上有一株野苹果树，我觉得那棵苹果树上结出的苹果有一种奇怪的味道，虽然稍微带一些苦味，但还挺好吃的，而且每次吃过四分之三个苹果后，才能体会到那种味道。它的味道留在舌尖，很长时间都不会散去。你吃这种苹果的时候，就好像闻到了缘蝽的味道，会有那种享用独特美食的成就感。

我听说普罗旺斯有一种李树，它的果实“被称为‘*Prunes sibarelles*[1]’，因为这种李子太酸了，人吃完之后肯定吹不出口哨来”。

[1] prune 意为李子，而 sibarelle 可能来自于拉丁语 sibilare，意为吹口哨。

可这种说法可能只是因为夏天在室内吃的缘故。若是在户外吃这种梅子，有了周围环境的刺激，或许你吹口哨时还能高八度，更清晰更响亮也说不定！

在田野中，唯有辛酸与苦涩会令人敬佩。樵夫就是个例子，寒冷冬日，正午时分，他坐在有阳光透进来的林地上，心满意足地享用午餐，照在身上的阳光让他憧憬着夏天的烈日骄阳——而现在周围非常寒冷，教室里上课的学生根本无法忍受。可那些在户外工作的人根本不觉得冷，让他们停下手中的活计坐在屋里，他们反而会瑟瑟发抖。温度如此，味觉也是如此：冷暖是相对的概念，酸甜也是。即使味觉发育不全的舌头会拒绝果实的酸味或苦味，但这种浑然天成的浓烈与刺激才真正称得上是调味品。

一定要让你的味觉器官保持对这些调味品的敏感，好好享用野苹果的味道。因为只有精力旺盛、健康敏感的味觉器官才能感受到其中的风味。舌头和上颚凸起的味蕾一定要坚实，不能软塌塌的，萎靡不振。

从我和野苹果接触的经历来看，我明白了为什么尚未开化的人会喜欢那些被文明人排斥的食物。因为前者拥有户外人士的味觉，只有这样，才能体会到野果中那种蛮荒与野性的香甜。

如此想来，若要品味生命之果的美味，或者说是世界之果的美味，健康而且适应户外环境的味觉必不可少！

我并不渴望所有的苹果，

也不想要大家都爱吃的苹果；

不是可以延年益寿的，

不是泛着红色青苹果，

不是最初玷污妻子之名的，

不是因美貌而引发战争的：

不是，都不是！我想要的是生命之树上的苹果。

因此，在田野中的人和在屋子里的人总会有大相径庭的想法。我宁愿自己的思想如野果一般，成为漫步者口中的美味——虽然我也不能保证回到家之后还依旧得到所有人的认同。

野果之美

几乎所有的野苹果都长得不错，就算它们表面不均、果皮粗糙、颜色斑驳，也不会让人觉得不好看。哪怕是最疙里疙瘩的苹果，也有可取之处——可能会在苹果表面的凸起或凹陷处看到一抹晚霞一样的红晕。夏天过去之后，苹果身上某处肯定会留下斑斑点点的痕迹。野苹果身上红色的斑点见证了它成长的日日夜夜；某些黑褐色的斑点则是流云和阴霾天留下的痕迹；而周身大部分呈现出的青色则象征着大自然——和田野一样绿油油的；若是黄苹果，那大片的黄色则代表着更醇厚的口感——黄色代表着丰收，黄褐色则代表着山峦。

我所说的苹果都有着无与伦比而不可言喻的美丽——它们不是引发战争的不和之果，而是康科德生产的和睦之果！尽管野苹果随处可见，但它们却有一方自己的天地。秋霜在它们身上留下了美丽的色彩：有的是黄色、有的是红色、有的是红宝石色——都十分清晰、明亮，仿佛上色时它们也在匀速转动，各个部分都沐浴在阳光下——有些苹果带着一抹淡淡的粉红色；有的则带有红色的斑点，就像奶牛身上的黑斑一样；有的苹果上有成百上千条精美的红色光线从果实顶端均匀地落到底端，像一条条洒在麦黄色地面的子午线；有的苹果身上带着星星点点的绿色，像精致的苔藓，这边一块，那边一块，沾湿之后，深红色的斑点多多少少会融合在一起，火红火红的；剩下的苹果坑坑洼洼的，白色表面上间或点缀着暗红色的斑点，好像是上帝挥毫泼墨为树叶涂上秋日色彩时不慎将颜料洒到苹果上了一样。此外，还有一些苹果，果肉带着淡淡的粉红色，好看极了，大概是仙女们的仙果吧，真是惹人怜爱，让人不忍下口——那就是金苹果园中的苹果，是落日余晖下的苹果！然而，它们就像沙滩上的贝壳和鹅卵石一样，秋风拂过，树林落叶中、谷地里还有湿漉漉的草地上的苹果顾盼生姿，光彩照人，可一旦把这些苹果带回家里，它们很快就会萎靡褪色。

苹果的命名

到苹果酒作坊里，对着那一堆苹果，给它们取名字，还要恰如其分，不得不算是美事一桩，是让人喜欢的消遣。所有的苹果都没有用人的名字来命名，都是一些俗称，难道是怕人的发明要收税吗？哪位神父会为野苹果洗礼？若是给每个苹果起名时，用的都是拉丁语和希腊语，那么这两种语言中的词汇肯定会被用尽；用俗语的话，俗语也会不堪重负。为了完成这个任务，我们不妨另辟蹊径：朝瑰、夕阳、彩虹、秋林、野花、啄木鸟、紫朱雀、鸦鸟、蝴蝶、“十一月的旅人”和“逃学威龙”都算得上是不错的灵感。

1836 年，伦敦园艺协会的果园中就有 1400 多种苹果树，各不相同。但还有很多并没有被记录在册，更不必说我们这种可能最终会由人工培育的沙果了。

我们不妨列举一些。然而，我觉得，对于生长在非英语国家的苹果树，我们最好还是用拉丁语命名，因为它们很可能已经举世闻名了。

首先，有林苹果（*Malus sylvatica*）、冠蓝鸦苹果、生长在树林中小谷地的苹果（*Malus sylvestrivallis*）和长在牧场洼地上的苹果（*Malus compestrivallis*）、生长在古酒窖洞口长的苹果（*Malus cellaris*）、草甸苹果、齿鹑苹果、逃学威龙苹果（*Malus cessatoris*）——这种苹果的命名起源于孩子们只要经过这种苹果树总要使劲敲打，不怕迟到，必须要打掉几个才行；漫步者苹果——通常来说，找到这种苹果，就意味着你早就迷路了；天美苹果（*Decus Aëris*）、十二月苹果、心里美苹果（*Gelato-sotula*）——化冻之后非常好吃；和睦之果——很可能就是与 *Musket-aquidensis* 是同一种苹果；阿萨贝特苹果、斑点苹果、新英格兰红酒苹果、道格拉斯松鼠苹果、青苹果（*Malus viridis*）——这种苹果有很多别称：没完全成熟时叫

道格拉斯松鼠
Douglas squirrel

Cholera morbifera aut dysenterifera 或者 puerulis dilectissima；阿塔兰特苹果（Atalanta）——因为阿塔兰特为了摘下这种苹果而不禁停下了脚步；树篱苹果（*Malus speium*）、弹丸苹果（*Malus limacea*）、铁路苹果——很可能是旅客从车厢里扔出的果核而顽强长出来的吧；青春之果、独特之果（*Pedestrium solatium*）——我们小时候吃过这种苹果，但它的名字不曾收录在任何名册上；还有遗忘镰刀苹果（Forgotten Scythe）、伊登女神苹果（Iduna's apples）——就是洛基在树林中找到的苹果等等。凡此种种，我还记得许多，实在是数不胜数，不再一一列出，但每一种苹果都非常好吃。正如古罗马文人波德乌斯在谈及农耕时会借用维吉尔的诗一样，我谈到苹果时也要借用波德乌斯的诗句：

纵有百舌百口，

纵有金石之声，

难以言尽野苹果之名。

最后的拾遗

十一月中旬，野苹果就已经失去了自己的色泽，而且一多半都已经掉落在地上。掉下来的苹果中，绝大部分会慢慢腐烂；而挂在枝头完好无损的那些，则比之前更加美味了。漫步在古老的树丛中时，秋蒲公英已有一半随风远去，而它仿佛含着眼泪；山雀啁啾，声音清脆了不少。这个时候，大家都觉得户外已经没有苹果可采了，可若你是个经验丰富的“寻宝人”，那你肯定能收获颇丰，甚至嫁接来的苹果都能让你满载而归。我识得某棵长在沼泽边的青红苹果树，姑且可以算作野生的。一眼看过去，你根本想不到整棵树上还会有什么苹果，但如果仔细看，你便能发现其中的机关：露在树枝外面的果子已经腐烂，成了棕褐色的，或者湿漉漉的树叶下还掩映着几个略为红润的小苹果。无论如何，算我经验丰富，总能在光秃秃的桤木树林、大果越橘树丛中，干枯的莎草里，以及填满落叶的岩石缝隙中发现野苹果。我仔细查看落叶和正在腐烂的蕨类植物时，总能看到苹果和地上铺了厚厚一层的桤木树叶。我知道苹果都藏起来了，它们掉到低洼的地方，这么久以来早就被树上厚厚的落叶遮盖住了——也算是最合适的包装吧。苹果树周围有不少这样的藏身之处，我总能在里面发现野苹果，它们还都潮湿而光滑，有的被小兔子啃了两口，有的被蟋蟀蛀空了，还有的甚至仍带着一两片树叶（就好像从某个修道院透着霉味的地下室里拿出来的古老的柯曾[1]手卷一样），不过都好好地裹着一层果霜。这些苹果熟透了，而且没有坏，比起我们保存在家里的苹果有过之而无不及，至少口感更清脆甘甜。如果找遍这些地方还没找到野苹果的话，我就会仔细看看水平方向的树枝上长出来的根出条，偶尔那里也会藏着一两个野苹果。此外，

[1] 罗伯特·柯曾（Robert Curzon），第14任男爵，1829到1870年间，人称“高贵的罗伯特·柯曾”，英国旅行家、外交官及作家，曾负责从东正教修道院中收集多部重要的《圣经》手卷。（“屈尔宗”是法语音译，现改为英语音译。）

我也会看看桤木落叶的下面有没有野苹果。藏在厚厚落叶下面的野苹果肯定不会被牛吃掉，因为就算牛能嗅得到它们的味道，也绝对找不到它们的位置。饿极了的时候，我也无法拒绝青红苹果的诱惑，肯定得把衣服左右两边的口袋装满才作罢。于是，在霜冻的夜里，在离家大概四五英里的地方，我会先从左兜里拿出来一个吃掉，接着再从右兜里拿出来一个吃掉——这样才公平啊。

托普赛尔（Topsell）翻译的格斯纳（Gesner）的作品中引用了艾伯塔斯（Albertus）的观点。我正是从他那里了解到了刺猬收集苹果并把苹果运送回家的方法。格斯纳说："刺猬以苹果、蠕虫和葡萄为食。它发现地上的苹果和葡萄之后，会打个滚过去，让苹果或葡萄扎到自己的刺上，直到身上再没有地方能放下水果才停下。之后，刺猬嘴里还会叼上一个才回到洞穴里——不过它嘴里最多也只能叼一个。如果回家的途中有一个果子掉落，刺猬就会用同样的方式把身上的果子都甩掉，之后再一个个像之前那样扎到身上。如此，它回家

药用蒲公英
common dandelion

夏葡萄
summer grape

白冠带鹀
white-crowned sparrow

路上制造的噪声就好像马车驶过一样。如果它的洞穴中还有小刺猬，那么小刺猬就会过来帮它把身上的果子取下来。它们会吃掉自己喜欢的那些，把剩下的储藏起来，以备不时之需。”

“冻融”苹果

快到十一月底的时候，尽管有些苹果的口感会更软，吃起来或许也会更可口，但野苹果也像落叶一样，已经失去了最美的光泽，慢慢被严寒冻住。到了会冻掉手指的寒冷天气，就该把苹果放进地窖了。精明节俭的农民会把一桶桶苹果收好，再为你奉上早已准备好的苹果和苹果酒。可能初雪过后，地上还有几个红彤彤的苹果露出头，甚至偶尔还有几个能挨过整个冬天，风采不减，完好无损。但通常来说，冬天开始的时候，苹果就会被冻住，很快就会变成褐色——虽然没有腐烂，但和烤苹果的颜色也没什么两样。

通常，不到十二月底，冻住的苹果就会经历第一次解冻的过程。一个月前还无比酸涩、根本让很多娇生惯养的人无法下咽的野苹果，被暖洋洋的阳光解冻——它们对光线很敏感，而它们也变成了口感丰富、香甜可口的苹果酒。比起葡萄酒，我更熟悉苹果酒，而这种苹果酒比我知道的任何一种瓶装苹果酒都好喝。所有苹果正处在风味极佳的时候，你的嘴巴就是榨汁机。那些还有不少果肉的苹果则变得更甜了——我觉得，这比从西印度进口的凤梨更好吃。我的口味刁钻了不少，最近为了弥补这种愧疚之情，我吃了几个农夫故意留在树上的果子，我发现它们就像小栎树叶一样挂在树上。这正是个好方法，不用蒸煮，就能得到苹果酒：先让霜冻把苹果冻成像石头一样硬邦邦的，之后下一场大雨，或者让冬天温暖的阳光洒在它们身上，它们就会解冻。这些野苹果挂在树枝上，好像借着风力，从天国借来了某种芳香的味道。有时你回家之后便会发现，口袋里那些冻住的苹果都已经解冻，而之前冻实的冰也化成了苹果酒。可要是这样反复冻融三四次之后，苹果的味道就不这么好了。

普通刺猬
European hedgehog

和历经北方严寒之后才成熟的野苹果相比，南方那些才半熟就摘下送过来的水果又算什么？之前，我还得把这种皱巴巴的苹果光滑的那一面给同伴看，哄他吃下去；可现在，他跟我都会迫不及待地把这些野苹果装进口袋里——喝下这杯美酒的时候，我们得弯着腰，以免溢出来的果汁滴在衣襟上——我们俩也借着苹果酒变得更熟悉了。是否还有个高高挂在枝头、被交错的树枝挡住、连我们的小木棍都够不着的苹果呢？

这是一种市场上肯定没有的苹果。我心知肚明——这种苹果和市场上卖的截然不同，和干巴巴的苹果与苹果酒也有很大差别。而且，我也知道，并不是每个冬天都能结出这样完美的苹果。

野苹果的时代即将告一段落。可能以后新英格兰也再不会有野苹果了。或许，你还会在老果园中漫步徘徊，看着一棵棵土生土长的果树。之前，树上结的果子大部分都会被送到苹果酒作坊里，现在都留在树枝上，听之任之。我听说，远处小镇上有个果园，果园里的苹果落下后，会顺着山坡滚到围墙边，最后堆起来竟有四英尺高。后来，果园的主人生怕苹果被酿成苹果酒，就干脆把苹果树砍掉了。由于禁酒之风盛行，以及嫁接水果的大范围引入，我在荒芜牧场上和树林中能看到的野生苹果树已经在果园中消失不见。我想，恐怕再过一百年，人们就再也无法体会到从树上打些野苹果的乐趣了。唉，可怜的人，还有好多开心的事儿他都享受不到了！尽管鲍德温苹果和波特苹果为大家所喜爱，但我仍然觉得现在镇上的果园没有一个世纪之前那么多。那时，果实适合酿酒的苹果树零零散散地种在各个地方；那时，人们吃苹果，喝苹果酒；那时，堆积的果渣是唯一的养料，人们只要种下苹果树苗，任其生长便可——只要在围墙边插下树枝，之后就看苹果树的运气了。现在，再也没有人在各处随意插枝种树了：寂静的大路旁，小巷中，还有树林深处的谷地上，都没有人再这样栽种苹果树了。人们花钱买来了嫁接好的树苗，种在自家的房前屋后，用篱笆围起来——如此一来，我们就只能在一个个桶里找苹果了。

“耶和华的话临到毗土珥的儿子约珥。

“老年人哪，当听我的话。国中的居民哪，都要侧耳而听。在你们的日子，或你们列祖的日子，曾有这样的事么？……

“棕叶麦蛾剩下的，蝗虫来吃；蝗虫剩下的，尺蠖来吃；尺蠖剩下的，毛虫来吃。

“酒醉的人哪，要清醒哭泣。好酒的人哪，都要为甜酒哀号。因为从你们的口中断绝了。

“有一队蝗虫又强盛、又无数、侵犯我的地。它的牙齿如狮子的牙齿，大牙如母狮的大牙。

“它毁坏我的葡萄藤、剥了我无花果树的皮、剥尽而丢弃、使枝条露白。……

“农夫阿，你们要惭愧！修理葡萄园的啊，你们要哀号！……

“葡萄藤枯干，无花果树衰残。石榴树、棕榈树、苹果树、连田野一切的树木也都枯干。众人的喜乐尽都消灭。”[1]

[1] 本段源自圣经《旧约》中的《约珥记》第一章。

Chapter 10

夜晚与月光

东美角鸮
eastern screech owl

夜晚与月光

几年前，我曾偶然趁着月光散过步，那次经历在我的记忆中历久弥新。于是，我下定决心，要经常在月下散步，了解大自然的另一面——我确实做到了。

普林尼说，阿拉伯半岛有一种叫“透石膏”的石头，“石头通体透明，呈白色，随着月光的变化而产生明暗变化。”如此看来，我过去一两年的日记也像这块石头一样，随着月亮而有“阴晴圆缺”的变化。

对我们大多数人而言，午夜不正如中非地区那样想让人一探究竟吗？难道我们不想去探索一番吗？到乍得湖去，寻找尼罗河的源头，或许那里也是月亮山的起点！有谁曾体会那里的富饶与美丽？有谁曾领略那里的人文与自然风光？在月亮山[1]上，在午夜的非洲中部，暗藏着尼罗河各条支流的源头。沿着尼罗河走向上游探险，或许可以看到大瀑布，还能看到白尼罗河的入口呢。然而，我们要寻找的是夜晚尼罗河的美景。

若是我征服了“夜晚的国度”，若我能向报纸杂志投稿，把那

1 非洲中部的一座山脉。

个时候值得我们注意的事详细描述出来——让人们知道他们酣然熟睡之时，仍有很多美好悄然绽放——若我能以诗和之，以赋颂之，那我也算是施惠上下，造福于世了。

与白天相比，夜晚更多了些神秘，少了些世俗。然而，我很快便发现，自己对夜晚的了解只停留在表面。至于月亮，我也是偶尔才能从百叶窗之间的缝隙一窥它的真容。为何不在月亮的珠光银辉下漫步一会儿呢？

如果你花一个月的时间聆听月亮的教导，那最后肯定会一无所获，因为每天的月亮都不同，这难道不是和文学或宗教研究差不多吗？为何不亲身体验一下如梵文般玄妙的月亮呢？若是月亮带着诗词曲赋而来，带着神秘的教导和奇妙的启示而来——若是月亮女神给我带来了诸多暗示，我却浑然不觉，该如何是好？难道就看着月亮消失而无动于衷吗？

我记得，查尔莫斯博士[1]在批判柯勒律治时曾说过，他自己需要的是那些能让他把握全局、了如指掌的思想，而不是高高在上，令人捉摸不透的思想。有人会说，查尔莫斯博士这种人肯定不喜欢月亮，因为月亮永远不会把另外一面展现给我们。思想的光辉也有自己的运行轨道，距地球非常遥远，对在黑暗中漫游的人来说，智慧之光与月光和星光一样，振奋人心，启迪心灵——于是，人们便半认真半玩笑地称之为“月光”。可它们确实是月光，不对吗？这么说吧，若不是有月亮的清辉洒下来，谁会在夜晚出来漫步。于我个人而言，就算只有最微弱的星光，我也会心怀感恩之情。星星或大或小，但我看到它们，就好像看到了神祇，看到了彩虹，看到了晚霞，心中充满了感激。

① 托马斯·查尔莫斯（Thomas Chalmers），苏格兰神学教授，政治经济学家，苏格兰教会和苏格兰自由教会领导人。

说到月光，人们总能高谈阔论，滔滔不绝，好像他们非常了解它，竟还带着轻视鄙薄的姿态，就像看见阳光的猫头鹰一样。“跟阳光一样，与你无关"——但"阳光"这个词对它们来说几乎没什么意义，因为它们根本不知道阳光为何物——猫头鹰昼伏夜出，阳光普照的时候都在洞穴里呼呼大睡呢。

必须要承认的是，虽然月光能为忧郁的漫步者带来足够的光亮，与我们内心的光亮相差无几，但和太阳光比起来，它的亮度和热度都要逊色许多。然而，若要论及月光对我们的影响，不能单凭月华之光亮来判断，更要看这流光娥影对大地和人类的意义。"月亮受地球吸引，同时地球也受到月球的吸引。"在月光下漫步的诗人知道自己的思想肯定会受到某种影响，而这便是月亮带给他的改变。而我也会尽力让自己夜晚的思绪不被白天的琐事打扰。我想提醒各位读者，尽量不要用白天的标准衡量我的夜晚的想法，一定要记得我现在所说的代表的都是夜晚。一切都取决于你的角度。德雷克[1]的《航海精选》中，韦弗[2]提到了达连湾印第安人[3]中的一些白化病患者，"他们皮肤很白，但不是白马身上的那种白，和欧洲人身上那种洁白或苍白很不一样——他们脸上永远不会出现红晕之色或羞怯的神情……他们的眉毛和头发如牛奶一样白，看上去很好看……他们白天很少出门，因为阳光对于他们来说太过强烈。他们的视力很弱，阳光直射的时候尤其刺眼，会让他们泪流不止。可在月光下，他们就不会遇到这些问题，因此我们便称他们的眼睛为'婵娟之眼'。"

我觉得，我们在月光下漫步所产生的思绪不会"有红晕之色或羞怯的神情"，但实际上，无论是从文明角度讲，还是从道德角度讲，我们都是白化病人——是恩底弥翁[4]的孩子们——这就是与月亮心灵沟通的作用。

我总是会抱怨到北极去的航海者，因为北极的风景总有一种罕见的凄凉，夜晚也永远都是一片暮色之景，可航海者竟没有为

① 弗朗西斯·德雷克爵士（Sir Francis Drake），英国著名的私掠船长、探险家和航海家。

② 莱奥内尔·韦弗（Lionel Wafer），威尔士的探险家、海盗和私掠船船长。

③ 达连湾为（Darien）加勒比海最南部的海湾。

④ 恩底弥翁，古希腊神话人物之一。

三声夜鹰
eastern whip-poor-will

我们详细描述过这番景象。若是航海者讲述的主题是月光，他就得一直围绕着月光来描述——可这谈何容易？

大多数人会选择在白天散步，很少有人会趁着月色出行。现在的季节与以往大不相同，就以七月的夜晚为例吧。大约晚上十点钟的时候——人们都已经入睡，美丽的白天已然成为过去——月夜蟾光倾泻在寂寞的牧场上，牛儿吃着草，悄然无声。一切都与白日里的景象大不相同。这一刻，没有太阳高悬空中，只有月亮和繁星点点；没有棕林鸫，只有三声夜鹰的啼叫；没有草原上翩翩起舞的蝴蝶，只有萤火虫带着萤烛之光飞来飞去！有谁能想到这一切？玉露剔透，月色皎皎中，如何会有如此超然于物外的生灵？人们的眼睛、血液和大脑中一定也闪烁着这样的微光。这里听不到小鸟甜美的歌喉，只有空中掠过的杜鹃沙哑的嗓音、青蛙呱呱的叫声和蟋蟀铿锵有力的鸣叫。不过，牛蛙的叫声最为洪亮，从缅因州一直传到了佐治亚州。土豆藤站得笔直，玉米迅速生长，灌木丛若隐若现，麦田无边无际——曾被印第安人开垦耕种过的河边梯田上，农作物如军队一般，雄霸一方，微风习习，它们频频点头。月光皎皎，如洪水般倾泻在小乔木和灌木身上。岩石、树木、灌木和小山丘的影子反而比它们本身更明显。地面上最不显眼的起伏都会留下阴影，踩上去感觉还算平稳的地方，投射出来的影子却显得坚硬而棱角分明。正因如此，与白天相比，夜景更显得斑驳、别致。岩石上最小的凹坑如洞穴般幽暗；树林中的蕨类植物竟如热带树木般高大了。林间小路上到处都生长着香蕨木和木蓝属植物，走过去的时候，植物上的露珠都能把腰以下的衣服打湿。矮栎树的叶子反射着如银的月光，好似有什么液体流出来一样。目光透过树林中的缝隙落在远处的湖泊上，发现水面上也是波光粼粼。《印度史诗》（*Purana*）中这样描述海洋："日光安歇于它们的胸膛。"白天里，一切白色的物体都愈发显眼。远处的悬崖仿佛是山坡上某处闪着磷光的地方。树林中伸手不见五指，甚是幽暗。大自然沉睡着。树林深处的树桩上也反射着月光，好像它还要琢磨一下要把自己的银光洒在哪里。月光零落，总会让人们想起

① 即防己科蝙蝠葛属植物。

“月籽藤”[1]这种植物——大概月光就要把它们种在这里吧。

到了晚上，人会眯起眼睛，也不再像白天那样敏锐，而其他感官则填补上来，多了几分伶俐。嗅觉为漫步者指引方向。现在，每一株植物、每一块田野、每一片森林都散发着自己特有的气味，草地上弥漫着沼红花的香气，马路上氤氲着菊蒿的芬芳——玉米也开始抽穗了，所以空气中还飘着一股特有的干燥气息。我们的听觉和嗅觉变得愈发敏感：流水淙淙，声声入耳，可我们之前都未察觉过。顺着山坡往上走的时候，时不时地总能感受到迎面吹来一阵温暖的风，那是午后闷热平原残存的温度：白天发生的一切扑面而来，正午骄阳似火，河岸边的时光悠然而过，地里劳动的人擦了擦额头上的汗珠，蜜蜂嗡嗡，在花丛中忙碌。人们呼吸着这种暖意融融的空气，完成了自己的工作。日落西山，这股热气像找不到主人的狗，在树林中逡巡流动。岩石白天吸收了足够的热量，晚上也会在温暖中度

香蕨木
sweet fern

过——沙滩也是如此，如果你往下挖几寸，就能感受到沙床还是温暖的。午夜，在某座小山光秃秃的山顶，你躺在牧场某块大石头上，看着满天星斗，推测天穹到大地的距离。星星是夜晚的珠宝，其光华绝对能胜过白日下的一切。有一天晚上，风很大，但月光清朗，我和一个同伴乘船外出。当时，天空中只有寥寥几颗星星，发出微弱的光——尽管我的同伴生活相对拮据——他觉得，只要有这几颗星星在就别无所求了，因为这就是他用之不竭的面包与奶酪。

难怪有些占星学家会认为自己和某些星星之间有某种特殊的联系。按照西尔维斯特（Sylvester）所翻译的，杜巴尔塔斯（Dubartas）说自己：

不相信伟大的建筑师
有着装饰天堂的星火
只是为了展示，有着闪着银光的盾牌
叫醒可怜的牧羊人，望着无边无际的田野。
他“不相信装饰着
花园边界和河岸的小花
或在她温热大腿上的小石头
被大地母亲紧紧裹住的那些，
它们拥有的美德，
天上亮晶晶的的星星也都有。”

沃尔特·雷利爵士（Sir Walter Raleigh）[1]说得不错：“星星不仅能发光，还有极大的用处——日落之后，它们便是人类凝视的对象。”他还引用了普罗提诺的话证明星星“虽然会发光，却不够明亮”。奥古斯丁（Augustine）也说过：“上帝通过天上的群星影响着地

① 沃尔特·雷利爵士（Sir Walter Raleigh），英国伊丽莎白时代著名的冒险家，同时也是位作家、诗人、军人、政治家，更以艺术、文化及科学研究的保护者闻名。

面上的人。”然而，他们说的这些都比不上某位作家所说的：“智者使星星更明亮，农夫令土地更肥沃。”

月光是明亮还是暗淡，对在卧榻之上酣睡的人们来说并没有太多差别，但对旅行者来说却很重要。除非你常常独自一人在月光皎洁的夜晚散步，否则你很难体会到银辉挥洒下来时，整片大地上无与伦比的祥和与安宁。为了你，月亮一直在和云彩不懈斗争，而我们却认为月亮与云彩是宿敌。月亮运用自己的明暗变化彰显自己的危险，一会儿把月光置于无边的黑暗之中，一会儿又突然把它们藏在暗淡的月光下，而月亮则得意洋洋的，径自走在晴朗的天空中，穿过某个狭小的空间。

简而言之，月亮一直在巡游太空，或者说看似要巡游太空，遇到面前的小云彩时，月亮时而躲在云彩身后，时而轻而易举地打散或照亮云彩，给所有欣赏夜色的人以及漫步在月夜中的人上演一出“月光剧”。水手说，这是“月亮吃掉了云朵”。旅行者独身一人，月亮也形单影只。可月亮从森林、湖泊和小山上空的流云朵朵中飘过时，旅行者总忍不住要多几分担心：月亮被遮住时，旅行者会像印第安人一样鞭打一只狗，只求让它有丝毫慰藉；月亮走到深蓝色无云的天空中时，旅行者的心中则会多了几分欣喜；月亮冲出了云彩，气宇轩昂地挂在明亮的夜空，毫发无伤，而前方再也没有任何阻碍的时候，旅行者则会满心欢喜、充满信心地追寻自己的目的地。草丛里的蟋蟀，似乎也感受到了他内心的喜悦，叫得更欢了。

若是没有露水和黑暗拯救如此颓废的世界，难以想象白天的时光会有多么难熬。当暮色一缕缕裹住我们，我们最原始的本能便会被唤醒。于是，我们就像丛林定居者一样，悄悄溜出洞穴，寻找那些寂寞无声、若隐若现的思想——那才是智者梦寐以求的天然猎物。

里克特[1]曾说：“每一个白天的尽头都会蒙上黑夜的面纱，就

① 让·保罗（Jean Paul），原名为让·保罗·弗里德里希·里克特（Jean Paul Friedrich Richter），德国作家，德国浪漫主义文学的先驱。

菊蒿
common tansy

像人们会用黑色的布遮住鸟笼一样：黑夜的幽静与深沉有助于我们理解思想中更高层次的和谐。白天把思想变成了青烟薄雾，可到了夜晚，它们却像光线与火焰一样围绕在我们身边。它们甚至像从维苏威火山口喷涌而出的烟柱：白天时还是云柱，到了晚上就成了火柱。”

这个季节，夜晚呈现出安详而庄严的魅力，能治愈并润养我们的心灵。我想，多愁善感的人都不会将之遗忘。如果有人愿意到户外赏月，哪怕第二天要睡一整天也在所不惜，那他就是世界上最幸福、最明智的人了。古人们曾说，他得像恩底弥翁的孩子们一样好好睡上一觉——是黑夜让希腊的绰号永远芬芳美丽，就像在比拉乌的大地上，一切都带有露水的清香，还有美妙的音乐萦绕耳旁，我们静静休息着，清醒的时刻任思绪自由翻飞——那时的月亮，比起太阳也丝毫不逊色，

再次赐予我们它的光亮吧，
它释放的光线，带来温和的一天。
这时流云飘过，它仿佛弯下了腰；
而一会儿它又出现在晴朗的夜空，肃穆而端庄。

狄安娜[1]还在新英格兰的上空逡巡。

浩瀚宇宙中，苍穹女王巡视个个星球，
她是女主人，让一切纯粹无瑕，
永恒总在改变她的状态；
她那么美丽，冰肌玉骨。

[1] 狄安娜，罗马神话中的月亮女神和狩猎女神，众神之王朱庇特和温柔的暗夜女神拉托娜的女儿，太阳神阿波罗的孪生妹妹。

没有岁月的痕迹；她乘坐着他的五彩华车；

她的脚下皆是死亡；

月亮，让星星的美德滑落天际，

月亮，让完美的画面洒向人间。

印度人会把最接近神的人比作月亮，那些人已经快达到了人类超脱的最高境界。

黑夜是遗迹的修复者，是伟大的魔法师。平静的夜晚，我们等待“收获月”[1]和“狩猎月”[2]的月光倾泻下来，一切一览无余之时，我们白天看到的一切建筑还有村子里的房屋都变得平庸不已，只有精于此道的人才能懂。黑夜之中，村子里的街道如树林中的小路一样。无论新旧，一切都难以辨别。我已分不清自己是坐在残垣断壁上，还是新房子的建筑材料上。大自然是人类的老师，学富五车，对一切一视同仁，从来不会随意传播肤浅的言论，也不会曲意逢迎。它不会激进，也不保守。看看月光吧！它那么优雅，却又那么野蛮！

① 收获月是指出现在最接近秋分时的满月，因为农夫在秋季可以在太阳西沉之后靠着月光继续采收农作物而得名。

② 狩猎月其实就是最靠近秋分点的第一个满月，排在收获月的后面，因为靠近秋分，满月比较亮，利于人们晚上狩猎或者收获庄稼。

比起阳光，月光与我们的知识更合拍。夜晚如我们的思想一样忧郁朦胧，而月光却非常明亮，就像我们醍醐灌顶的一刻。

在这样的夜晚，让我自在地保持这种状态，

直到太阳初升，一切再次混沌。

如果阳光不是黎明的映像，那么它还有什么意义？——若是夜晚的面纱已经被揭开，阳光却未能给灵魂以启示，这样做又有什么意义？一切不过只是耀眼刺目而已。

奥西恩（Ossian）在向太阳致辞时说道：

夜晚的归处在哪里？
群星的避风港在哪里？
当你急匆匆地追随它们的脚步，
像空中的猎手一样忙着追逐，
你爬上了崇山峻岭，
它们却要躲在萧瑟荒芜的大山背后？

谁不想跟着繁星回到它们“避风港”？谁不想随着它们“躲在萧瑟荒凉的大山背后”？

无论如何，即便是在夜晚，天空依旧是蓝色的，而非漆黑一片。因为我们总能透过大地的阴影，看到遥远的白昼，看到在那里狂欢着的阳光。